Es passiert jeden Tag, immer und überall: das kleine und das große Wunder zwischendurch. Ein kurzer Moment nur – und nichts ist mehr, wie es war. Zwei wildfremde Menschen begegnen sich, ein Blick, eine Geste, und schon setzt die Liebe die Gesetze der Wirklichkeit außer Kraft. Ein verheerendes Feuer bricht aus und erlischt auf unerklärliche Weise, noch bevor die Feuerwehr eingetroffen ist. Ein Fußgänger wird vom Auto angefahren und trägt nicht einmal eine Schramme davon. Einen Mann, der sein ganz Leben vom Pech verfolgt war, trifft plötzlich das große Los …

Zufall? Fügung? Geschick? Oder einfach nur Glück? Egal, wie man es nennt: Diese beglückenden Kurz- und Kürzestgeschichten erzählen von wahren Wundern und fast wahren Wundern, von Übernachtwundern und von Helllichten-Tag-Wundern, vom Wunder der Liebe und der Freundschaft, vom Wunder des Anfangs und vom Happy End.

Mit Geschichten von Isabel Allende, Peter Bichsel, Truman Capote, Eva Demski, Max Frisch, Alexander Kluge, Siegfried Lenz, Luigi Malerba, Angeles Mastretta, Haruki Murakami, Marie NDiaye, Cees Nooteboom, Ralf Rothmann, Isaac B. Singer, Andrzej Stasiuk, Rose Tremain, Mario Vargas Llosa und vielen anderen.

insel taschenbuch 4341

Ein ganz alltägliches Wunder

Ein ganz alltägliches Wunder

Geschichten von wahren und
von fast wahren Wundern

Herausgegeben von Clara Paul

Insel Verlag

Umschlagabbildung: Hans Traxler

Erste Auflage 2014
insel taschenbuch 4341
Originalausgabe

Vertrieb durch den Suhrkamp Taschenbuch Verlag
Quellennachweise zu dieser Ausgabe am Schluss des Bandes
Umschlag: hißmann, heilmann, hamburg
Satz: Satz-Offizin Hümmer GmbH, Waldbüttelbrunn
Druck: Druckhaus Nomos, Sinzheim
Printed in Germany
ISBN 978-3-458-36041-4

Inhalt

Ein fast wahres Wunder

Kleine Epiphanien

Ein wahres Wunder

Das kleine Wunder zwischendurch

Das Übernachtwunder

Glück gehabt

Ein Wunder, das nicht sein darf

Kein Wunder

Wunder über Wunder

»Alltag ist nur durch Wunder erträglich.«
Max Frisch

Ein fast wahres Wunder

Max Frisch

Eine Geschichte für Camilla

(eine tröstliche)

Ali, wie der Name schon sagt, war ein Araber, ein junger Schafhirt am oberen Euphrat, und es kam die Zeit, da er sich beweiben wollte. Aber Ali war arm. Ein anständiges Mädchen kostete in jener Gegend damals 15 Pfund, viel Geld für einen Schafhirten. Ali hatte einfach nur 10 Pfund. Als er hörte, im Süden seien die Bräute billiger, zögerte er nicht lang, nahm seinen Esel, füllte die Schläuche mit Wasser und ritt gegen Süden viele Wochen lang. Es war einfach Zeit, daß er sich beweiben sollte, er war jung und gesund. So ritt er voller Hoffnung, 10 Pfund in der Tasche, am Euphrat hinunter, wie gesagt, viele Wochen lang, indem er sich von Datteln nährte. Als Ali endlich in die gelobte Gegend kam, fehlte es nicht an Töchtern, die ihm gefielen, nicht an Vätern, die verkaufen wollten; aber auch im Süden hatten die Bräute unterdessen aufgeschlagen, und für 10 Pfund war nichts zu heiraten, nicht einmal ein häßliches Mädchen. 12 Pfund war der Tageskurs, 11 Pfund eine einmalige Occasion; Ali handelte tagelang, jedoch erfolglos, 10 Pfund war kein Angebot, sondern eine Beleidigung, und als Ali erkannte, daß nichts zu bestellen war, nahm er wieder seinen Esel, füllte die Schläuche mit Wasser und ritt gegen Norden, zu Tode betrübt mit seinen 10 Pfund in der Tasche, denn er hatte nichts davon verbraucht, als glaubte er noch immer an ein Wunder. Und natürlich blieb das Wunder nicht aus, das Ali verdiente, wenn er es erkannte. Es war halbwegs zwischen Süd und Nord, als Ali an einem Brunnen, wo er seinen traurigen Esel und sich selbst labte, ein Mädchen erblickte wie noch keines zuvor, schöner als alle, die er für seine 10 Pfund nicht hatte bekommen können, ein blindes Mädchen. Das war schade. Das Mädchen war aber nicht nur schöner als alle, sondern auch lieber, da es blind war und in keinem Brunnen je gesehen hatte, wie schön es war, und als Ali es ihr sagte, wie schön sie sei, mit allen Worten, die einem arabischen Schafhirten geläufig sind, liebte sie ihn auf der Stelle und bat ihren Vater, daß er sie an Ali verkaufte. Sie war billig, ihrer Blindnis wegen wollte der Vater sie los sein, erschreckend billig: 6 Pfund. Denn keiner am ganzen Euphrat wollte eine blinde Braut. Aber Ali nahm sie, setzte sie auf seinen gelabten Esel und nannte sie Alil, während er selber zu Fuß ging. In den Dörfern, wo immer Ali mit seiner Alil erschien, trauten die Leute ihren eignen Augen nicht, niemand hatte je ein schöneres Mädchen gesehen oder auch nur geträumt; nur war es leider blind. Aber Ali hatte noch 4 Pfund in der Tasche, und als er nach Hause kam, führte er sie zu einem Wunderarzt und sagte: Hier sind 4 Pfund, jetzt mach, daß Alil ihren Ali sieht. Als es dem Wunderarzt gelungen war und als Alil sah, daß ihr Ali, verglichen mit den andern Schafhirten ringsum, gar nicht schön war, liebte sie ihn trotzdem, denn er hatte ihr alle Farben dieser Welt geschenkt durch seine Liebe, und sie war glücklich, und er war glücklich, und Ali und Alil waren das glücklichste Paar am Rande der Wüste …

Camilla ist enttäuscht.

»Nun ja«, sagt sie, ohne aufzuschauen und ohne die Manicure zu unterbrechen, »das ist aber ein Märchen.«

Camilla will nicht weiterhören.

»Warten Sie!« sage ich. »Warten Sie!«

Camilla feilt.

… das Märchen dauerte ein Jahr, da war's aus; der Umgang mit Alil hatte ihn angesteckt, so daß Ali langsam aber sicher erblindete, und es kam eine böse Zeit, denn kaum war Ali erblindet, konnte er nicht mehr glauben, daß sie ihn liebte, und jedesmal wenn Alil aus dem Zelt ging, wurde er eifersüchtig. Es nützte nichts, daß sie ihm schwor. Vielleicht ging sie wirklich zu den andern Schafhirten, das weiß man nicht. Ali konnte es ja nicht sehen, und da er solche Ungewißheit nicht aushielt, begann er sie zu schlagen. Das war schlimm. Sonst rührte er seine Alil nicht mehr an. So ging es lange Zeit, bis Ali sich rächte, indem er ein anderes Mädchen umarmte, das öfter und öfter in sein Zelt schlich. Aber auch das machte ihn nicht gesund, im Gegenteil, es wurde immer schlimmer. Wenn er wußte, daß es seine Alil war, die jetzt in seinem Zelt lag, schlug er sie, und sie weinte, daß man es draußen hörte, und Ali und Alil waren das unglücklichste Paar am Rande der Wüste. Das war bekannt. Als der Wunderdoktor davon hörte, erbarmte es ihn und er kam, um Ali zu heilen, obschon dieser kein einziges Pfund mehr zahlen konnte. Ali konnte wieder sehen, aber er sagte es seiner Alil nicht, daß er wieder sehen konnte, denn er wollte ihr nachschleichen, und das tat er auch. Aber was sah er? Er sah Alil, wie sie weinte, da er sie im Zelt geschlagen hatte, und er sah, wie sie ihr Gesicht wusch, um in sein Zelt zu schleichen als das andere Mädchen, damit der blinde Ali sie umarme –

»Nein«, sagt Camilla, »wirklich?«

Die Manicure ist zu Ende.

»Im Ernst«, fragt sie, indem sie die Scherchen und Feilchen zusammenpackt, »das ist eine wahre Geschichte?«

»Ja«, sage ich, »ich finde.«

Haruki Murakami

Wie ich eines schönen Morgens im April das 100 %ige Mädchen sah

Eines schönen Morgens im April komme ich auf einer kleinen Seitenstraße in Harajuku an dem 100 %igen Mädchen vorbei. Ehrlich gesagt, ist sie nicht besonders hübsch. Sie ist weder besonders auffällig, noch ist sie schick gekleidet. Ihre Haare sind hinten vom Schlaf verlegen. Sie ist nicht mehr jung. So an die dreißig wird sie sein, nicht eigentlich ein Mädchen. Aber trotzdem weiß ich schon aus fünfzig Meter Entfernung: Sie ist für mich das 100 %ige Mädchen. Bei ihrem Anblick dröhnt es in meiner Brust, und mein Mund ist trocken wie eine Wüste.

Vielleicht gibt es einen bestimmten Typ Mädchen, der dir gefällt, mit schmalen Fesseln zum Beispiel oder großen Augen, vielleicht stehst du auf schöne Finger oder fühlst dich, warum auch immer, von Mädchen angezogen, die sich beim Essen viel Zeit lassen. Dieses Gefühl meine ich. Auch ich habe natürlich meine Vorlieben. Manchmal ertappe ich mich dabei, wie ich im Restaurant gebannt auf die Nase des Mädchens am Nachbartisch starre.

Aber den Typ des 100 %igen Mädchens kann keiner definieren. An die Form ihrer Nase kann ich mich gar nicht erinnern. Ich weiß noch nicht einmal mehr, ob sie überhaupt eine hatte. Ich weiß nur, daß sie keine nennenswerte Schönheit war. Irgendwie seltsam.

»Gestern kam ich an dem 100 %igen Mädchen vorbei«, erzähle ich jemandem.

»Hm«, antwortet er, »war sie hübsch?«

»Nein, das nicht.«

»Also dein Typ.«

»Ich weiß es nicht mehr. Ich erinnere mich an nichts. Weder an die Form ihrer Augen noch daran, ob sie große oder kleine Brüste hatte.«

»Das ist sonderbar.«

»Ja, es ist sonderbar.«

»Na und«, sagt er scheinbar gelangweilt, »hast du was gemacht? Hast du sie angesprochen, oder bist du ihr nachgelaufen?«

»Nein, nichts. Ich bin einfach an ihr vorbeigegangen.«

Sie ging von Osten nach Westen, ich von Westen nach Osten. An einem besonders schönen Morgen im April.

Ich möchte mit ihr sprechen, und wenn nur für eine halbe Stunde. Ich möchte von ihrem Leben erfahren und ihr von meinem erzählen. Mehr als alles andere aber möchte ich die Umstände des Schicksals klären, das uns an einem schönen Morgen im April neunzehnhunderteinundachtzig in einer kleinen Seitenstraße in Harajuku aneinander vorbeigeführt hat. Bestimmt birgt es wohlige Geheimnisse, so wie eine alte Maschine aus friedlichen Zeiten.

Nachdem wir uns unterhalten hätten, würden wir irgendwo zu Mittag essen, einen Woody-Allen-Film sehen oder an einer Hotelbar einen Cocktail trinken. Wenn alles gut ginge, würde ich später vielleicht mit ihr schlafen.

Die Chance pocht an die Tür meines Herzens.

Nur noch 15 Meter liegen zwischen ihr und mir.

Also, wie soll ich sie ansprechen?

»Guten Tag. Würdest du dich kurz mit mir unterhalten? Nur eine halbe Stunde.«

Das klingt ziemlich albern. Wie ein Versicherungsvertreter.

»Entschuldigung, gibt es hier in der Nähe eine 24-Stunden-Reinigung?«

Das ist genauso albern. Ich habe noch nicht einmal einen Wäschesack. Wer würde mir so etwas abnehmen?

Vielleicht sollte ich sie ganz offen ansprechen. »Hallo. Du bist für mich das 100 %ige Mädchen.«
Nein, Quatsch. Das wird sie bestimmt nicht glauben. Und wenn, wird sie sich kaum mit mir unterhalten wollen. Ich mag für dich das 100 %ige Mädchen sein, wird sie vielleicht antworten, aber du bist für mich leider nicht der 100 %ige Mann. Das ist ziemlich wahrscheinlich. Und in einer solchen Situation käme ich bestimmt furchtbar durcheinander. Von einem solchen Schock würde ich mich vielleicht nie wieder erholen. Ich bin schon zweiunddreißig. So also fühlt es sich an, alt zu werden.
Vor dem Blumenladen gehe ich an ihr vorbei. Ein warmer Luftzug streift meine Haut. Der Asphalt ist mit Wasser besprengt, und ringsum verbreitet sich Rosenduft. Ich kann sie nicht ansprechen. Sie trägt einen weißen Pullover und hält einen weißen Umschlag in der rechten Hand, noch ohne Briefmarken. Sie hat jemandem einen Brief geschrieben. Ihre Augen wirken sehr müde, vielleicht hat sie die ganze Nacht geschrieben. Und vielleicht enthält dieser Umschlag alle ihre Geheimnisse. Als ich mich nach einigen Schritten umdrehe, ist ihre Gestalt bereits in der Menschenmenge verschwunden.

Jetzt weiß ich natürlich genau, wie ich sie damals hätte ansprechen müssen. Es wäre bestimmt lang geworden, und ich hätte nicht die richtigen Worte gefunden. Mir fällt nie etwas Brauchbares ein.
Jedenfalls beginnt es mit »vor langer langer Zeit« und endet mit »eine traurige Geschichte, findest du nicht?«.

Vor langer langer Zeit waren einmal ein Junge und ein Mädchen. Der Junge war achtzehn, das Mädchen sechzehn Jahre alt. Der Junge sieht nicht besonders gut aus, und auch das Mädchen ist nicht besonders hübsch. Ein einsamer und gewöhnlicher Junge und ein einsames und gewöhnliches Mädchen, wie man sie überall findet. Doch glauben sie fest daran, daß es irgendwo auf dieser Welt ein Mädchen oder einen Jungen gibt, der 100 %ig zu ihnen paßt. Ja, sie glaubten an ein Wunder. Und dieses Wunder geschah.

Eines Tages begegnen sich die beiden zufällig an einer Straßenecke.

»Unglaublich«, sagt der Junge zu dem Mädchen, »ich habe dich schon die ganze Zeit gesucht! Ob du's glaubst oder nicht, du bist für mich das 100 %ige Mädchen.«

Und das Mädchen erwidert: »Und du bist für mich der 100 %ige Junge. Genau wie ich ihn mir vorgestellt habe. Es ist wie im Traum.«

Die beiden setzen sich auf eine Parkbank, halten sich an den Händen und reden in einem fort, ohne daß ihnen langweilig wird. Sie sind nicht mehr einsam. Sie haben ihren 100 %igen Partner gefunden und sind von ihm gefunden worden. Seinen 100 %igen Partner zu finden und von ihm gefunden zu werden ist etwas ganz Außerordentliches. Ein Wunder des Kosmos.

Aber ihre Herzen durchfährt ein kleiner, ganz kleiner Zweifel. Durfte ihr Traum so einfach in Erfüllung gehen?

Als das Gespräch einmal abbricht, sagt der Junge:

»Wir wollen uns nur einmal noch auf die Probe stellen. Wenn wir wirklich 100 %ig füreinander geschaffen sind, werden wir uns bestimmt irgendwann irgendwo wiederbegegnen. Beim nächsten Mal wissen wir, daß wir 100 %ig füreinander bestimmt sind, und wollen sofort heiraten. Einverstanden?«

»Einverstanden«, antwortet das Mädchen.

Und so trennten sie sich. Nach Westen und nach Osten.

Doch es war in Wirklichkeit vollkommen unnötig, das Schicksal auf die Probe zu stellen. Sie hätten es nicht tun dürfen. Sie

waren wirklich 100 %ig füreinander bestimmt. Ihre Liebe war ein Wunder. Da sie aber noch zu jung waren, konnten sie es nicht wissen. Und so wurden sie von der immerwährenden, unbarmherzigen Welle des Schicksals fortgerissen.
Eines Tages im Winter erkrankten beide an einer in jenem Jahr grassierenden schweren Grippe. Wochenlang schwebten sie zwischen Leben und Tod, und als sie wieder genesen waren, war ihr Gedächtnis an ihr früheres Leben ausgelöscht. Wie soll ich es sagen, als sie wieder aufwachten, waren ihre Köpfe so leergefegt wie die Spardose des jungen D. H. Lawrence.
Aber da er ein intelligenter und ausdauernder Junge und sie ein intelligentes und ausdauerndes Mädchen war, scheuten sie keine Mühe, erwarben von neuem Bewußtsein und Gefühle und kehrten erfolgreich in die Gesellschaft zurück. Ja, bei Gott, sie waren richtig ordentliche Bürger. Sie wußten, wie man in der U-Bahn korrekt umsteigt und wie man bei der Post einen Eilbrief aufgibt. Sie liebten auch, mal 75 %, mal 85 %.
Der Junge war zweiunddreißig, das Mädchen war dreißig geworden. Die Zeit war im Fluge vergangen.
Und eines schönen Morgens im April geht der Junge von Westen nach Osten durch eine kleine Seitenstraße in Harajuku, um einen Kaffee zu trinken, und das Mädchen geht, um Briefmarken für einen Eilbrief zu kaufen, dieselbe Straße von Osten nach Westen. In der Mitte der Straße kommen sie aneinander vorbei. Für einen Moment blitzt der schwache Schein verlorener Erinnerung in ihren Herzen auf. Es dröhnt in ihrer Brust. Und sie wissen.
Sie ist für mich das 100 %ige Mädchen. Er ist für mich der 100 %ige Junge.
Aber der Schein ihrer Erinnerung ist zu schwach, ihre Sprache besitzt nicht mehr die gleiche Klarheit wie vor vierzehn Jahren. Beide gehen, ohne ein Wort zu sagen, aneinander vorbei und

verschwinden in der Menge. Auf immer. Eine traurige Geschichte, findest du nicht?

Ich weiß, so hätte ich sie ansprechen müssen.

István Örkény

Am Leben bleiben

In einem großen politischen Prozeß wurde er als Angeklagter vierter Ordnung zu lebenslanger Haft verurteilt; sechs Jahre davon saß er auch ab, und zwar in Einzelhaft und unschuldig. Seine Kameraden hat das Gefängnisleben der Reihe nach angegriffen, jeden an seinem schwächsten Punkt, den einen am Herzen, den anderen an der Lunge, den dritten am seelischen Gleichgewicht.

Er mit seinem schwachen Nervenkostüm bekam schon in der sechsten Woche einen Weinkrampf. Doch als er sich schluchzend über den Tisch warf, entdeckte er auf der Tischplatte eine Ameise. Da vergaß er sogar zu weinen.

Er sah der Ameise zu, wie sie sich mit einem winzigen Krümel abmühte. Später ließ er den Krümel weiter und weiter rollen, indem er ihm mit der Spitze seines Fingernagels kleine Stöße versetzte. Der Vormittag verging damit, daß er die Ameise einmal um die Tischplatte herumlaufen ließ.

Zur Nacht steckte er die Ameise in ein leeres Pillenröllchen und ließ sie am nächsten Tag ein Streichholz erklimmen. Bald kam er dahinter, daß das kleine Tier mit einem Fleischfetzen viel leichter zu dressieren war als mit Krümeln; und tatsächlich, am Ende des achten Monats gelang es ihm, die Ameise auf zwei übereinandergelegten Streichhölzern zum Wippen zu bringen. Natürlich konnte man dieses zaghafte Hinundhergelaufe nur mit etwas Wohlwollen Wippen nennen, aber ihn machte diese Leistung fast schon glücklich.

Nachdem er drei Jahre abgesessen hatte, durfte er, als besondere Vergünstigung für gute Führung, um Papier, Schreibgerät und Lektüre bitten. Dies lehnte er stolz und trotzig ab, denn die Ameise war inzwischen schon so weit, daß sie ein Mohnkorn, das vom Weihnachtsstollen übriggeblieben war, nach Belieben hin und her rollen konnte. Er aber war auch mit dieser Nummer noch nicht zufrieden, denn sie lag noch innerhalb der natürlichen Grenzen des Ameisendaseins. Außergewöhnlich wäre es erst, wenn es ihm gelänge, sie auf zwei Beine zu stellen … Es dauerte achtzehn Monate, aber es gelang.

Weitere anderthalb Jahre später teilte man ihm diskret mit, daß er in Kürze rehabilitiert und freigelassen würde. Bis dahin war auch seine große Nummer fertig: Die Ameise warf, auf zwei Beinen stehend, das Mohnkorn in die Höhe und fing es wieder auf. Er konnte nun also – wieder mit etwas gutem Willen – behaupten, er habe ihr das Ballspielen beigebracht!

»Gebt mir eine Lupe«, sagte er mit verheißungsvollem Lächeln nach dem ersten Abendessen zu Hause zu seinen Söhnen. »Ich habe eine dressierte Ameise!«

»Wo?« fragte seine Frau.

Sie drehten und wendeten die Phiole. Sie betrachteten sie durch die Lupe, hielten sie sogar an die Lampe. Vergebens. Und was am merkwürdigsten war – er selbst konnte die Ameise auch nicht mehr sehen!

Marie Luise Kaschnitz

Eines Mittags, Mitte Juni

Ich kam von der Reise und wußte von nichts. Ich fuhr von der Bahn direkt nach Hause und klingelte bei der Dame, bei der ich meine Schlüssel gelassen hatte. Sie begrüßte mich freundlich und machte ein vielsagendes Gesicht. Wissen Sie auch, daß Sie gestorben sind? fragte sie. Obwohl ich nicht am Leben hänge, haben mich diese Worte unangenehm berührt. Gestorben? fragte ich, wieso? Ja, sagte meine Nachbarin – Frau Teichmann heißt sie –, aber Sie dürfen es sich nicht zu Herzen nehmen, wer totgesagt wird, lebt lange. Ich lächelte etwas gezwungen und nahm die Schlüssel, die sie in ihrer Schreibtischschublade verwahrt hatte. Wer hat mich totgesagt? fragte ich. Eine Fremde, sagte Frau Teichmann, niemand hat sie gekannt, sie ist ins Haus gekommen, hat an allen Türen geläutet und überall gesagt, Sie seien tot. Sie hat eine dunkelbraune Haut gehabt und ein mageres Gesicht. Eine Ausländerin war es, ganz gewiß.

Eine Italienerin? fragte ich.

Aber das wußte Frau Teichmann nicht. Sie meinte, die Fremde habe eine Zeitschrift in der Hand gehabt, vielleicht habe sie in andern Häusern diese Zeitschrift zum Abonnieren angeboten, aber an den Titel der Zeitschrift erinnere sie sich nicht. Es kommen so viele, sagte sie, auch junge Männer, gestern hat einer vor der Tür gestanden und nichts gesagt als: Christus ist da. Und dann berichtete sie noch, daß die Fremde nach meinen Wohnungsschlüsseln gefragt und gefordert habe, ihr diese auszuhändigen, und zwar sofort.

Das ist eine Unverschämtheit, sagte ich empört. Ich bedankte mich, ging in meine Wohnung hinüber, packte aus und sah den Stoß Drucksachen durch, die mir nicht nachgeschickt worden waren. Ich versuchte, nicht mehr an den sonderbaren Vorfall zu denken, aber das gelang mir nicht. Man hat beim Heimkommen ohnehin leicht ein Gefühl der Verlorenheit, besonders, wenn man nicht gewohnt ist, allein zu sein. Die Dinge begrüßen einen anders als die Menschen; was sie von einem fordern, ist bestenfalls Abstauben, dafür aber überschütten sie einen sofort mit Erinnerungen aller Art. Man geht umher und tut dieses und jenes, es war ja nicht immer so still hier, und dann setzt man sich hin und macht die Augen zu, weil man überhaupt nirgends mehr hinsehen kann, ohne daß es schmerzt. Ich setzte mich also hin und machte die Augen zu, und gleich fiel mir die Fremde wieder ein, und daß es doch gut wäre, mehr von ihr zu wissen, jede kleinste Einzelheit, ganz genau.

Es war jetzt fünf Uhr, und eigentlich hätte ich mir gern einen Tee gemacht. Ich ging aber zu der Dame unter mir, der Frau Hoesslin, und dann ging ich auch noch zu der Familie, die über mir wohnt. Ich erfuhr einiges, aber nicht sehr viel, und als ich wieder in meinem Zimmer war, versuchte ich mir vorzustellen, wie es gewesen war an jenem Mittag, Mitte Juni, das war jetzt zwei Monate her. Mittag und Mitte Juni und heiß, die Frauen alle auf der Treppe, herausgerufen von der lauten, fremdländischen Stimme, und Herr Frohwein, der Vertreter ist, gerade im Begriff wegzufahren, und irgendwo auf einem Treppenabsatz die Betrügerin, die sehr sicher auftritt und sich beinahe herausfordernd benimmt. Sie können es mir glauben, sagte sie, diese Frau Kaschnitz lebt nicht mehr, sie ist gestorben, so wahr ich hier stehe. Die Frauen schüttelten die Köpfe, und Herr Frohwein nimmt unwillkürlich den Hut ab. Alle sind betroffen, aber nicht ganz überzeugt. Da wir schon lange in diesem großen Mietshause leben, kennen mich alle Einwohner recht gut. Es sind sogar einige darunter, mit denen wir schon ganze

Nächte im Keller gesessen und uns auf den Boden geworfen haben, wenn in der Nähe die Bomben fielen. Frau Hoesslin hatte mir die Post nachgeschickt, und ich hatte mich dafür von Zeit zu Zeit mit Ansichten der römischen Brunnen oder der Küste am Cap der Circe bedankt. Eine solche Postkarte, eben vom Cap der Circe, war vor wenigen Tagen eingetroffen. Ich hatte geschrieben, daß es mir gut gehe, und meine Tochter hatte einen Gruß hinzugefügt. Mein Tod war also unwahrscheinlich, aber unmöglich war er natürlich nicht. Es gibt den Sturm und den Sog und die Haifische, es gibt Unfälle und Herzschläge, und wie viele Leute gehen freiwillig aus der Welt. Grund genug also, bedenklich den Kopf zu schütteln, aber nicht Grund genug, den Schlüssel herzugeben, und das einer wildfremden Frau.

So wahr Sie hier stehen, sagt Frau Teichmann, das klingt schön und gut, aber wer steht da? Wir kennen Sie nicht, wir haben Sie nie gesehen.

Mein Name tut nichts zur Sache, sagt die Frau hastig, ich bin ermächtigt, das genügt.

Und warum gerade Sie? fängt Frau Teichmann wieder an.

Weil, sagt die Fremde, und wirft das Haar zurück, die Frau Kaschnitz ganz allein gestanden ist, weil sie niemanden gehabt hat auf der Welt. Und nun werden die Frauen lebendig und fangen alle auf einmal zu reden an. Niemanden gehabt, das ist eine Unwahrheit, das ist lächerlich. Besuch ist gekommen, fast jeden Tag, Freunde und Verwandte, und wie oft hat das Telefon geklingelt, und der Briefkasten war immer voll bis oben hin. Das alles sagen sie mit großer Entschiedenheit, und es ist zum Verwundern, daß die Fremde sich noch immer nicht einschüchtern läßt. Ganz hoch aufgerichtet steht sie auf der Treppe und ruft laut: Das stimmt nicht, ich weiß es besser, sie hat niemanden mehr gehabt, sie war ganz allein auf der Welt.

So weit war ich nun mit meiner Wiederherstellung der Szene, die Geschichte war noch nicht ganz zu Ende, aber bei dem letzten Satz blieb ich hängen, er ging mir im Kopf herum, und um ihn loszuwerden, lief ich durch die Wohnung und steckte bald im Westzimmer, bald im Ostzimmer den Kopf zum Fenster heraus. Auf der Straße ging ein Polizist mit einem kleinen Mädchen an der Hand, in solchen Fällen, dachte ich, muß man die Polizei benachrichtigen, und eigentlich ist es gar nicht zu begreifen, daß das nicht sofort geschehen ist. Oder ist es geschehen? Nein, es ist nicht geschehen, der Herr Teichmann hat nur zu seiner Frau ganz leise etwas von der Polizei geredet, und daraufhin, oder gar nicht daraufhin, hat die Fremde ihre Zeitschrift in eine Mappe gesteckt und hat sich, aber keineswegs fluchtartig, entfernt. Ganz langsam, wie eine beleidigte Königin, ist sie die Treppe hinuntergegangen und hat niemanden mehr gegrüßt.

Ich muß die Frau suchen, dachte ich, wer Zeitschriften verkauft, ist auf der Straße oder in den Hauseingängen, und warum soll sie nicht wieder in unserer Gegend sein? Ich zog also meine Handschuhe an, eine Jacke brauchte ich nicht, es war immer noch heiß draußen, ein Sommer ohne Ende. Ich ging auf die Straße hinunter und wartete in verschiedenen Hauseingängen und vor den Türen, und dann tat ich dasselbe in den Nebenstraßen und fragte auch in den Geschäften, die noch geöffnet hatten, nach der fremden Frau. Aber niemand hatte sie gesehen, auch früher nicht, und von Hausierern war nur noch ein Scherenschleifer unterwegs und einer mit einem Apfelkarren, den er aber schon mit der Plane bedeckt nach Hause fuhr. Es wurde nun auch bald dunkel, die Tage waren schon kürzer, die Nächte länger, worüber auch die heißeste Sonne nicht hinwegtäuschen kann Ehe ich heimging, machte ich mich noch auf den Weg zum Polizeirevier, aber das war inzwi-

schen verlegt worden, und ich war plötzlich sehr müde und hatte keine Lust mehr weiterzugehen. Ich stellte mir auch vor, was für Ungelegenheiten die Polizei den Leuten in meinem Haus bereiten konnte, wahrscheinlich würde man ihnen sogar Vorwürfe machen. Sie würden verhört werden und sich in Widersprüche verwickeln. Hatte die Frau einen Hut aufgehabt? Ja, nein, natürlich nicht, oder doch, vielleicht, und am Ende würden sie selbst wie Verbrecher dastehen, während sie doch ganz vernünftig gehandelt und den Schlüssel nicht hergegeben hatten. Daß sie nichts mit der Polizei zu tun haben wollten, geht ja auch schon daraus hervor, daß sie sie nicht damals schon angerufen hatten; so eine unheimliche Person war das gewesen, die kann ja auch wiederkommen und sich rächen, etwa ein Bündel Werg an die Kellertreppe legen und es anzünden, was ein Kinderspiel wäre, da leider unsere Haustür immer offensteht.
Ich ging also nicht aufs Revier, sondern nach Hause, und zu Hause kam mir dann ein Gedanke, und ich nahm mein Notizbuch vor, das eigentlich ein Kalender, aber einer mit viel Platz zum Schreiben neben jedem Datum ist. Es war mir plötzlich außerordentlich wichtig zu wissen, was mir geschehen war an diesem Tag Mitte Juni, aber warum mir das so wichtig war, wußte ich nicht.
Freitag, der dreizehnte, Sonnabend, der vierzehnte, Sonntag, der fünfzehnte Juni. Das Datum des Tages, an dem die Fremde ins Haus gekommen war, stand nicht fest. Es war wirklich zuviel verlangt von meinen Mitbewohnern, daß sie sich auch daran noch erinnern sollten. Eines Mittags, Mitte Juni, das hatten sie alle gesagt, und da fiel der Freitag weg, weil die Frau Hoesslin da im Taunus war, und der Samstag, weil am Samstag der Herr Frohwein nicht wegfuhr, und am Sonntag werden keine Zeitschriften verkauft. Am Montag hatte die Dame über mir ihre Putzfrau, und die wäre gewiß aus lauter Neugierde mit

auf der Treppe gewesen. Es kam also nur der siebzehnte und der achtzehnte Juni in Betracht. Und unter dem siebzehnten und achtzehnten suchte ich nun in meinem Kalender nach. Ich tat das nicht etwa im Stehen über meine halb ausgepackten Koffer gebeugt. Ich setzte mich vielmehr an meinen Schreibtisch, nachdem ich die Vorhänge zugezogen hatte, und zündete die Stehlampe an, alles ganz feierlich, als sollte ich weiß Gott was für eine Entdeckung machen. Da war aber am achtzehnten gar nichts aufgezeichnet, und am siebzehnten sehr wenig, nämlich nur die Worte Trinken, Ertrinken, Orfeo, und die verstand ich nicht.

Ich habe mir oft überlegt, warum man gewisse Dinge nur verschlüsselt oder verschleiert niederzuschreiben wagt. Dinge, die man später vielleicht schonungslos preisgibt, die aber in diesem Augenblick noch nicht verwandelt, noch gefährlich sind. Daran dachte ich auch jetzt, gefährlich, Gefahr, Gefahrenfahne, kleines rotes Stück Tuch, das flattert an einer Bambusstange über dem Strand. Sturm, Sog, Gefahr, geht nicht ins Wasser. Aber so war es doch gar nicht gewesen an jenem Mittag, Mitte Juni, plötzlich wußte ich es ganz genau. Tiefblauer Himmel, das Meer der bekannte Spiegel, in winzigen, kaum hörbaren Uferwellchen auslaufend, sengende Sonne, der Sand glühend heiß. Panische Stunde und Furchtbarkeit des Südens, und ich hinausschwimmend, zufällig ganz allein. Auf dem weißen Sand unter dem Sonnenschirm meine schwarzen Kleider, schwarze Strümpfe, schwarze Schuhe. Costanza und ihre Freundin und der Mago und der Ingenieur sind etwas trinken gegangen, die Bar steht ein paar Stufen höher, mit dem Rücken zum Wasser, der Musikkasten neben der Tanzfläche brüllt und schluchzt und schweigt. Die englischen Kinder werden zum Essen gerufen, wer sonst noch da ist, blinzelt in die Sonne und rührt sich nicht. Das Wasser ist an dieser Küste sehr flach, bis ich endlich richtig schwimmen kann, bin ich schon weit fort vom Ufer, unterscheide die Gesichter, die Gestalten nicht mehr. Ich lege mich auf den Rücken, das dicke Salzwasser trägt mich, ich brauche kein Glied zu rühren, verschränke die Arme unter dem Kopf. Die Häuser sind ganz klein, darüber steigt der Wald auf, noch darüber die Felsen, das Haupt der Circe, im Schmerz zurückgebogen und versteint. Armselige Zauberin, denke ich, Nichtskönnerin, du hast den Odysseus nicht halten können. mit all deinen Künsten, wer fort will, geht fort, auch wenn man ihm ewige Liebe verspricht, wer wandern muß, wandert, und wer sterben muß, stirbt. Dann denke ich nichts mehr, schwimme weiter, halte die Augen unter Wasser offen, sehe tief, tief unter mir das Wellenmuster im feinen Sand. Den Kopf herauszustrecken ist furchtbar, eine Einsamkeit sondergleichen, man sollte zurückschwimmen, sich anziehen, zum Essen gehen. Aber warum eigentlich, es ist doch alles verloren, du hast dich nicht halten lassen, Odysseus, fort, dein Schicksal erfüllen, fort nach Ithaka, und Ithaka ist der Tod. Ich bin keine Zauberin, nicht unsterblich, ich brauche nicht zu versteinen und gegen den Himmel zu stehen, ein schauriges Monument. Ich kann trinken, ertrinken, hinuntersinken in die Tiefe, hinaufsteigen in die Höhe, oben und unten sind dasselbe, oben und unten sind die seligen Geister, oben und unten bist du. Ein Unglücksfall, ein Herzschlag, niemand braucht sich Vorwürfe zu machen. Trinken, ertrinken, und das Wasser schäumt schon und braust schon, grauweiß, grünweiße Wirbel, und drückt auf die Brust. Noch ein wenig tiefer, es drückt mir die Brust ab, es schnürt mir die Kehle zu, aber wo kommt der Ton her, der Flötenton, Costanza nimmt ihre Flöte nicht mit zum Baden, der Sand würde sie verderben, und man würde sie auch gar nicht spielen hören, so weit vom Strand. Aber ich höre sie doch, eine Flötenstimme, die so gar nichts hat von Rokoko

und Schäferpoesie, die einen ganz neuen Ton hat, einen starken und wilden Ton. Und keineswegs, soviel man auch denken kann in Sekunden, keineswegs denke ich jetzt, Costanza ist da, das Leben ist nicht sinnlos, ich bin nicht allein auf der Welt. Denn das weiß ich wohl, Kinder sind Kinder und gehen in ihre Zukunft, man kann sich an ihnen freuen und an ihnen ärgern und um sie zittern, aber helfen können sie einem nicht. Aber es ist doch diese geheimnisvolle Flötenstimme, dieser Ruf des Lebens, der mich übers Wasser reißt und über dem Wasser hält, keuchend, hustend, spuckend, auf dem Rücken liegend und ausruhend, und nun schon die ersten Armbewegungen dem Ufer zu. Am Ufer steht dann tatsächlich Costanza mit dem Badetuch in der Hand und sagt zornig: Was schwimmst du so weit hinaus, weißt du nicht, daß es Haifische gibt? Wir packen zusammen, und ich sage: Vergiß deine Flöte nicht, und sie sieht mich verständnislos an. Das war um zwölf Uhr zwanzig, da hatte daheim die fremde Frau unser Haus schon verlassen, warum eigentlich, doch nicht aus Furcht vor der Polizei?
Das mußte ich noch wissen und stand vom Schreibtisch auf, mit blinden Augen und steifen Beinen, und ging hinaus und klingelte bei der Nachbarin, die schon zu Bett gegangen war und mir nur das Fensterchen aufmachte, das in der Wohnungstür ist.
Entschuldigen Sie, fragte ich durch das Fensterchen, ich habe nicht recht verstanden, warum die Frau, die mich totgesagt hat, schließlich fortgegangen ist, und ich wüßte es gern.
Denken Sie immer noch daran? sagte meine Nachbarin, ich habe Ihnen doch gesagt, wer totgesagt wird, lebt lange.
Ich wüßte es aber doch gern, sagte ich.
Habe ich das nicht erzählt? sagte Frau Teichmann freundlich. Jemand hat von Ihrer Tochter gesprochen. Da hat sie es aufgegeben und ist fort.

Frau Teichmann fror und gähnte, es war jetzt beinahe elf Uhr. Haben Sie es auf der Polizei gemeldet? fragte sie.
Aber das hatte ich nicht getan, und ich würde es auch nicht mehr tun.

Kleine Epiphanien

»Das banale Wunder, auf das du jeden Tag gewartet hast und das du hingerissen erkennst. Der Zauber, ohne den leben zu müssen schauerlich wäre.«

Christa Wolf

Paul Nizon

18. März 1997, Paris

Dieses Jahr ist mir das Knospen und das Schlüpfen der Kastanienblätter in den Tuilerien nicht entgangen, ich habe alle Stadien genau verfolgt, ich war, könnte ich sagen, dabei(gewesen). Weiß der Himmel, was die Erregung, was das Glück ist beim Anblick dieser Vorgänge. Bereits wenn sich an den Trieben die dunkelbraunen klebrigen Knospen bilden, verschlägt es mir vor Staunen den Atem wie zu einem Stoßgebet. Warum bin ich von nun an in gestauter Erwartung elektrisiert, als gelte es nicht nur dem Beiwohnen des Wunders, sondern einer zutiefst mich betreffenden Offenbarung? Dann sind Tage später die ersten geplatzten Knospen mit der Spur Innengrün anzutreffen, das Grün von der bezauberndsten Frische, nein Unschuld, das Geburtsgrün! Andeutung von Enthüllung. Es gibt die frühentwickelten Bäume, eine Art Avantgarde, während die meisten dunklen Stämme rundum einzig ihre glänzenden Triebe recken. Doch einige Knospen sind gesprungen, und nun muß ich den ganzen Park ablaufen unter den Kronen inmitten der mächtigen Stämme, ich laufe wie ein Aufseher, wie ein Natur-Geheimagent unter den Stämmen. Anderntags beginnt da und dort das Ausschlüpfen, die gefältelten Blättchen mit dem unaussprechlich jugendfrischen Hellgrün, einem Grün, wie man es nirgends sieht, wie knochenlose Händchen, die sich öffnen. Und am nächsten Tag sind es hängende Blättchen, grün materialisierter Duft. Und sich das Platzen vorzustellen, den lautlosen Knall überall, das Schlüpfen. Das Knospenspringen ist dann wie ein riesiges Knüpfwerk durch den Raum gebreitet, und Tage später stehen die Bäume in ganzen Familien und Heerscharen in grünem Flaum. Es

ist das Wunder des Anfangs. Es ist die Geburt der Schönheit.
Es geht mir durch und durch. Ich bin verzaubert. Ich laufe nach Hause und setze mich an die Arbeit, um es dem Werden draußen gleichzutun. Es muß geschehen, es muß jetzt geschehen. Wenn nicht, ist der herrliche Moment verpaßt, die Gnadenfrist vertan.

Marcel Proust

Madeleine

Viele Jahre lang hatte von Combray außer dem, was der Schauplatz und das Drama meines Zubettgehens war, nichts mehr für mich existiert, als meine Mutter an einem Wintertag, an dem ich durchfroren nach Hause kam, mir vorschlug, ich solle entgegen meiner Gewohnheit eine Tasse Tee zu mir nehmen. Ich lehnte erst ab, besann mich aber, ich weiß nicht warum, eines anderen. Sie ließ daraufhin eines jener dicklichen, ovalen Sandtörtchen holen, die man »Petites Madeleines« nennt und die aussehen, als habe man als Form dafür die gefächerte Schale einer Jakobs-Muschel benutzt. Gleich darauf führte ich, ohne mir etwas dabei zu denken, doch bedrückt über den trüben Tag und die Aussicht auf ein trauriges Morgen, einen Löffel Tee mit einem aufgeweichten kleinen Stück Madeleine darin an die Lippen. In der Sekunde nun, da dieser mit den Gebäckkrümeln gemischte Schluck Tee meinen Gaumen berührte, zuckte ich zusammen und war wie gebannt durch etwas Ungewöhnliches, das sich in mir vollzog. Ein unerhörtes Glücksgefühl, das ganz für sich allein bestand und dessen Grund mir unbekannt blieb, hatte mich durchströmt. Es hatte mir mit einem Schlag, wie die Liebe, die Wechselfälle des Lebens gleichgültig werden lassen, seine Katastrophen ungefährlich, seine Kürze imaginär, und es erfüllte mich mit einer köstlichen Essenz; oder vielmehr: diese Essenz war nicht in mir, ich war sie selbst. Ich hatte aufgehört, mich mittelmäßig, zufallsbedingt, sterblich zu fühlen. Woher strömte diese mächtige Freude mir zu? Wo konnte ich sie fassen? Ich trinke einen zweiten Schluck und finde nichts anderes darin als im ersten, dann einen dritten, der mir etwas weniger davon schenkt als der vorige. Ich muß aufhören, denn die geheime Kraft des Trankes scheint nachzulassen. Es ist ganz offenbar, daß die Wahrheit, die ich suche, nicht in ihm ist, sondern in mir. Er hat sie dort geweckt, kennt sie aber nicht und kann nur auf unbestimmte Zeit und mit ständig schwindender Stärke seine Aussage wiederholen, die ich gleichwohl nicht zu deuten weiß und die ich wenigstens wieder von neuem aus ihm herausfragen und unverfälscht etwas später zu meiner Verfügung haben möchte, um eine entscheidende Erleuchtung daraus zu schöpfen. Ich stelle die Tasse ab und wende mich meinem Geist zu. Er muß die Wahrheit finden. Doch wie? Eine schwere Ungewißheit tritt ein, so oft der Geist sich von sich selbst überfordert fühlt, wenn er, der Forscher, zugleich das dunkle Land ist, das er erforschen muß und wo sein ganzes Gepäck ihm nichts nützt. Erforschen? Nicht nur das: Erschaffen. Er steht vor einem Etwas, das noch nicht ist, das nur er wirklich werden lassen und dann in sein eigenes Licht rücken kann.

Und wieder beginne ich, mich zu fragen, was das für ein unbekannter Zustand sein mochte, der keinen logischen Beweis, wohl aber die Evidenz seines Glücks mit sich führte, seiner Wirklichkeit, der gegenüber alle anderen verblaßten. Ich will versuchen, ihn von neuem herbeizuführen. Ich durchlaufe rückwärts im Geiste den Weg bis zu dem Moment, wo ich den ersten Löffel voll Tee an den Mund geführt habe. Ich finde den gleichen Zustand wieder, doch von keinem neuen Licht erhellt. Ich verlange meinem Geist eine weitere Anstrengung ab, nämlich die entschwindende Empfindung noch einmal heraufzubeschwören. Und damit sein Schwung sich an keinem Hindernis brechen kann, räume ich alles hinweg, jeden fremden Gedanken, ich schirme mein Gehör und meine Aufmerksamkeit gegen alle Geräusche des Nebenzimmers ab. Dann aber, da ich fühle, wie mein Geist sich erfolglos abmattet, zwinge ich ihn umgekehrt zu jener Zerstreuung, die ich ihm vorenthalten wollte, lasse ihn an anderes denken und sich gleichsam erholen, bevor er einen letzten Versuch unternimmt. Dann schaffe ich ein zweites Mal völlige Leere um ihn, ich stelle ihm den noch ganz frischen Geschmack jenes ersten Schlucks gegenüber und spüre, wie etwas in mir sich zitternd regt und verschiebt, wie es sich zu erheben versucht, als ob etwas sich in großer Tiefe vom Ankertau gelöst hätte; ich weiß nicht, was es ist, doch langsam steigt es in mir empor; ich spüre den Widerstand und höre das Raunen der durchmessenen Räume.

Sicherlich muß das, was auf dem Grund meines Ich in Bewegung geraten ist, das Bild, die visuelle Erinnerung sein, die zu diesem Geschmack gehört und die nun versucht, mit jenem bis zu mir zu gelangen. Doch sie müht sich in zu großer Ferne und nur allzu schwach erkennbar ab; kaum nehme ich einen gestaltlosen Lichtschein wahr, in dem sich der ungreifbare Wirbel der Farben vermischt und verliert; ich kann aber die Form nicht unterscheiden, nicht von ihr als dem einzig möglichen Dolmetscher erbitten, daß sie mir die Aussage ihres Begleiters, ihren unzertrennlichen Gefährten, des Geschmacks übersetzt, sie nicht fragen, um welche Begebenheit, um welche Epoche der Vergangenheit es sich handelt.

Wird sie bis an die Oberfläche meines klaren Bewußtseins gelangen, diese Erinnerung, jener Augenblick von einst, der nun plötzlich durch die Anziehungskraft eines identischen Augenblicks von so weit her in meinem Innersten erregt, bewegt und emporgehoben wird? Ich weiß es nicht. Jetzt fühle ich nichts mehr, er ist zum Stillstand gekommen, vielleicht in die Tiefe geglitten; wer weiß, ob er je wieder aus seinem Dunkel emporsteigen wird? Zehnmal muß ich es wieder versuchen, mich zu ihm hinunterbeugen. Und jedesmal rät mir die Trägheit, die uns von jeder schwierigen Aufgabe, von jeder bedeutenden Leistung fernhalten will, das Ganze auf sich beruhen zu lassen, meinen Tee zu trinken im ausschließlichen Gedanken an meine Kümmernisse von heute und meine Wünsche für morgen, die ich unaufhörlich und mühelos in mir bewegen kann.

Und mit einem Mal war die Erinnerung da. Der Geschmack war der jenes kleinen Stücks einer Madeleine, das mir am Sonntagmorgen in Combray (weil ich an diesem Tag vor dem Hochamt nicht aus dem Hause ging), sobald ich ihr in ihrem Zimmer guten Morgen sagte, meine Tante Léonie anbot, nachdem sie es in ihren schwarzen oder Lindenblütentee getaucht hatte. Der Anblick jener Madeleine hatte mir nichts gesagt, bevor ich davon gekostet hatte; vielleicht kam das daher, daß ich dieses Gebäck, ohne davon zu essen, oft in den Auslagen der Bäcker gesehen hatte und daß dadurch sein Bild sich von jenen Tagen in Combray losgelöst und mit anderen, späteren verbunden hatte; vielleicht auch daher, daß von jenen so lange aus dem Gedächtnis entschwundenen Erinnerungen nichts mehr da war, alles sich in nichts aufgelöst hatte; die Formen – darunter auch die dieser kleinen Muschel aus Kuchenteig, die so füllig und sinnlich wirkt unter ihrem strengen, frommen Faltenkleid – waren vergangen, oder sie hatten, in tiefen Schlummer versenkt, jenen Auftrieb verloren, durch den sie ins Bewußtsein hätten emporsteigen können. Doch wenn von einer weit zurückliegenden Vergangenheit nichts mehr existiert, nach dem Tod der Menschen und dem Untergang der Dinge, dann verharren als einzige, zarter, aber dauerhafter, substanzloser, beständiger und treuer der Geruch und der Geschmack, um sich wie Seelen noch lange zu erinnern, um zu warten, zu hoffen, um über den Trümmern alles übrigen auf ihrem beinahe unfaßbaren Tröpfchen, ohne nachzugeben, das unermeßliche Gebäude der Erinnerung zu tragen.

Und so ist denn, sobald ich den Geschmack jenes Madeleine-Stücks wiedererkannt hatte, das meine Tante mir, in Lindenblütentee getaucht, zu geben pflegte (obgleich ich noch immer nicht wußte und auch erst späterhin würde ergründen können, weshalb diese Erinnerung mich so glücklich machte), das graue Haus mit seiner Straßenfront, an der ihr Zimmer sich befand, wie ein Stück Theaterdekoration zu dem kleinen Pavillon an der Gartenseite hinzugetreten, der für meine Eltern nach hintenheraus angebaut worden war (also zu jenem begrenzten Ausschnitt, den ich bislang allein vor mir gesehen hatte), und mit dem Haus die Stadt, vom Morgen bis zum Abend und bei jeder Witterung, der Platz, auf den man mich vor dem Mittagessen schickte, die Straßen, in denen ich Einkäufe machte, die Wege, die wir gingen, wenn schönes Wetter war. Und wie in jenem Spiel, bei dem die Japaner in eine mit Wasser gefüllte Porzellanschale kleine Papierstückchen werfen, die sich zunächst nicht voneinander unterscheiden, dann aber, sobald sie sich vollgesogen haben, auseinandergehen, Umriß gewinnen, Farbe annehmen und deutliche Einzelheiten aufweisen, zu Blumen, Häusern, echten, erkennbaren Personen werden, ebenso stiegen jetzt alle Blumen unseres Gartens und die aus dem Park von Swann und die Seerosen auf der Vivonne und all die Leute aus dem Dorf und ihre kleinen Häuser und die Kirche und ganz Combray und seine Umgebung, all das, was nun Form und Festigkeit annahm, Stadt und Gärten, stieg auf aus meiner Tasse Tee.

Cees Nooteboom

Begegnung

Zwei Jungen kommen mir auf dem schmalen Pfad entgegen, der vom Meer zum Dorf führt. Der eine ist ein Halbwüchsiger, lang, ungeformt, alles an seinem Körper schlenkert. Dadurch wirken die Schritte des viel kleineren Jungen hinter ihm wesentlich bedächtiger. Er sieht dunkel, südländisch, römisch aus. Sein Alter ist schwer zu schätzen, vielleicht neun oder zehn, was mir jedoch auffällt, ist der gänzlich nach innen gerichtete Blick. Natürlich kann ich nicht wissen, was er dort sieht, aber das Geheimnisvolle dieser äußersten Konzentration läßt mich durch die Zeit stürzen. Wie lange ist es her, daß ich in diesem Alter war? Warum habe ich das Gefühl, etwas wiederzuerkennen? Steckte derjenige, der ich heute bin, fast siebzig Jahre später, bereits in dem Kind, an das ich mich nicht erinnere? Dieses Rätsel begleitet mich den ganzen Tag. Gibt es das, ein anderer als Spiegel, in dem das eigene Alter verfliegt? Warum denke ich, daß ich mir selbst begegnet bin? Und falls das nicht zutrifft, wem bin ich dann begegnet, den ich nie kennen werde?

István Örkény

Information

Seit vierzehn Jahren sitzt sie hinter dem kleinen Schiebefenster in der Toreinfahrt. Man fragt sie immer nur zwei Sachen.
»Wo sind die Büros der Montex?«
Worauf sie erwidert:
»Im ersten Stock, links.«
Die zweite Frage lautet:
»Wo befindet sich die Müllaufbereitungsfirma Knautsch?«
Darauf antwortet sie:
»Zweiter Stock, zweite Tür rechts.«
In vierzehn Jahren hat sie sich kein einziges Mal geirrt.
Alle bekamen die entsprechende Information. Nur einmal geschah es, daß eine Dame vor dem Schiebefenster stehenblieb und die übliche Frage stellte:
»Wo sind, bitte schön, die Büros der Montex?«
Woraufhin ihr Blick ausnahmsweise in die Ferne schweifte, und sie sprach:
»Wir alle kommen aus dem Nichts und werden eingehen in das große, stinkende Nichts.«
Die Dame legte Beschwerde ein. Die Beschwerde wurde untersucht, diskutiert und schließlich fallengelassen.
Es ist ja nun wirklich keine so große Sache.

Marco Lodoli

»Mach uns staunen!«

»Mach uns staunen!« sagt der Blick des Freundes, der für ein paar Tage nach Rom gekommen ist. Also verfrachten wir ihn in den Wagen und kutschieren ihn dahin und dorthin; Orte zum Anschauen gibt es unendlich viele, die Schönheit ist überall, zwischen den Säulen des Forum Romanum ebenso wie in den Winkeln von Trastevere, auf den Renaissanceplätzen und in den Museen, vollgestopft mit Meisterwerken. Aber der Tourist auf der Durchreise hat nicht die nötige Ruhe, um so viel Schönheit aufzunehmen, er ist wie ein Verdurstender, der sich aus lauter Übereifer das Wasser ins Gesicht und auf den Anzug schüttet. Das, was er sich wünscht, sind ein paar besonders erfrischende Züge, irgend etwas Außergewöhnliches, das er dem erzählen kann, der ihn zu Hause erwartet. Ihm gefällt das Schlüsselloch im Schloß auf dem Aventin, das die Kuppel der Peterskirche einrahmt, besser als die Kuppel selbst, aus der Nähe betrachtet. Wenn Sie also jemanden verblüffen wollen, dann führen Sie ihn doch in die Kirche Sant' Ignazio di Loyola. Hier ist allein schon der kleine Rokokoplatz davor kurios, von dem Architekten Filippo Raguzzini wie ein kleines Theater angelegt: aber das genügt unserem Freund nicht, er hat mehr oder weniger zerstreut schon zu viele Plätze besucht. Also drängen wir ihn ins Innere der Kirche, die von dem Jesuitenpater Orazio Grassi, Mathematiker und Astronom, entworfen und deren Decke von einem anderen Jesuiten, Pater Andrea Pozzo, ausgemalt wurde. Stoppen wir unseren Freund, wie zufällig, im Mittelschiff und fordern wir ihn auf, die Augen zur Kuppel zu erheben: »Na und?« wird er sagen, »eine Kuppel wie andere auch, mit all den Säulen und Krümmungen, wie sich's gehört, und dem Licht, das von oben einfällt«, als ob es in seinem kleinen Dorf eine Kuppel in jeder Bar gäbe. Jetzt würden wir ihm ja ganz gerne eine Kopfnuß verpassen, aber wir halten uns zurück, weil wir die Entdeckung genießen wollen, die sich gleich zutragen wird. Mit einem leichten Stoß befördern wir ihn noch ein wenig weiter nach vorne: »Jetzt schau doch genauer hin«, sagen wir zu ihm: »Geh geradeaus und konzentrier dich genau auf die Kuppel.« Und plötzlich sehen wir, wie seine Augen sich weiten und sein Mund vor lauter Verwunderung herunterklappt. »Aber da ist ja gar keine Kuppel, das ist ja nur eine riesige bemalte Leinwand!« Macht des römischen Barock, sublimer Augentrug, grandiose perspektivische Täuschung. Die Kuppel gibt es nicht, es ist ein riesengroßes Bild in vierunddreißig Meter Höhe aufgespannt. Der Freund klatscht vor Beglückung in die Hände, und wir sind stolz, als hätten wir die ganze Nacht daran gearbeitet, ihn zum Staunen zu bringen.

Ralf Rothmann

Erleuchtung durch Fußball

Es wurde dunkel, als ich von der Arbeit kam. Im Wohnzimmer brannten Kerzen, und ich blieb unter der Linde stehen und sah meiner Frau beim Tischdecken zu. Sie trug eine Plastikschürze über dem Seidenkleid mit dem kleinen Stehkragen, und ihr Haar, noch hochgesteckt, sah frisch getönt aus. Sie bemerkte mich nicht, und ich überlegte, ob wir irgendwelche Leute eingeladen hatten für den Abend, konnte mich aber nicht erinnern. Es war eher unwahrscheinlich. Rita wußte, daß ich mir das Pokalspiel ansehen wollte. Außerdem hatte ich keinen Hunger. In meiner Tasche waren noch alle Brote.

Unser Haus ist ein schmales, zweigeschossiges aus den zwanziger Jahren, und wir hatten uns mit dem Kauf, der Renovierung und dem Einbau einer Garage im Keller vielleicht etwas übernommen. Doch wir leben gern hier. Ein Dutzend dieser Ziegelhäuser mit kleinen, von schnörkeligen Eisengittern umgrenzten Vorgärten steht auf jeder Seite der gepflasterten Straße – einer Straße, die man in Tempelhof nicht vermuten würde.

Obwohl es regnete, mochte ich noch nicht hineingehen. Der Efeu glänzte wie glasiert, das erleuchtete Klingelschild flackerte etwas, und momentlang glaubte ich, die leisen Töne der Windglocken zu hören, die im Zimmer unserer Tochter hingen. Doch das Fenster war geschlossen.

Unser Haus ist das einzige, an dem Efeu wächst, und ich hätte ihn längst weggehackt. Im Sommer ist er voller Ungeziefer und Vogelnester, überall klebt weißlicher Kot, und die feinen Wurzeln graben sich in die Mauerfugen oder Klinkerrisse und machen alles porös. Doch meine Frau und Janine, unsere Tochter, hatten protestiert, um es gelinde auszudrücken, es hatte Geschrei und Tränen gegeben, sogar Drohungen. »Wenn du das Grünzeug abreißt, ziehe ich aus!« Originalton Janine. Und Rita hielt mir ein Buch unter die Nase, *Heilpflanzen heute.* Darin wurde Efeu eine bronchienstärkende Kraft zugeschrieben, und hustend erinnerte sie mich an ihre »asthmatischen Zustände«. Also gab ich nach; schließlich hat die Familie meiner Garageneinfahrt zuliebe auf den hinteren Garten verzichtet.

Doch jetzt kommts. Erstens ist unsere Tochter sowieso ausgezogen; sie studiert an der Columbia Universität in New York. Und zweitens hat dieser alte Efeustamm, genauer, seine Wurzeln, den Isolierputz der Nachbarn aufgeknackt. Erst wollte ich das nicht glauben, denn die Sommers, ein junges Paar mit vier Kindern, haben seit ihrem Einzug nichtmal die Fenster gestrichen; die lassen den Kasten einfach vor sich hinbröckeln, und Risse gibt es nicht nur im Isolierputz. Doch sie klagten, und ein Gutachter, dessen zwei, drei Spatenstiche ungefähr so viel kosteten, wie ich im Monat verdiene, bestätigte, daß die Feuchtigkeit da unten auf die Efeuwurzeln zurückzuführen sei.

»Verdammt, wieso ist dann *mein* Keller trocken?« fragte ich. Doch er zuckte mit den Schultern, was offenbar gratis war, und es wird darauf hinauslaufen, daß ich den Nachbarn eine neue Isolierung bezahlen muß, und mehr: Zwei der Kellerräume waren als Kinderzimmer umgebaut worden, und der jüngste Sohn hat plötzlich Atemprobleme gekriegt, was eine aufwendige Therapie im Sauerstoffzelt erforderlich macht. Und auch die Krankenkasse der Sommers hat mich verklagt und fordert einen Großteil ihrer Ausgaben zurück.

Wieder spürte ich dieses Brennen in der Magengegend. Ich atmete durch und dachte an das Aufziehen selbstklebender Briefumschläge. Irgendwie hatte das Gefühl damit zu tun. Meine Frau rollte Papierservietten zusammen, steckte sie in die Gläser. Der Tisch war für drei Personen gedeckt, und ich kam immer noch nicht darauf, wen sie eingeladen hatte. Das ganze Drumherum – die silbernen Kerzenleuchter, die Blumen, der Wein – sah nach einem Festessen aus, und sie nahm die Servietten wieder aus den Gläsern und faltete sie zu seltsamen Gebilden, die sie auf die Teller stellte. Ich beschloß, noch einmal um den Block zu gehen.

Auch in den anderen Häusern aß man zu Abend oder sah fern. Hier wohnen junge Menschen mit Kindern, und vor den Türen parken schnittige Kleinbusse und einige von den runden Dingern, die aussehen, als wären sie zum Lutschen. Ich werde immer etwas kleinlaut vor dem Lebensstil dieser Leute, genauer, vor ihrer Sorglosigkeit, was das Schuldenmachen betrifft. Das Dachgebälk kracht unter der Zinslast, und sie winken strahlend aus Chrom und Glas heraus und biegen um die Ecke, Richtung Sylt. Sogar die Hunde und Katzen, die sie uns manchmal zur Pflege bringen, kommen mir wie Designerware vor und sehen jedenfalls so aus, als hätten sie irgendwo im Fell eine Kreditkarte stecken.

Etwas mache ich falsch. Ich bin der erste, der morgens zur Arbeit geht, und wenn ich abends nach Hause komme, hocken die jungen Väter in ihren gebügelten Hemden schon wieder auf den Ledersofas und lassen das Jüngste auf den Knien reiten. Während ich mich neulich bei dem Gedanken ertappte, daß es mir nicht unlieb wäre, wenn unsere Tochter über Weihnachten in Amerika bliebe. Denn das Ticket geht natürlich auf meine Rechnung.

Vielleicht hat Rita recht: Ich bin zu angespannt, müßte gelassener werden, »meine Mitte finden«, wie sie das neuerdings nennt. Sie ist gerade auf dem Japan-Trip. Erst machte sie Aikido-Zen und ließ sich zweimal pro Woche auf die Matte schmettern, stundenlang. Bis zum Bandscheibenvorfall. Danach kamen sogenannte Brokatübungen, was ich, ungebildet wie ich bin, für eine Art Nähsport hielt. – »Zeig doch mal die Stickereien«, hatte ich gesagt. »Bei den Kursgebühren verarbeitet ihr wohl reines Gold?« – Dann standen überall halbvolle Vasen herum, das war also Ikebana, und plötzlich gab es nur noch grünen Tee aus Tassen, die mich an die Kindheit erinnerten, an das Puppengeschirr meiner Schwester. Aber gut, solange sich was zum Essen in der Mikrowelle befindet und mein Sessel im richtigen Winkel zum Bildschirm steht, kann man eine Menge mit mir machen.

Doch eines Tages öffne ich die Tür und denke, ich bin im falschen Haus. Jedenfalls war mir unseres noch am Morgen möblierter vorgekommen. Rita lief in einem neuen Kimono durch die Räume, verschob hier ein Regal, dort eine Blumenbank, schwenkte Räucherstäbchen und murmelte unverständliches Zeug, altjapanische Formeln, wie ich später erfuhr. Und meine erste Frage war: »Wo ist der Fernseher.«

Nur noch unser Philodendron stand da, neben einem niedrigen, mattschwarz lackierten Tisch mit dem erwähnten Teegeschirr darauf. An den beiden Rundkissen hingen noch die Preisschilder, und meine Frau hielt mir einen bunten Computer-Ausdruck hin, ein sogenanntes Feng-Shui-Gutachten samt Zeichnung, auf der unsere Räume wie nach einer Pfändung aussahen. Wozu auch ein Sofa? Sitzen ist Schwäche. Oder ein Sideboard? Man würde sein Glas einfach auf einen dieser unsichtbaren, das Zimmer durchziehenden Kraftströme stellen und zusehen, wie es sanft aus dem Raum glitt, in die Spülmaschine. Lesen konnte ich nichts auf dem Blatt, jedenfalls nicht die Schriftzeichen. Die Zahlen wohl.

»Feng-Shui?« brüllte ich. »Feng-Shui?! Was heißt das! Fernseher weg?!«

Natürlich wurden die Möbel aus dem Keller geholt, und unser Wohnzimmer sieht wieder aus, wie die meisten anderen in der

Straße auch. Die Neunzehn-Uhr-Nachrichten begannen, auf den Bildschirmen jenseits der Eßtische dominierte das Olivgrün von Panzern und Uniformen, und wie immer, wenn ich eine Farbe sehe, dachte ich Katalognummer und Rastertiefe mit, ganz unwillkürlich; ich bin Drucker, seit zweiunddreißig Jahren.

Noch bin ich Drucker. Ich ging bis ans Ende der Straße, die eine Sackgasse ist. Doch zwischen der Brandmauer des Gymnasiums und dem Haus der Neuners gibt es einen schmalen Hekkenweg, der zur Parallelstraße führt. Außer meiner Frau und mir sind die Neuners das einzige ältere Ehepaar in der Nachbarschaft, und als ich an die Rückseite ihres Hauses kam, sah ich sie in der Küche. Er saß im Schlafanzug am Tisch und verpackte Weihnachtsgeschenke, wahrscheinlich für die Enkel. Sie hatte sich in ihre Operngala geschmissen, und in der rechten Hand, peinlich gepflegt und voller Ringe, hielt sie eine angebissene Wiener und sah ihm beim Binden der Schleifen zu.

Ich hatte Rita gesagt, daß meine Versetzung beschlossene Sache ist, klar. Aber ich hatte ihr auch manches nicht gesagt. Der Wagen jedenfalls war in der Werkstatt, und sie hatte bisher noch keinmal danach gefragt. Schließlich brauchten wir ihn kaum. Sie fährt Rad, und es gibt Geschäfte genug in der Nähe; es gibt Kinos und Parks, und die U-Bahn ist fünf Minuten weit entfernt. In Berlin braucht man kein Auto.

Auf den kleinen Gartengrundstücken hinter den Häusern wird kaum etwas gepflanzt. Es gibt ein paar Birken, zwischen denen bunte Rutschen und Gerüste stehen, und ich bückte mich nach einer Plastikpistole, die auf dem Bürgersteig lag, warf sie den Marondes auf die Terrasse. Sie schienen nicht zu Hause zu sein; ihre drei Kinder, alle mit roten Weihnachtsmützen auf dem Kopf, spielten Trampolinspringen auf dem Ehebett, und der Babysitter, eine Studentin aus dem Senegal, hockte in

der Küche und las Zeitung. Auch sie trug eine Weihnachtsmütze.
Rita hatte sich natürlich über meine Versetzung gefreut, nicht nur, weil jetzt die lange Fahrt nach Spandau wegfällt. Für sie ist es eine Beförderung. Ich soll ab Januar den Stammsitz der Firma leiten, die Tiefdruckanlage in Neukölln. Das hatte Bender in die Wege geleitet und Dr. Raben, unser Chef, unterschrieben. Er hat mir sogar auf die Schulter geschlagen.
Es regnete stärker. Mit spitzen Fingern hielt Frau Neuner ihrem Mann das Würstchen hin, und er biß ein Stück davon ab, bevor er eine neue Schleife band, eine goldene.
Bender war der erste gewesen, den ich nach meiner Meisterprüfung ausgebildet hatte, und schon damals zeigte sich, daß er außergewöhnlich war: Klug, schnell, skrupellos. Kaum hatte er seinen Facharbeiterbrief in der Tasche, ging er zur Konkurrenz, zur DIAG nach Britz, die plötzlich eine Rotationsmaschine mit verkürzter Duktor- und verlängerter Pendelwalze baute. Nach meinen Entwürfen. Deren Ausführung war Dr. Raben damals zu kostspielig vorgekommen; sie lagen monatelang in seinem Büro. Nun fischte Britz alle Aufträge für Pigmentpapier vom Markt und klopfte mit meiner Idee beim Patentamt an.
Bender ließ sich dafür Abendschule, Abitur und Studium bezahlen und kam als frischgebackener Ingenieur mit EDV-Ausbildung zu uns zurück. Weiß der Teufel, was den Chef bewog, ihn wieder einzustellen; vermutlich erinnerte ihn die Kaltschnäuzigkeit des Jungen, seine kriminelle Energie, an die eigenen Anfänge. Jedenfalls wurde Bender von heute auf morgen Geschäftsführer, und ich mußte die Sekretärin um einen Termin bei meinem Lehrling bitten.
Da haben wir sie also, die neue Generation, dachte ich. Die jungen Beißer. Weil sie alles auf ihren Computern können, glau-

ben sie, auch alles im Leben zu können. Und am Ende stimmt es sogar.
Ich war enttäuscht, sicher, war übergangen worden; doch ich machte meine Arbeit. Das gemeinsame Bier am Samstagvormittag, bei dem Raben die wichtigen Punkte der Woche mit mir besprochen hatte, fiel natürlich weg. Aber daß mir einmal ein Kathodenstrahler durchknallte, war nicht meine Schuld. Wahrscheinlich Materialfehler. Auch wenn der Schwindelanfall nicht gewesen wäre – das Ding war nur vom Sockel gefallen und hätte ganz bleiben müssen. Trotzdem bot ich dem Alten an, die zwanzigtausend Mark von meinem Gehalt abzuziehen, was gewissermaßen ein Test war. Doch davon wollte er nichts wissen.
»Na siehst du!« sagte Rita, die sich irgendwann mal vorgenommen hat, alles positiv zu sehen. Sie kann das; sie muß es ja nicht bezahlen. »Pfeif auf die Bande. Soll sie in Spandau versauern. Jetzt bist du Leiter einer Niederlassung, dein eigener Herr!« Und sie verneigte sich vor mir auf diese alberne japanische Art.
Aber ich dachte an den Blick des Chefs, das verlegene Blinzeln, den Schulterschlag, und daß ich geheult hatte auf dem Klo. Und plötzlich konnte ich ihr nicht mehr sagen, daß die Druckstraßen in Neukölln keinen Pfifferling wert sind, daß Neukölln abgewickelt wird, spätestens in zwei Jahren, und mit den Maschinen alle Arbeiter. »Verlagerung der Kapazitäten.« Sie hätte es mir nicht geglaubt.
Irgendwo bellte ein Hund, und ich zögerte einen Moment vor der Einfahrt. Nebenan, im Haus der Sommers, wurde Musik gemacht; die Tochter spielte Klavier, und es klang, als würde jemand eine Reihe von Tasten mit dem Unterarm drücken, immer wieder, bis Frau Sommer etwas nach oben rief. Sie war in der Küche, hatte den Jüngsten gebadet. In ein Frotteetuch mit Kapuze gewickelt, stand er auf dem Tisch, und seine Mutter

rubbelte ihn ab. Manchmal hustete er, und es war das erschrekkend laute und irgendwie hohle Husten, das Rita immer Kröchen nannte. »Der kröcht wie ein kleiner Hund.«
Ich beschloß, durch den Keller ins Haus zu gehen, und tastete in der Parkatasche, in der auch der Briefumschlag steckte, nach dem Schlüssel. Um Beton zu sparen, hatte ich die Einfahrt etwas steiler angelegt als erlaubt, und die geglättete Oberfläche, alle zwanzig Zentimeter von einer Rille durchzogen, glänzte im Regen. Der Sturz über dem Garagentor, ein Stahlträger, war immer noch nicht verputzt. Es war auch schon zu kalt dazu.
Meine Frau betrat unser Schlafzimmer und knipste das Licht über dem Frisierspiegel an. Sie setzte sich, löste die Spange in ihrem Nacken, schüttelte das kastanienbraune Haar und steckte es neu zusammen. Zwei Jahre älter als ich, sieht sie doch viel jünger aus. Einmal war ich gestorben im Traum, und sie saß an genau dem Platz und starrte verzweifelt und ohne Hoffnung vor sich hin. Ich stand bei ihr, auch wenn sie es nicht bemerkte. Ich beugte mich hinunter, legte meine Wange an ihre und sagte: »Siehst du, so schlimm ist es doch gar nicht. Glaub an Gott.« Aber sie hatte nichts gehört, starrte weiter vor sich hin. Dann drehte sie einen Lippenstift auf, roch daran, schraubte ihn zu und ging hinaus. Das Licht ließ sie brennen.
Kurz darauf kam sie in die Küche. Sie öffnete den Kühlschrank und stellte Dessertschalen auf die Arbeitsplatte, drei Stück. In eine tunkte sie den kleinen Finger, steckte ihn in den Mund, und plötzlich drehte sie sich um und nahm das Telefon vom Tisch.
Ich hatte kein Klingeln gehört und sah auf die Uhr. Ritas hocherfreutem Gesicht nach rief unsere Tochter an; in New York war Lunch-Time, und meine Frau ließ alles stehen und liegen und ging in eins der vorderen Zimmer. Dabei machte sie zwar das Küchenlicht aus. Doch der Eisschrank blieb offen.

Das gelbe Gras unter den Schuhen knisterte, und ich sah meinen Atem vor dem Mund. Ich dachte daran, daß unsere Tochter nun seit einem Jahr in Amerika ist, und ich hatte meine Zweifel, ob die junge Dame noch mal bei uns einzog. Es war mir sofort klar gewesen, daß unser Familienleben mit ihrer Abreise für immer beendet sein würde, und vielleicht hatte ich mich deswegen so gesträubt gegen diesen Studienaufenthalt; nicht aus Kostengründen, wie meine Frau mir unterstellte. New York ist teuer für uns, richtig teuer, das stimmt, und die Telefonate zur Lunch-Zeit fallen da kaum noch ins Gewicht. Ich mußte das Haus noch einmal mit einer Hypothek belasten. Aber das war es nicht. Ich hänge an der Kleinen, verdammt. Ich hab sogar ihre alte Zahnspange in die Garageneinfahrt betoniert, heimlich natürlich. Als Glücksbringer.

»Daß jemand in Amerika studieren will, kann ich ja verstehen!« sagte ich, und Rita hielt sich beide Hände an die Ohren. Doch ich sprach ganz normal. »Wenn man Betriebswirt, Techniker oder Mediziner werden will – okay. Die sind ja nicht blöd da drüben. Aber wieso jemand aus Berlin über den großen Teich fahren und in New York *Germanistik* studieren will, geht über meinen Verstand! Das erklär mir mal, bitte!«

Rita kam wieder in die Küche, stellte die Schalen in den Kühlschrank zurück und nahm mit einem Griff ein paar Fläschchen heraus, Nagellack. Zu viele, das sah ich gleich. Sie telefonierte immer noch, drückte die Tür mit dem Hintern zu, plapperte strahlend, blickte in den Garten und sah mich doch nicht. Dann stieß sie mit dem Ellbogen gegen den Grill, und es passierte, was ich geahnt hatte. Ich hörte die Fläschchen zwar nicht fallen; doch Rita bückte sich, verschwand aus meinem Blick.

Das Garagentor schepperte im Rahmen. Der leere Raum dahinter erzeugte einen Hall im Kopf, und ich sah zu dem Stahlträger hoch, den ich mit Hühnerdraht umwickelt hatte, als

Putzträger, und von dem mir Wasser ins Gesicht tropfte. Es schmeckte nach den Kupferpfennigen der Kindheit und war so kalt, daß es mir eine Sekunde lang heiß vorkam. Ich rutschte etwas tiefer, dachte an das Pokalspiel, langte nach meiner Ledertasche. Die Thermoskanne war fast neu. Ein Flugzeug glitt über das Haus, eine zweimotorige Propellermaschine, ich konnte Markierungen auf dem grauen Bauch und den Unterseiten der Flügel erkennen. Aber ich hörte keinen Laut, nur meinen Puls in den Ohren, und der Efeu bewegte sich im Wind.
Die glänzenden Blätter sahen scharf aus, wie Scherben. Ich war nicht bewußtlos. Ich fühlte die Kälte des Betons in meinen Schultern, den Knochen, und wußte doch, daß sie nicht überall hinkam. Wasser tropfte mir in die Halsgrube, auf den Handrücken und leise pitschend auf das Glas meiner Armbanduhr.
Im Nachbarhaus schlug wieder jemand auf die Tasten, ein metallischer Akkord. Doch es war dunkel jetzt. Ich zog mich an der Stahlfeder hoch, nahm meine Tasche, schloß das Garagentor und stieg die Treppe hinauf. Meine Stiefel quietschten vor Nässe, und ich hängte den Parka an die Flurgarderobe. Auf dem Schuhschrank stand ein Blumenstrauß, Tulpen und Kiefernzweige, und es roch nach Küche, nach Gebratenem. Aber auch nach Zigarettenrauch, kalter Asche und einem fremden Parfüm. Grauweiß der Laternenschein, der durch das Fenster fiel. Die Schatten der Pflanzen und Möbel standen schräg im Raum, und ich drehte meinen Sessel zum Fernseher. Auf dem Eßtisch ein Gedeck, im Weinglas ein Zettel; ich mußte ihn nah vor die Augen halten in dem Licht.
»Mikrowelle!« stand da. Ich ging in die Küche, wusch mir das Gesicht und trocknete es mit einem Papiertuch ab. Dann nahm ich ein Bier aus dem Kühlschrank und zählte die Nagellackfläschchen. Auf der Anrichte schmutziges Geschirr und ein Aschenbecher, randvoll mit filterlosen Kippen, Gauloises.

Daneben zwei Gläser mit Rotweinresten, und vor der Kaffeemaschine standen die Dessertschalen, japanisches Porzellan. Zwei waren ausgelöffelt, in der dritten befand sich eine melierte, leicht eingesunkene Creme, rosa und braun. Ein bißchen Zigarettenasche darauf.
Ich nahm meine Pausenbrote aus der Tasche und horchte an der Schlafzimmertür. Rita schnarchte leise. An der Klinke waren noch Spuren ihrer Nachtcreme, wie gewöhnlich. Ich löschte das Licht, ging zu meinem Sessel und stellte den Fernseher an, ohne Ton. Eine Weile zappte ich wahllos herum, suchte nach dem Ergebnis des Pokalspiels und las im Videotext, daß es ausgefallen war. Eisregen.
Dann aß ich meine Brote. Auch sie waren feucht geworden, doch ich kaute jeden Bissen sehr lange und spülte ihn mit Bier hinunter. Das bißchen Alkohol brannte irgendwo innen, und ich zündete mir eine Kippe aus dem Aschenbecher an. Ich hatte seit der Pubertät nicht mehr geraucht. Es schmeckte bitter, aber gut. Mir wurde etwas schwindelig.
Bei Eurosport zeigten sie ein anderes Fußballspiel, den Schluß einer Aufzeichnung aus Griechenland; Panathinaikos Athen gegen Dynamo Kiew, ebenfalls ein Pokalmatch. Ich wußte, daß Kiew drin war und ihnen ein Null zu Null völlig reichte. Sie hatten anstrengende Vorrundenkämpfe hinter sich und spielten entsprechend: Stellten sich hinten rein und machten alles dicht. Kein Durchkommen.
Auch dort unten regnete es. Ein Flutlichtspiel auf zertrampeltem Rasen, und die Athener, die unbedingt gewinnen mußten, wenn sie weiter wollten, sahen nicht nur erschöpft, sondern auch verzweifelt aus. Ihr eigenes Publikum beschmiß sie mit Sitzkissen und Klopapierrollen, und sie versuchten es mit allen Tricks, mit blindem Sturm, plumpen Provokationen und raffinierten Lockmanövern. Umsonst. Fünf Minuten vor dem

Schlußpfiff war ganz Kiew nur noch Abwehr, gelassen, wachsam, gnadenlos; in den Sechzehner kam nichtmal der Schatten eines Griechen. Und dann wurde auch noch einer handgreiflich vor Wut und kassierte die rote Karte.
Das alles war so öde wie ein acht zu null – kein Spiel mehr, und ich schaltete um. Ich machte die Runde durch alle Programme und sah mir eine Dauerwerbesendung an, ein neuartiges Heimwerker-Set. Dann zappte ich noch mal bis zum Sportsender und stand auf. Zwischen Glas und Teller auf dem Eßtisch lag der Briefumschlag, der Befund. Ich konnte mich nicht erinnern, ihn dort hingelegt zu haben, doch er war da, wellig vor Nässe. Die Fernbedienung in der Hand, sah ich mir den Rest des Spiels im Stehen an. Dann schaltete ich den Apparat aus und ging ins Schlafzimmer.
Die Vorhänge waren nicht ganz zugezogen, ein schmales Lichtband fiel von draußen über das Bett, und ich ließ die klammen Kleider auf den Boden fallen. Rita wurde nicht wach. Sie hatte mir den Rücken zugekehrt, und ich zog alles aus und legte mich zu ihr. Das Haar war etwas stumpf von dem Spray, oder was sie da hineintat, und ich roch an ihrem Hals. Dann küßte ich ihre Wange, und sie schluckte, grunzte ein bißchen und fragte, die Augen geschlossen: »Wer da?«
Ich schmiegte mich an sie. Der Schiedsrichter, ein Deutscher, hatte noch gezögert mit dem Pfiff, wollte die letzte Offensive nicht unterbrechen, und die Jungs von Dynamo Kiew grinsten, als sie das müde Zuspiel der Griechen sahen. Einer stolperte sogar über den Ball, auf den Rängen wurden blau-weiße Fahnen verbrannt, und die Russen tippten sich an die Handgelenke.
Doch ein junger Stürmer machte noch einen verzweifelten Versuch. Er preschte vor und schoß das Leder von der Mittellinie auf das gegnerische Tor, was sogar griechische Fans mit Gelächter quittierten. Der Ball wurde sofort zurückgekickt, es sah wie

Ping-Pong aus, eine Demütigung, und der Athener, der wie alle klatschnaß war und dem die Haare im ausgemergelten Gesicht klebten, trat noch einmal. Er stand weit in seiner Hälfte, und es war ein blindwütiger Schuß mit dem Spann – hoch in die Luft, als wollte er den Unglücksball für immer aus dem Stadion katapultieren. Offenbar hatte er alles in diesen aberwitzigen Kraftakt gelegt, denn er humpelte plötzlich, fletschte die Zähne und ließ sich auf den Rasen fallen. Ein Mitspieler massierte ihm das Bein.

Der Ball aber flog hoch – höher als das vom Regen getrübte Flutlicht reichte; er flog aus dem Stadionrund in den Nachthimmel, wo ihn keine Kamera mehr einfing, und auch die meisten Zuschauer schienen ihn nicht mehr zu sehen. Manche beschirmten die Augen mit den Händen oder bliesen die Backen auf, andere tippten sich an die Stirn. Und der Torwart von Dynamo Kiew feixte mit den Fotografen hinter seinem Netz, ruckte den Daumen Richtung Himmel und machte ein Gesicht, als würde er sagen: »Kommt der heut noch? Oder soll ich schon mal duschen gehen?«

Er schien weg zu sein. Auch der Schiedsrichter hatte vor Staunen die Zeit vergessen und die Pfeife noch mal aus dem Mund genommen, und sein Kollege an der Linie starrte in das Dunkel und kratzte sich den Knöchel mit der Fahne. Ich drehte am Ton, doch es war kaum etwas zu hören im Stadion. Kein Kommentar.

Und dann kam er. Die Flugbahn, vom Regen gerastert, sah etwas verwackelt aus, doch kam er genau über dem Tor herunter. Der Keeper mußte nur einen Schritt vortreten und die Arme ausstrecken, schon hatte er das Leder in den Händen. Und der Trainer der Griechen, der wohl immer noch auf ein Wunder gehofft hatte, winkte ab und zog den Verschluß seiner Jacke zu.

Die offizielle Spielzeit war vorbei, die Anzeige über den Rängen zeigte ein großes rotes Null zu Null, und alle, auch die Polizisten, die längs der Bande aufmarschierten, blieben wie erstarrt. Die Hunde blickten zu ihren Führern auf. Einen Sekundenbruchteil lang schien der Torwart den Ball nur für die Fotografen in den hochgereckten Händen zu halten. Breitbeinig stand er da, muskulös, und das nasse Leder glänzte im Blitzlichtgewitter, funkelte fast.

Doch hatte er, der gelassen seinen Kaugummi kaute, offenbar unterschätzt, mit welcher Wucht ein Geschoß aus einer derartigen Höhe herunterkommt. Schwerer als es tatsächlich war, sauste es wie nichts zwischen den großen Handschuhen des Keepers hindurch, riß ihm die Mütze vom Hinterkopf, prallte an seinem Nacken ab und – flog ins Tor.

Kein Schlußpfiff zu hören, nur Jubel, und der junge, immer noch mit Krämpfen im Dreck liegende Schütze konnte dem Blick nach nicht begreifen, warum sich plötzlich zehn Athener auf ihn stürzten …

Ich rieb meine Wange an Ritas Schulter. Die Bartstoppeln knisterten auf dem Stoff des Nachthemds, und sie drehte sich um. Ich rieb mein Gesicht an ihrem Hals, ihrer Brust, und sie lachte leise durch die Nase und schlug nach mir. »Dummkopf«, flüsterte sie, öffnete aber nicht die Augen. Sie roch nach einem neuen Parfüm und hob die Decke an, damit ich näher zu ihr konnte. »Dummer Kerl!« Dann legte sie die Arme um mich und murmelte etwas, das ich nicht verstand. Ich schloß die Augen und dachte an den Efeu, an die feinen Wurzeln in den Mauerfugen. Im Nachbarhaus schlug eine Tür, der Regen draußen wurde leiser, und ich hörte den Klang der Windglocken, weit entfernt, wahrscheinlich schon im Traum.

Marie NDiaye
Offenbarung

Die Frau und ihr Sohn waren den recht langen Weg von ihrem Haus zur Bushaltestelle zu Fuß gegangen, und da es die letzten beiden Monate ohne einen einzigen Tag, ohne auch nur einen Vormittag oder ein paar Nachtstunden Pause durchgeregnet hatte, war dieser Weg nur noch eine schlammige Spur zwischen den gepflügten Feldern.

Der Sohn sagte manchmal, es gebe keinen Unterschied mehr zwischen dem Weg und den Feldern rechts und links, und dann machte die Frau ihn geduldig darauf aufmerksam, daß die Felder dunkelbraun, fast schwarz waren, abgesehen von den Ecken, in denen spiegelnd das Wasser stand, während der aufgeweichte Weg gräulich blieb.

Er nickte, als wäre er mit der Antwort hochzufrieden. Sie gingen eine Weile schweigend nebeneinander her, dann setzte der Sohn wieder an, als entdecke er plötzlich etwas Unglaubliches – … kein Unterschied mehr zwischen dem Weg und den Feldern, siehst du – und im stillen staunte die Frau einmal mehr schmerzlich über seine Fähigkeit, die belanglosesten Dinge mit immer neuem Interesse zu wiederholen, doch sie antwortete ihm sanft, geduldig, abgeklärt, ohne sich selbst zuzuhören. Dann stimmte er ernst zu, die Stirn vor Konzentration gerunzelt, und der Frau erschienen ihre eigenen Worte absurd und beinahe rätselhaft vor lauter Banalität, sie verspürte plötzlich den Drang, ihn und sich selbst auszulachen, wie man zwei alte Schwätzer auslachen würde, doch sie tat nichts dergleichen, sie lächelte nicht einmal, denn sie wußte, daß dieser Sohn nicht mehr in der Lage war, Ironie zu erkennen und zu verste-

hen. Dieser Gedanke stimmte sie wehmütig, bis der Sohn erneut sagte: … wie seltsam, kein Unterschied mehr zwischen …, und sich fragend zu ihr umwandte, da verdrängten Ärger und Ungeduld für eine Weile die Traurigkeit, und sorgfältig wählte die Frau einen Tonfall und einen Gesichtsausdruck, die ihr dem Teil von ihm angemessen schienen, von dem sie zu wissen glaubte, daß er nicht oder nicht mehr funktionierte.
Er ist unerträglich, dachte sie manchmal. Und auch: Er wirkt weniger verrückt als einfach nur dumm, entsetzlich dumm.
Sie machte sich Vorwürfe. Dieser Sohn war nicht bösartig. Seine Fähigkeit zur Grausamkeit hatte in dem Maß abgenommen, wie der aggressive Groll der Mutter wuchs. Es war ihr bewußt, daß ihr Zorn und ihre Verzweiflung ihre Nahrung eben aus dem allmählichen Verschwinden dieser Gefühle bei dem Sohn bezogen.
Nein, ach, dieser Sohn war nicht bösartig. Und da der Regen zum ersten Mal seit so langer Zeit aufgehört hatte, würden sie beide den Bus nach Rouen nehmen, am Abend jedoch würde die Frau alleine nach Corneville zurückkommen.
Sie würde wieder in den Bus steigen, in die andere Richtung, der Sohn würde nicht bei ihr sein, und vielleicht wußte er es, vielleicht auch nicht, es war nun zu spät, um es herauszufinden. Womöglich würde er sich dann plötzlich weigern, in den Bus zu steigen, und die Frau sah ihn vor sich, diesen Sohn, wie er am Straßenrand stehenblieb, ruhig den Kopf schüttelte und ruhig, ungläubig wiederholte: Wie kannst du nur, Mama, wie kannst du nur.
Am Ende des Weges erreichten sie den Pfosten, der auf dem Grasstreifen zwischen Feldern und Landstraße die Haltestelle bezeichnete. Der Pfosten war schief und rostig. Sie konnte darauf lesen: Corneville. Konnte der Sohn es auch noch? Sie verspürte den Drang, ihm mit ihrer harten Stimme zuzurufen:

He, was meinst du wohl? Daß du heute abend mit mir zurückkommst? Daß du überhaupt eines Tages zurückkommst?
Plötzlich riß der Himmel auf, und im gleichen Moment bremste der Bus vor ihnen, er erschien, so kam es der Frau vor, in einem Strom von Sonnenlicht, der sich durch nichts angekündigt hatte. Es war so lange her, seit jeder Glanz aus der Atmosphäre verschwunden war, daß die Frau sich davon gestört fühlte. Sie kniff die Augen zusammen, verzog das Gesicht. Der Sohn neben ihr hob den Kopf und lächelte breit. Mama, flüsterte er, oh, Mama, wie komisch das ist! Und wie jedesmal, wenn er den Mund aufmachte, fühlte sie sich über alle Maßen gereizt. Sie mußte sich beherrschen, um ihn nicht anzuknurren: Meinst du, es gibt irgend etwas, das so komisch ist wie du? Statt dessen stieß sie ihn unsanft zur vorderen Bustür, die sich soeben mit einem tiefen, erschöpften Seufzer geöffnet hatte.
Niemals zeigte dieser Sohn den geringsten Unmut darüber, daß er kaum besser behandelt wurde als der Hund des Hauses, und die Frau wußte wohl, daß sie das oft ausnutzte, indem sie ihn grob behandelte, ihn ohne Not herumschubste – es belastete sie, zu sehen, wie unempfindlich er gegen diese kleinen Demütigungen, gegen seine eigene Unwürdigkeit war; dann versuchte sie, seinen Zorn zu wecken, ganz gleich wie flüchtig er auch wäre, doch vergeblich, und sie wußte, daß es vergeblich war.
Dennoch flüsterte sie, als sie den Fahrer um die Fahrkarten bat: zweimal hin und einmal zurück.
Sie wollte, daß er sich widersetzte, dachte sie bitter, ja, aber bloß nicht in diesem Punkt.
Der Sohn trat gerade in den schmalen Gang zwischen den beiden Sitzreihen, als der Fahrer ihn bemerkte. Er hörte auf, die Frau anzusehen, und starrte mit seinen hellen kleinen Augen, in denen sich plötzlich Staunen und, wie sie verständnislos be-

obachtete, eine ehrliche, herzliche Bewunderung abzeichneten, auf das Gesicht des Sohnes, dann auf seinen Rücken. Und als sich der Sohn etwa in der Mitte des Busses gesetzt hatte, am Gang, damit er seine langen Beine besser ausstrecken konnte, betrachtete ihn der Fahrer noch lange im Rückspiegel, mit einem ganz leisen Lächeln.

Der Fahrer war nicht jung.

Das Geld in der Hand, wartete die Frau darauf, daß er ihr die Fahrkarten gab. Er schüttelte den Kopf, um wieder zu sich zu kommen. Schließlich wandte er sich ihr zu, den Blick noch ganz verschleiert von einer zerstreuten, zarten Lust.

Als der Bus dann in der plötzlich überbordenden Helligkeit durch die Felder fuhr, stellte die Frau fest, daß die anderen Fahrgäste sich oft zu dem Sohn umdrehten oder ihn verstohlen anstarrten, sie stellte auch fest, daß sie es wohlwollend oder verzückt taten und daß der Sohn, dieser Sohn, der ihr solche Probleme machte, nichts davon bemerkte. Sie spürte, wie ihr eigenes Gesicht vor Verlegenheit und Verständnislosigkeit leicht errötete. Sie sah aus dem Fenster, um es zu verbergen. Sie sagte sich, daß sie sich in diesem Bus fühlte wie mitten in einem vollkommen fremden Land, so daß ihr jede Regung der Leute um sie herum unverständlich blieb. Dabei waren da nichts als Gesichter, die ihr vertraut vorkamen: vertrocknete alte Frauen in beigen Regenmänteln, ein Landwirt mit getönten Brillengläsern, ein paar Jugendliche auf dem Heimweg vom Lycée, eine Frau, die ihr selbst in jeder Hinsicht ähnelte.

Aber warum richteten sie alle ihre Augen auf den Sohn?

Und warum schien die bloße Tatsache, daß ihr Blick auf dem verklärten, abwesenden Gesicht dieses Sohnes ruhte, sie mit solchem Wohlbehagen zu erfüllen?

Sie konnte es nicht verstehen. Sie alle wußten nicht, wie unmöglich es war, mit einem solchen Sohn zu leben, aber sie dachte,

das sei doch so offensichtlich, daß man es sorgfältig vermeiden müßte, ihn anzusehen.
Das Brummen des Busses und die Hitze darin machten sie schläfrig. Während der Dauer der Fahrt mußte keine Entscheidung, welcher Art auch immer, getroffen werden. Es erfüllte sie beinahe mit Entsetzen, sich den Moment vorzustellen, in dem sie würde aussteigen, wieder zu denken anfangen und heimlich Berechnungen für den Sohn anstellen müssen.
Dieser Sohn, dachte sie plötzlich, war er ein Tier, das sie auf dem großen Markt von Rouen verkaufen würde? Hatte sie ein Interesse daran, ihn loszuwerden? Nein, nein – sie lächelte müde –, es war ganz einfach unerträglich, zum Wahnsinnigwerden, diesen einen Sohn mit seinen dunklen Manien, seinen erstickenden, eintönigen Gedanken bei sich zu haben, mit ihm unter demselben Dach zu leben und dieselbe Luft zu atmen.
Als der Bus in Saint-Wandrille hielt, erhob sich die Frau kurz von ihrem Sitz, um einen Blick in den großen Innenrückspiegel zu werfen. Darin sah sie, was sie zu sehen erwartet hatte – die beiden blassen, zu Schlitzen zusammengekniffenen Augen des Fahrers, der den Sohn betrachtete, das Spiegelbild von dessen Gesicht über den Rückenlehnen, das schöne, ruhige Gesicht des Sohnes, dachte sie staunend und fragte sich dann, ungläubig, hämisch, ob dem Fahrer und allen anderen im Bus, die unverhohlen das Gesicht des Sohnes betrachteten, klar war, daß dieses Gesicht so schön und so ruhig war, weil es die Aufmerksamkeit, die es erregte, nicht wahrnehmen konnte, so schön und so ruhig, daß man den Sohn jetzt einsperren mußte, daß man ihm verbieten mußte, weiter in Corneville gesehen zu werden und die Atmosphäre in ihrem Haus mit seiner unentwegten, bedrückenden Gegenwart zu belasten.
Die Frau dachte, daß sie die Schönheit des Sohnes nicht mehr ertrug und daß sein Gesicht früher, als es ihm noch gutging,

weniger schön gewesen war. Damals, als es noch nicht notwendig war, ihm zu verheimlichen, wohin man ihn brachte, hätte sich niemand nach dem Sohn umgedreht. Sein damaliges Gesicht hatte keinen Grund, so schön zu sein wie jetzt, denn es drückten sich darin gewöhnliche Gedanken aus, aber dennoch, dachte die Frau zornig, man konnte nicht von ihr erwarten, daß sie für eine solche Veränderung dankbar war und sich geschmeichelt fühlte, man konnte nicht von ihr verlangen, dieses Gesicht ebenfalls zu bewundern, auch wenn es noch so schön und so ruhig war.
Sie flüsterte ihm ins Ohr: Ich werde ohne dich nach Corneville zurückfahren.
»Ich weiß«, sagte er.
Er lächelte sie freundlich an, um sie zu beruhigen. Er tätschelte ihr sogar den Arm, und da konnte sie nicht anders, als ihm zu sagen, sie wünschte, der Bus würde nicht anhalten, was der Sohn verstand, wie er ihr schlicht antwortete. Ihre anderen Söhne hätten das überhaupt nicht verstanden, dachte sie, und schon fehlte ihr dieser eine Sohn. Sie würde allein zurückfahren, das war gut so – wie er ihr fehlen würde!

Ein wahres Wunder

»Die einzig interessante Handlung im Leben ist es, ein Wunder zu vollbringen oder daran zu scheitern.«

Susan Sontag

Julio Cortázar

Wahre Begebenheit

Einem Herrn fällt die Brille zu Boden. Das Geräusch, mit dem sie auf die Fliesen schlägt, ist fürchterlich. Der Herr bückt sich ganz bekümmert, denn die Gläser sind teuer, aber verdutzt entdeckt er, daß sie wie durch ein Wunder nicht entzwei sind. Jetzt fühlt dieser Herr tiefe Dankbarkeit, und er begreift, daß diese Begebenheit ein freundlicher Wink ist. Also begibt er sich zu einem Optiker und ersteht sogleich ein Lederfutteral mit doppeltem Schutzpolster, um gegen alle Tücken gefeit zu sein. Eine Stunde darauf fällt ihm das Futteral herunter, und als er sich ganz gelassen bückt, entdeckt er, daß die Brille in abertausend Stücke zersprungen ist. Dieser Herr braucht eine Weile, ehe er begreift, daß die Fügungen der Vorsehung unerforschlich sind und das Wunder in Wirklichkeit erst jetzt geschehen ist.

Patrick Roth

Der Stab Moses'

The director is the most overrated job in the world.

Orson Welles

Seit wenigen Monaten lebte ich in Los Angeles, filmte fleißig für das Filmdepartment der Uni und schrieb erste englische Kurzgeschichten, die ich den Kindern eines amerikanischen Professoren-Ehepaars vorlas. Dieses Ehepaar hatte sich meiner angenommen. Ich war, so muß es wohl gewesen sein, »annahmebedürftig«. Annahmebedürftig, weil ich in dieser Riesenstadt letztlich verloren war. Verloren aber, weil ich mich, ohne es zu wissen, verlieren *wollte.* In dieser Stadt, in dieser neuen Welt, dieser anderen Kultur. Zum Beispiel war der Gedanke, die Muttersprache aufzugeben, in die andere Sprache einzugehen, darin unterzugehen, ein anderer zu werden, durchaus verlockend.

Die Gegend nahe der Uni, in der ich damals als Zweiundzwanzigjähriger ein kleines Zimmer mietete, war nicht ungefährlich. Wer kein Auto besaß, ging nach Sonnenuntergang nicht mehr spazieren. Und ich hatte damals noch kein Auto. Auch keinen Führerschein.

Ein Kollege aus der Filmschule wollte mir helfen und fuhr mich einige Male, sonntagmorgens in aller Frühe, quer durch die Stadt zum Hollywood Boulevard. Der riesige Boulevard lag zu dieser Stunde noch wüst und leer. Hier durfte ich das Steuer übernehmen und üben. In den verlassenen Straßen, in denen ich damals jede erdenkliche Verkehrssünde beging, war die Wüste noch spürbar. Die Wüste, die diese Stadt nur neunzig Jahre zuvor noch gewesen war, schien überall durch. Die Häuser am

Boulevard glichen größeren Zelten, bunten Lieblingszelten, die Glückssucher im Wüstensand aufgeschlagen und dann, so schien es, an endlos langen Reihen von Telefonmasten entlang der Boulevards nur festgezurrt hatten. Schon am nächsten Morgen konnten sie wieder verschwunden sein.

An einem dieser Sonntagmorgen, wir fuhren gerade auf einer Nebenstraße, suchten nach ungefährlichen, das heißt geräumigen Parklücken, um das Einparken zu üben, ließ der Freund mich plötzlich zur Seite fahren und halten.

Er deutete auf einen der Bungalows, die mit ihren offenen Rasenflächen die Straße säumten. Ein Mann in abgewetztem Morgenmantel stocherte da, barfuß und gebückt, inmitten wahllos auf den Rasen geworfener Habseligkeiten.

»Wir kommen gerade rechtzeitig«, meinte der Freund.

Ich fand die Bemerkung makaber. Die Szene war offensichtlich das Ergebnis eines katastrophalen Ehestreits, den der Mann verloren hatte. Man hatte ihm das Zeug aus dem Fenster vors Haus geschleudert.

Meinem Freund wurde klar, daß ich nicht wußte, was ein »garage sale« ist – eine der amerikanischsten Einrichtungen überhaupt. Die Autogarage, erklärte er, wird von vielen nur als Abstellkammer benutzt, und alle Jahre, besonders aber wenn ein Umzug bevorsteht, trägt der Besitzer, was immer er loswerden will – Kleider, Bücher, Schallplatten, Einrichtungsgegenstände, Tiere –, auf den Rasen vors Haus, legt es hin oder pflockt es an, um es zum Verkauf anzubieten. Die Unordnung dabei ist wichtiger Bestandteil der »garage sale«-Tradition. So und nur so befriedigt man den lauernden Pioniersinn der Amerikaner, des Käufers überhaupt, der »finden« will – »aaah, look what I found! Und was *du* nicht gefunden hast« –, des Pioniers von heute, der allsonntäglich noch zu entdecken hofft, kein Neuland mehr, aber im nahezu Wertlosen die Perle vielleicht.

Als wir ausstiegen und nähertraten, überließ uns der Mann das Feld, schlurfte aus dem ungemähten, noch taunassen Gras und setzte sich auf einen Regiestuhl an der Rasenecke. Er begann, die Comic-Seiten der Sonntagszeitung zu lesen. Sein Hund lag im Gras und schirmte die auf dem Rasen ausgebreiteten Güter von der anderen Seite her ab.
Mein Freund ging sofort auf einen großen Karton alter Langspielplatten zu. Die Möbel und Haushaltsgegenstände waren mit kleinen Preisschildern versehen, die der Mann, um im Verlauf des Tages preisflexibel zu bleiben, mit Bleistift markiert hatte. Hinter ein paar alten Vasen, die spucknapfähnlich rochen, fand ich eine »Lazy Susan«. Als Kinder hatten wir diese doppelte Drehscheibe immer in amerikanischen TV-Serien bewundert, weil sie den Fernsehkindern am Fernseh-Frühstückstisch ermöglichte, die Cornflakes-Schachtel, den Sirup oder die Pfannkuchen mit lässigem Schwung der Scheibe vor die eigene Nase zu rücken. Die »Lazy Susan« erinnerte mich an die Heimat, an einen Frühstückstisch, auf dem sie nie gestanden hatte, an Fernsehnachmittage mit der Schwester, an die Familie, die ich verlassen hatte. Ich war versucht, sie aus Heimweh für die drei Dollar, die als Preis angegeben waren, zu kaufen. Und hätte ich das getan, dann wäre alles anders gekommen. Manchmal sind es die scheinbar nichtigen, die kleinsten Entschlüsse, die über Leben und Tod entscheiden.
Aber ich zögerte mit dem Kauf. Ein paar Schritte von der »Susan«, jener Drehscheibe, entfernt, lag ein langer Prügel auf einem Hilton-Hotel-Handtuch. Prügel und Handtuch lagen ganz außen, parallel zum Rasenrand. Es sah zunächst so aus, als habe der Mann im Morgenmantel beides nur hingelegt, um die ferne Flanke seiner Warenstreu abzugrenzen, quasi als Verlängerung des Hunds, der dieselbe Seite bewachte. Dann sah ich, daß das eine Ende des Holzes grob angeschnitzt war, als sei hier der

»Kopf« des Prügels angedeutet; sein unterer Teil lief spitzer zu. Ich wollte mich schon wieder abwenden, da fiel mir auf, daß das Ding tatsächlich zum Verkauf bestimmt war. Das Preisschild, mit weißem Faden am Holzkopf befestigt, war über den Handtuchrand ins Gras gefallen und so kaum zu erkennen. Als ich auf den Preis sah, wurde ich noch neugieriger. Fünfundzwanzig Dollar für einen alten, dürftig geschnitzten Prügel? Das war mehr als ein Drittel meiner damaligen Monatsmiete. Ich hob das Ding auf, stellte es vor mich hin. Der Mann im Regiestuhl warf mir sofort – und nur scheinbar gelangweilt – einen Blick zu.

»Twenty-five?« rief ich.

Er nickte.

»Twenty-five dollars?« wiederholte ich ungläubig.

»It's an antique«, kam die Antwort.

Was für eine Art von Antiquität sollte das sein? Ich suchte den Prügel, der mir über die Schulter reichte, nach Rillen ab, nach Einschnitten. Ich dachte: Vielleicht läßt sich das Ding auseinanderziehen, ist eine Art Waffe, ein Degen im Prügel oder ähnliches. Aber dergleichen war nicht zu finden, kein geheimer Knopf in der Maserung, keine Schnittstellen, die nachgegeben hätten. Ich wollte keine dummen Fragen stellen und legte das Holz wieder auf den Rasen. Das heißt, ich war dabei, es zurückzulegen, auch parallel zur Rasenflanke zu rücken, da ruft mir der Eigentümer von hinten zu:

»Staff of Moses.«

Der Stab Moses'?

Ich drehte mich um, hatte das Ding noch immer in der Hand und ging damit durchs Warenwirrwarr hin auf ihn zu. Ich hatte ihn wohl nicht richtig verstanden. Was sollte das sein?

»It's the staff of Moses«, sagte der Mann im Morgenmantel ernst und ruhig, indem er auf den Prügel deutete. »Das ist

der Stab, den Chuck Heston in den ›Zehn Geboten‹ rumgeschleift hat.«
Es war also ein altes Requisit, das ich in Händen hielt. Der »Stab Moses'« aus »Die Zehn Gebote«, einem Bibelschinken der fünfziger Jahre, den ich einst in der Karlsruher Schauburg gesehen und verachtet hatte. Wie alle Cecil B. DeMille-Produktionen. Und doch, immerhin, jetzt war ich beeindruckt. Seltsam, das Ding nach so vielen Jahren – wie aus der Leinwand geschnitten – plötzlich im Griff zu haben. Am Tatort sozusagen, in Hollywood. Ich überlegte mir, ob ich es kaufen sollte. Dabei hatte ich ziemlich gemischte Gefühle. Lächerlich und doch, irgendwie zu bewundern war dieser Stab. Lächerlich war er als Sinnbild der Geschmacklosigkeit jener Filme. Eher zu bewundern als Überbleibsel von »Grand Old Hollywood«, als Relikt aus den letzten Jahren der großen alten Studiozeit. Aber dahinter war noch ein anderes.
Der Stab war eine gelungene Anmaßung. Sein Geheimnis fuhr jedem, der ihn anfaßte, ganz spielerisch in die Knochen. Man wollte damit sofort die großen Gesten ausführen. Aber man beherrschte sich natürlich. Es ging auch kleiner. Ich tippte das lange Ende des Stabs an den Regiestuhl seines Besitzers. Wir grinsten beide. Nur: hinter diesem Grinsen war noch etwas versteckt. Ein Unheimliches. Ein Unheimliches, das man grinsend andeuten und damit gleich entkräften wollte. Eben weil es Kraft hatte. Man grinste über diesen … »Stab Moses'«. Aber die Unheimlichkeit, die der Inhalt jener Bibel-Szenen dem Stab verliehen hatte, die blieb vom Kitsch der hollywoodschen Inszenierung fast ungetrübt, auch hinterm Grinsen noch übrig. Die war zu spüren, das bißchen »Unheimlich« an diesem Requisit, gerade weil und während man's belächeln durfte.
Damit hatte Charlton Heston Pharao Yul Brynners Palastteich blutgefärbt. Diesen Stab hatte er John Carradine, dem alten

John-Ford-Schauspieler, der als Aaron neben ihm stand, überreicht, bevor Carradines Aaron den Stab zu Boden warf und das Zeichentrickdepartment der Paramount Pictures Corporation den starren braunen Prügel vor den Augen der Höflinge in ein für Sekundenbruchteile kümmerlich Schlängelndes und das Tierdepartment des nämlichen Studios das kümmerlich Schlängelnde in eine richtige Schlange verwandelte. *Den* Trick kopierten die Zauberer des Pharao zwar gleich und ohne weiteres. Aber unnachahmbar war doch, wie Heston keine zwanzig Minuten später, kurz bevor er das Volk in die Wüste führte, seine Arme in ganzer VistaVisions-Breite ausreckte und mit seinem Stab, mit *diesem Stab*, den ich jetzt hielt, das Rote Meer in grünrotschimmernde und leinwandhoch sich aufbäumende Technicolorhälften teilte.

»Twenty-five bucks«, wiederholte der Besitzer, dem ich viel zu lange zögerte.

»Und das ist wirklich der Stab aus ›The Ten Commandments‹, den ›Zehn Geboten‹?« fragte ich nochmals. Denn ich bezweifelte, wie das Requisit ausgerechnet in die Hände dieses Mannes im Morgenmantel gekommen sein sollte.

Ob es der Stab sei, der im Film zu sehen ist, könne er mir nicht sagen.

»Ach so.«

Es habe, soviel er wisse, fünf dieser Moses-Stäbe gegeben, Kopien, die während der Dreharbeiten von der Studio-Requisite für alle Fälle in petto gehalten wurden. Ob dieser da je zum Einsatz gekommen war, dafür könne er natürlich nicht garantieren.

Trotzdem. Ich war – vielleicht, gerade weil er das zugab – irgendwie entschlossen, ihm das alles zu glauben. Und dann doch wieder unentschlossen, weil ich vernünftig sein wollte. Fünfundzwanzig Dollar ...!

Da kam mein Freund zu uns herüber – ohne Schallplatten, mit leeren Händen.
»Was hast du da?« fragte er mich.
»Den Stab Moses' … Charlton Heston soll ihn in den Zehn Geboten …«
»Wow!« unterbrach er mich. »Wow! How much?«
Ich sagte, er koste fünfundzwanzig Dollar.
»Wie wär's mit zwanzig?« sagte mein Freund zum Besitzer.
Der Mann im Morgenmantel zögerte.
»Kein Scheck«, meinte mein Freund, um Zweifel auszuräumen. »Cash.«
Der Mann nahm mir die zwei Zehn-Dollar-Noten, die ich mühsam hervorkramte, aus der Hand, strich sie glatt und ließ sie dann in der Seitentasche seines Morgenmantels verschwinden. Ich sah's ihm an: Der Sonntag hatte mit einem Prachthandel begonnen. Zwanzig Dollar für einen Holzprügel.
Ich Idiot stand mit dem Ding in der Hand und sah ihn zum zweiten Mal grinsen. Ich drehte mich um, zu beschämt, ihn mein Gesicht sehen zu lassen.
»Vamos«, meinte mein Freund und hielt mir und dem Moses-Stab die Autotür auf.

Seltsam war, daß weder er noch die Nachbarn, denen ich den Stab zeigte – »Stab Moses, aus dem alten DeMille-Schinken ›Die Zehn Gebote‹« –, die Echtheit des Requisits bezweifelten. Zwanzig Dollar sei kein schlechter Deal, hieß es. Das Ding sei doch sicher viel mehr wert, ein typischer Garage-Sale-Fund. »Jedenfalls wird er nicht an Wert verlieren«, meinten sie.
Ich selbst hielt es durchaus für möglich, daß sie sich hinter meinem Rücken über den Kauf lustig machten – das Ding *war* ja lächerlich –, und beabsichtigte, den Stab möglichst bald wieder zu verkaufen, wollte ihn aber erst noch in einem der Super-8-

Streifen, die wir alle zwei Wochen an der Uni drehten, zum Einsatz bringen. Ich würde den anderen zeigen, daß ich wußte, wie lächerlich das Requisit war, ob echt oder gefälscht. Ich wollte den Stab und den alten DeMille-Film lächerlich machen, um mich schadlos zu halten, aus dem idiotischen Kauf doch noch Nutzen zu ziehen.

Nur wie?

Noch am selben Abend wußte ich, wie. Ich war auf einer kleinen Party eingeladen und lernte, märchenhaft genug, ein bildhübsches Mädchen kennen. Sie hieß Erin. War Amerikanerin. Aus New York. Seit einem Jahr wieder in Los Angeles, wo sie in Beverly Hills zur Schule gegangen sei.

»Um jetzt *was* zu tun?« fragte ich neugierig, zielbewußt.

Sie sei Tänzerin, Ballerina – »unemployed«, zur Zeit ohne Arbeit. Ich sah meine Chance. Ein Film mit einer Tänzerin, das wäre mal was anderes als die dummen Action-Movies, die wir in der Filmschule ständig zu variieren suchten. Ein Film *über* eine Tänzerin, Tanz um den Stab ... Stab Moses', den ich heute morgen erworben hatte. Wir könnten versuchen, den Schlangentrick zu kopieren, was weiß ich, »infinite possibilities«, Möglichkeiten ohne Ende.

Und? Wäre sie denn bereit, in einem Film mitzuwirken?

Das ist – in Los Angeles zumindest – eine völlig überflüssige Frage.

Wir verabredeten uns auf den nächsten Abend. Ich würde bei ihr vorbeikommen, einige Details zu besprechen, ihr die Arbeitsweise zu erklären, dies oder jenes vielleicht schon zu proben, auszuprobieren.

Das »BH« der Adresse, die sie mir auf ein Stück Papier kritzelte, stand für »Beverly Hills«, einen Stadtteil, den ich damals noch nie betreten hatte. Vierzig Minuten Autofahrt von der Uni aus. Mein Freund brachte mich hin. Bevor wir in ihre Straße einbogen – mein Finger auf der Stadtkarte war längst dort –, machte er mich auf die Bushaltestelle aufmerksam, die an der Ecke lag. Die Abfahrtszeiten der letzten Busse, die mich in jener Nacht zur Uni zurückbringen würden, hatte ich mir bereits notiert. Vor einem Dutzend kleiner, um einen Innenhof gruppierter Luxus-Apartments stieg ich aus.

Apartment »G« lag im ersten Stock. Ich muß seltsam ausgesehen haben, als ich, beladen mit Filmprojektor und einer Einkaufstüte Filmrollen, Moses' Stab in der Rechten, die dunkle Treppe hinaufstapfte. Eine ältere, fein gekleidete Dame mit Hündchen, die mir entgegenkam, fragte mich, was ich hier suche – nicht wen –, und zog dann ihr Hündchen, das vor allem am Stab interessiert war, energisch weiter.

Als Erin die Türe öffnete, sah ich sofort, daß etwas nicht stimmte. Als sei sie nicht vorbereitet auf meinen Besuch oder habe nicht wirklich damit gerechnet, daß ich die Verabredung einhalte. Die Leichtigkeit, mit der wir noch am Vorabend gesprochen hatten, war verschwunden. Sie entschuldigte sich für eine Unordnung, die ich gar nicht sah. Sie sagte, es sei so unordentlich bei ihr, weil ihre Mutter eines Umzugs wegen vieles zeitweilig bei ihr untergestellt habe.

In der Küche stand ein großer Tisch, zu dem sie mich führte, als wolle sie von der »Unordnung« des Wohnzimmers ablenken. Auf dem Tisch lag, woran sie arbeitete. »Schon seit einigen Monaten«, sagte sie. Sie nannte es »meine Collage«: Hunderte von Photos, die sie aus Zeitungen geschnitten hatte. Angerissene Menschen und Tiere, Mode und Mannequins aus Illustrierten neben Bildern aus dem Vietnam-Krieg, dazwischen Fetzen aus Zigaretten- und Kleiderreklamen. Wahllos, sinnlos, themen- und richtungslos. Bad art. Als ich nichts weiter sagte, meinte sie:

»It's not done yet.«

Es sei noch nicht fertig, sie arbeite ab und zu daran, sie habe ja nichts anderes zu tun.
Was mich an ihrer Collage betrübte, war weniger »bad art« als die eigene Angst – hier war sie wieder wachgerufen –, die Angst, in dieser Stadt, zerrissen wie diese Bilder, unterzugehen, sinnlos von Sinnlosem überwuchert, mich zu verlieren. Aber aussprechen konnte ich's nicht, weil ich es mir damals nie eingestanden hätte.
»It's good, it's really good«, log ich und wandte mich etwas ab vom Tisch. Sie nahm, das sah ich, die Lüge dankbar an.
Später zeigte ich ihr ein paar meiner Filme, die an der Uni entstanden waren und die ich auf eine freie Stelle ihrer Wohnzimmerwand projizierte.
»They're good, they're really good«, meinte sie.
Ich erzählte ihr von dem neuen Film, den wir zusammen machen wollten. Eine Geschichte über eine Tänzerin. Sie kauft bei einem »garage sale« ein Requisit aus einem alten Film, den Stab Moses', und nimmt ihn nach Hause mit. Sie tanzt mit dem Stab. Wie genau, wisse ich noch nicht – dazu bräuchte ich ihre Hilfe. Jedenfalls würde sich der Stab auf dem Höhepunkt des Tanzes plötzlich verwandeln. Ein Special-Effect. Von der Schlange wollte ich ihr noch nicht erzählen, zumal ich nicht sicher war, wie die Geschichte enden sollte.
»Oh, it's not done yet«, meinte sie verständnisvoll.
Sie begann mit dem Stab zu spielen. Sie sei, sagte sie, damals, als sie die Beverly Hills High School besuchte, auch *majorette* gewesen – ein Wort, das mit »Tambourmajorin« einfach zu plump übersetzt ist. Sie schob Sofa und Sessel zur Seite, um mir zu zeigen, wie sie mit dem Ding verfahren könne. Sie wirbelte den Stab – den ich ihr, etwas umständlich, beidhändig gereicht hatte – in *einer* Hand, in *ihrer* Hand, dann überkreuz abwechselnd mit beiden Händen, mit Armen, die immer schöner wur-

den, je länger ich zusah. Sie ließ den Stab spielerisch keck von der Schulter abprallen, schob sich behend unter dem hochgeworfenen rotierenden Stab durch, ließ ihn hinterm Rücken herabfallen, fing ihn wippend kurz vor dem Boden auf, sprang mit einem Bein, dann mit dem anderen abwechselnd darüber hinweg, den Stab dabei immer noch im Griff, ihn mühelos kontrollierend, warf das Bein kerzengerade hoch, zog den Stab linkerhand unterm Knie durch, fing ihn rechterhand wieder auf, griff ihn beidhändig und schnellte über den Stab, den sie vor sich hielt, als sei sie wie ein herrliches Tier durch den brennenden Ring gesprungen, um vor mir zu landen.

Ich war sprachlos und sah, daß ich ihr – so sprachlos – gefiel.

Sie rannte ins andere Zimmer, erschien kurz darauf in orangebestickter schwarzer Jacke, weißer Bluse und schwarzem Plisseerock, der Majorette-Uniform ihrer alten High School. Die ganzen Bewegungen, vor allem die Tricks mit den Beinen, seien so viel leichter auszuführen, meinte sie, nahm den Stab und begann nochmals. Ich hätte stundenlang zusehen können. Ich war begeistert.

Wir wurden ziemlich ausgelassen. Ich erinnere mich, daß sie zum Schluß einen Stuhl aus der Küche brachte, ihn einem Wohnzimmersessel gegenüberstellte und den Stab wie zum Hochsprung quer über beide Rückenlehnen legte. Wir nahmen von der Türe aus Anlauf und sprangen abwechselnd, wie Kinder, darüber hinweg.

Wenig später muß ich auf die Uhr geschaut haben. Der letzte Bus war natürlich schon abgefahren. Wie von uns beiden heimlich erwartet, kam ihre Einladung, hierzubleiben, ich könne ja auf dem Sofa übernachten. Und wie erwartet, nahm ich an. Und wie zu erwarten war, blieb's nicht dabei.

Wer blies die letzten Kerzen aus, bevor wir in ihrem Schlafzimmer einschliefen?

Niemand. Niemand ...

Mitten in der Nacht, es war gegen drei, wurde ich wach. Mir war, als hörte ich Stimmen. Ein Raunen und Rauschen, ein Knacken und Kratzen. Meine Hand tastete nicht nach der Lampe am Bett – denn es war hell. Brandhell. Das Schlafzimmer stand in Flammen.

Ich rüttelte Erin wach und zog sie, die noch schlaftrunken war, vom Bett. Als sie sah, was ich ihr zugeschrien hatte – als sie's sah und begriff –, blieb sie mit aufgerissenen Augen stehen.

Die Tür – die einzige Tür, die aus ihrem fensterlosen Schlafzimmer führte –, die Tür, die dem Bett wenige Schritte gegenüber lag, war nur noch ein dunkler Abdruck im Flammenmantel der Wand. Ich ging zwei, drei zögernde Schritte aufs Feuer zu – und konnte nicht weiter. Die Hitze war unerträglich. Aus der Flammenwand wehten Ströme von Funken herüber.

Als ich Leinen und Kissen vom Bett riß, sprang das Feuer schon auf die Lampe. Meine Uhr sah ich noch, im Kleiderfeuer am Boden, das Metallband schlangenähnlich von der Hitze verzogen.

Ich stemmte die große Matratze vom Sprungfederrahmen, so daß sie senkrecht vor uns zu stehen kam. Ich sagte Erin, sie solle sich an mir festhalten, wir würden versuchen, mit der Matratze als Schild durch die brennende Tür zu stürzen. Der Gedanke, daß es dahinter noch schlimmer aussehen könnte, kam mir Gott sei Dank nicht.

Mit ausgestreckten Händen versuchte ich, die Matratze zum Schild zu runden. Ich zerrte die Seiten, so weit es ging, zu mir her, krallte mich daran fest und schob mit Mühe den linken Fuß unters Gewicht der Matratze, um sie anheben und – auf die Flammen zu – vor uns herstoßen zu können. Wir taumelten los, Erin dicht hinter mir, wurden zurückgestoßen, weil die Matratze kurz vor den Flammen umzukippen drohte. Ich

stemmte sie wieder hoch und begann von neuem. Bis wir die brennende Wand erreichten.
Da sprangen uns Flammenköpfe um den handgebogenen Matratzenrand, leckten um unsere Deckung herum, so daß meine Fingerspitzen, von der Hitze versengt, loslassen mußten, die Matratzenflanken nach vorn, ins Feuer zurückschnellten, es doppelt anfachten. Flammenwülste bliesen von überallher in den aufgebrochenen Schutz. Mit aller Kraft riß, schob und stieß ich an der Matratze, die nicht durch die Tür passen wollte – und brach, rückwärts gegen sie pressend, stoßend, den Rücken unterm Feuerschwall abgekrümmt, schließlich ein, brach durch die Tür, so daß wir im anderen Zimmer landeten.
Aber vom Wohnzimmer war nichts mehr zu sehen. Völlige Dunkelheit.
Als ich aufsprang, um Erin, die unter Schock stand, sich kaum mehr bewegte, weiterzuziehen, schlug es mich nieder. Denn was ich stehend in die Lungen zog, stach durch den ganzen Körper, war nicht zu atmen. Nur ganz unten, dem Fußboden so nah als möglich, konnte ich mich halten, um weiteratmen, weiterkriechen zu können. Die Rauchschwaden preßten schon tief herab und lagen so dicht, daß auch von außen kein Lichtfunke hereinkonnte. Ich wußte nicht mehr, wohin. In welcher Richtung lag die Tür? Ich zog an Erins Hand und schrie:
»Wo ist die Tür? Wo ist deine Haustür?«
Erin gab keine Antwort.
Ich starrte ins Dunkel und versuchte, mir das Wohnzimmer ins Gedächtnis zu rufen. Aus den Erinnerungsfetzen, die mir zuflogen und die ich völlig verzweifelt zu ordnen suchte, stellte ich aneinander, was nie beisammen gewesen, nebeneinander, was vielleicht doch nacheinander gestanden hatte. Panik kam auf, als ich weiterkroch, mit meiner Hand nur ertastete, was nicht zu fassen war, in keine Vorstellung passen, mit Scherben,

Stößen, Stichen den Raum, den meine Erinnerung erstehen lassen wollte, nur immer wieder zerriß, Panik, das Zimmer in Gedanken nicht mehr herzerren, nicht mehr rechtzeitig herstellen und hinbiegen zu können, sinnlos im Dunkel umherzukriechen, sinnlos darin zu enden.

Ich zog Erin fort, aber nirgendwohin.

Irgendwann schlich sich der Gedanke ein, es sei besser, liegenzubleiben, wo wir waren, und, den Kopf am Boden, etwas auszuruhen. Ein Gedanke, der sofort überstimmt wurde, überschrien, weil ich wußte, daß wir ersticken würden.

Ich kroch ein Stück weiter, mußte mich aber, um Erin mit beiden Händen nachzuziehen, wieder auf den Rücken drehen. Ich schloß die Augen gegen den Rauch. Nur einmal tat ich sie auf, einmal, im Reflex, als ich Erins Hand nicht mehr fand.

Erschrocken sah ich etwas, sah es über mir auftauchen, sekundenlang im Dunkel quer über mir schweben. Rauchumzogen, zum Greifen nah.

Es war der Stab Moses'. Der Stab, den wir Stunden zuvor als Latte über zwei Stuhllehnen gelegt hatten. Der Stab, über den wir gesprungen waren, von der Türe aus Anlauf genommen hatten.

Von der Türe aus!

Jetzt wußte ich die Richtung und rief Erin zu. Wir zogen uns durch, unterm Stab durch, fanden zur Tür und krochen ins Freie.

Wenig später standen wir auf der gegenüberliegenden Straßenseite und sahen die Wohnung abbrennen. Die Feuerwehrleute, die gekommen waren, verhinderten, daß der Brand auf andere Apartments übersprang. Nachbarn, die wir aus dem Schlaf geläutet hatten, gaben uns Kleider. Ein Feuerwehrmann strich uns Brandsalbe auf Gesicht und Arme.

Man fragte uns, was den Brand ausgelöst haben könnte. Ein Experte stellte die Brandursache fest. Der Versicherungsagent und der Vermieter notierten eifrig mit. Der Schaden wurde geschätzt.

Niemand fragte, wie wir entkommen waren.

John Jeremiah Sullivan

Füße im Rauch

Als mein älterer Bruder Worth (kurz für Elsworth) am Morgen des 21. April 1995 in einer Garage in Lexington, Kentucky, seine Lippen an ein Mikrofon hielt, traf ihn im wahrsten Sinne des Wortes der Schlag. Worth war mit seiner Band, den Moviegoers, auf dem Weg von Chicago zu einem Konzert in Tennessee, wo ich damals studierte. Sie hatten in Lexington eine Pause eingelegt, um zu proben. Ein paar Tage zuvor hatte Worth mich angerufen und gefragt, ob ich beim Konzert bestimmte Songs hören wollte. Ich wünschte mir etwas Neues, das er bei unserer letzten Begegnung an Weihnachten geschrieben und mir vorgespielt hatte. Die Feiertage laufen bei uns immer auf dasselbe hinaus: Worth und ich bleiben lange wach, trinken und spielen uns gegenseitig neue Songideen vor. Mit seinem Bruder Harmonien zu singen, hat etwas biologisch Befriedigendes. Wir haben gelernt, uns über Musik zu verständigen, unsere Gitarren sind für uns, was Baseball für Väter und Söhne ist, eine Art emotionale Geheimsprache. Worth ist sieben Jahre älter als ich, ein Altersunterschied, der Brüder leicht zu Fremden machen kann. Ich bin mir ziemlich sicher, daß mein Bruder sich erst für mich zu interessieren begann, als er mich eines Tages im Keller unseres alten Hauses in Indiana mit seiner schwarzen Telecaster erwischte, die ich nicht anfassen durfte. Ich hatte versucht, mir »Radio Free Europe« beizubringen.

Das Lied, das ich mir gewünscht hatte, hieß »It's All Over« und war kein typischer Song der Moviegoers. Er war einfacher und ernsthafter als der ansteckende Pop-Rock, der ihr Markenzeichen geworden war. Die Band war mit den Änderungen noch nicht vertraut, und Worth hatte sie gerade durch die erste Strophe führen wollen, hatte sich gerade vorgebeugt, um die ersten Zeilen zu singen – »Is it all over? I'm scanning the paper / For someone to replace her« –, als ein elektrischer Stoß seinen Körper durchfuhr, das Mikro wie eine kleine, aber beharrliche Rakete an seinen Brustkorb saugte, die erste Saite und den Bund der Gitarre in seine Handfläche brannte und sein Herz anhielt. Worth kippte nach hinten, schlug auf und starb.

Wahrscheinlich wissen Sie das alles schon. Ich habe die Einzelheiten nämlich selbst aus einer öffentlichen Quelle, einer Folge der Reality-Show *Rescue 911*, die sechs Monate nach dem Unfall gesendet wurde (moderiert von William Shatner). In der nachgestellten Szene spielt sich mein Bruder selbst, was ihn amüsierte, da er sich an das tatsächliche Ereignis nicht erinnert. Für uns andere, seine Familie und Freunde, ist die Folge nur schwer zu ertragen.

Die Geschichte, die Shatner erzählt, endet mit der Gewißheit, daß mein Bruder überleben wird. Es ist eine andere Geschichte als die, die ich kenne. Seine Version erinnert allerdings daran, daß man bei medizinischen Notfällen nicht leichtfertig von »Wundern« sprechen sollte. Nichts gegen dieses Wort – die Belegschaft des Humana Hospitals in Lexington bezeichnete den Fall meinen Bruders als »Wunderheilung«, und diese Leute haben etliche schreckliche Unfälle und unerklärliche Genesungen gesehen –, aber es wird dem menschlichen Können und der immensen Besonnenheit nicht gerecht, die es braucht, um ein Menschenleben zu retten. Ich denke dabei an Liam, den Bandkollegen und besten Freund meines Bruders, der irgendwie die Nerven behielt und Worth in den Armen hielt, bis Hilfe kam, und der ihn schon bei den ersten gemeinsamen Proben darauf hingewiesen hatte, immer seine Chucks zu tragen, deren Gummisohlen ihn vor einem endgültigeren Schicksal bewahrten. Ich denke an Captain Clarence Jones, den Feuerwehrmann und Sanitäter, der Worth ausgerechnet mit 200-Joule-Elektroschocks zurück ins Leben holte (und später auf Gott verwies, als meine Großmutter ihm überschwänglich dankte). Ohne Menschen wie diese – und zweifellos viele andere, denen ich nie begegnet bin und die auch bei Shatner nicht vorkommen – hätte es kein Wunder gegeben.

Es war Nachmittag, als ich von Worths Unfall hörte. Mein Vater rief mich an und sagte mir geradeheraus, daß meinem Bruder »etwas passiert« sei. Ich fragte, ob Worth überleben würde, und nach einer abscheulichen Pause sagte er: »Ich weiß es nicht.« Ich stieg ins Auto und fuhr von Tennessee nach Lexington, für den Fünf-Stunden-Trip brauchte ich dreieinhalb. Auf dem Parkplatz des Krankenhauses erwarteten mich meine beiden Onkel mütterlicherseits, zweieiige Zwillinge und Geschäftsleute in Lexington. Sie brachten mich zur Intensivstation. Im Aufzug erklärten sie mir Worths Zustand, und daß sein Herz auf dem Weg ins Krankenhaus fünfmal stehengeblieben sei, gefangen in einem Zustand, den Captain Jones in der *Rescue 911*-Folge als »Asystolie« diagnostiziert, als »todbringenden Rhythmus«. Wenn ich ihn richtig verstanden habe, war der Puls meines Bruders ein fast ununterbrochenes Pochen gewesen, einem Trommelwirbel ähnlich, aber kraftlos, ohne Blut irgendwohin zu pumpen. Als ich ankam, schlug sein Herz zumindest wieder aus eigener Kraft, seine Atmung wurde von einer Maschine erledigt. Die schlechteste Nachricht betreffe sein Gehirn, erklärten sie uns, weil es nur ein Prozent Aktivität zeigte. Worth vegetierte vor sich hin.

Im Wartezimmer kam eine dicke, ungefähr sechzigjährige Krankenschwester auf mich zu, die sich als Nancy vorstellte. Sie nahm meine Hand und führte mich durch zwei leise, gläserne Schiebetüren zur Intensivstation. Mein Bruder war ein Albtraum aus Schläuchen und Drähten, finstre Maschinen zeichneten schweigend jede innere Bewegung auf, und eine Pumpe füllte und leerte seine nutzlosen Lungen. Es roch streng nach getrocknetem Speichel. Seine Augen waren geschlossen, die Muskeln schlaff. Es war, als lebten einzig die Maschinen, besessen von dem perversen Willen, seinen Körper nicht aufzugeben.

Ich stand vor ihm und starrte ihn an. Aus der Ecke des Zimmers redete die Krankenschwester in einem unerwartet vorwurfsvollen Tonfall auf mich ein, der mir damals einen Stich versetzte und selbst im Rückblick schwer zu erklären scheint. »Der große Bruder wacht morgen nicht einfach auf und alles ist wieder gut«, sagte sie. Ich sah sie an wie ein Auto. Hatte ich noch nicht ausreichend geschockt ausgesehen?

»Ja, das ist mir bewußt«, sagte ich, und bat sie, uns allein zu lassen. Als sich die Tür hinter mir schloß, ging ich zum Bett. Worth und ich haben verschiedene Väter, rein technisch gesehen sind wir Halbbrüder, obwohl er bereits bei meinem Vater lebte, als ich geboren wurde, was bedeutet, daß ich das Leben nicht ohne ihn kenne. Nichtsdestotrotz sehen wir uns überhaupt nicht ähnlich. Er hat dichtes dunkles Haar und olivfarbene Haut, und in jener Nacht im Krankenhaus war er das wahrscheinlich einzige Familienmitglied mit grünen statt blauen Augen. Ich beugte mich über sein Gesicht. Seine normalerweise geröteten Wangen waren weiß, seine Lippen leicht geöffnet für den Sauerstoffschlauch. Da war nichts, kein Anflug von Leben, kein Kampf und keine Krise, da waren nur die grauenhaft mechanischen Geräusche des Beatmungsgeräts, das Luft in seinen Brustkorb pumpte und wieder absog. Ich hörte die angestrengt beherrschten Stimmen meiner Onkel, die mir von der einprozentigen Hirnaktivität berichteten. Ich ging mit dem Mund dicht an das rechte Ohr meines Bruders. »Worth«, sagte ich. »Ich bin's, John.«

Ohne Vorwarnung erwachte sein Ein-Meter-vierundneunzig-Körper zum Leben, er wand sich unter den Fesseln, stemmte sich gegen die unzähligen Schläuche und Drähte, die in seinen Körperöffnungen steckten und seine Haut durchbohrten. Sein Kopf flog zurück, seine Augen klappten auf. Die Pupillen waren fast nicht vorhanden. Nur einen kurzen Augenblick lang sahen sie mich verschwommen an, dann schlossen sie sich. Aber was für ein Augenblick! Als freiwilliger Feuerwehrmann im College hatte ich einmal einen Toten aus einem umgestürzten Auto ziehen müssen, und ich erinnere mich an den Blick seiner offenen Augen, als ich ihn an meine Kollegen weiterreichte – ich hatte Pathos erwartet, einen Schatten seiner letzten Gedanken, aber seine Augen waren Murmeln, bloße Dinge. Die Augen meines Bruders waren anders. Sie waren die Augen eines Mannes, der aus einem Brunnen zu klettern versucht und bei der kleinsten Bewegung wieder hinab zum Grund rutscht. Worths Kopf sank bewegungslos ins Kissen, sein Körper war erschöpft vom kurzen Versuch, zurück in die Welt zu gelangen. Ich hatte seine Hand ergriffen, ohne es zu merken, jetzt ließ ich sie los und trat zurück auf den Flur.

Diese Nacht und weitere vierundzwanzig Stunden verbrachte Worth im Koma. Es gab keine sichtbaren Anzeichen für eine Veränderung, aber die Maschinen registrierten erste Hinweise auf vermehrte Hirnfunktion. Der Neurochirurg, ein Ire, erklärte uns, daß das Gehirn selbst eine Art elektrische Maschine sei (für ihn muß das wie Kindersprache geklungen haben) und daß der Strom, der aus dem klassischen Gibson-Verstärker meines Bruders in seinen Körper geflossen war und ihn traumatisiert hatte, auf gewisse Weise immer noch in seinem Schädel umhersause. »Es gibt eine reelle Chance«, sagte der Arzt, »daß er aus dem Koma erwacht.« Aber niemand könne sagen, was übrig bleibe; niemand könne sagen, wer es sein würde, der aus dem Koma auftaucht. Die Wartezeit ist mir als eine Collage aus fürchterlichem Essen, vorsichtigem Zuspruch der Pfleger und der beunruhigenden, trägen Präsenz meines Bruders in seinem Bett in Erinnerung. Ein Orakel, das die Antworten auf alle unsere Fragen kannte, aber sich weigerte zu sprechen. Wir betraten und verließen sein Zimmer wie Touristen die Ausstellungsräume eines Museums.

»Am dritten Tag« (ich selbst hätte das nie so formuliert, aber in seiner Sendung erledigt Shatner das für mich) wachte Worth auf. Die Schwestern brachten uns mit fast stolzen Gesichtern in sein Zimmer, und da saß er – vorsichtig auf seine Ellenbogen gestützt, mit schweren Lidern, fast so, als könne er sich jeden Moment entscheiden, wieder ins Koma zu gleiten, weil es ihm dort besser gefiel. Wenn wir jetzt sein Zimmer betraten, strahlte er wie ein glücklicher Idiot und begrüßte jeden von uns mit Namen, seine Stimme ein kaum hörbares Krächzen. Er schien uns zu kennen, aber keinen blassen Schimmer davon zu haben, warum wir alle da waren, oder wo »da« überhaupt war – obwohl er in den nächsten zwei Wochen einige Theorien zu diesem Thema entwickeln sollte: ein Hochzeitsempfang, ein High-School-Pokerturnier, irgendwann auch eine Art Gefängniszelle.

In den letzten Jahren habe ich immer wieder versucht, den Leuten die Person zu beschreiben, die aus dem elektrischen Nahtod aufwachte und etwa einen Monat bei uns blieb, ehe Worth wieder zu dem Menschen wurde, der er vorher war und jetzt wieder ist. Es würde mir eine Menge Mühe ersparen, wenn ich einfach sagen könnte: »Er war wie auf LSD«, aber das wäre nicht ganz richtig. Er schien eher auf einem dieser imaginären Acid-Trips zu sein, wie wir sie uns in der Junior High vorstellten, ehe wir begriffen, daß ein richtiger Trip in Wahrheit einen

Tick weniger magisch ist. »Ey, Alter, deine Nase ist ein Stern oder so, abgefahren« – so war Worths Zustand. Mein Vater und ich machten Notizen, ohne zu wissen, daß der andere ebenfalls mitschrieb. Wir wollten jede seiner kleinen Enthüllungen festhalten, ehe sie verschwanden. Meine eigene Liste liegt jetzt vor mir. Ich weiß nicht, wo ich anfangen soll. Ich schreibe einfach ein paar Sachen ab:

Spät in der Nacht des 23. meine Hand gedrückt und geflüstert: »Das ist die menschliche Erfahrung.«

Beim Mittagessen am 24. plötzlich die Überzeugung, daß ich mich als sein Bruder ausgebe. Will meinen Ausweis sehen. Er fragt mich: »Wie kommt jemand auf die Idee, sich für John auszugeben?« Ich protestiere: »Worth, sehe ich etwa nicht aus wie John?« Darauf er: »Du siehst exakt so aus wie er. Kein Wunder, daß du damit durchkommst.«

Tagsüber am 25. steht er auf, und obwohl ich ihn zurückhalten will, kippt er das Tablett mit seinem Mittagessen um. Sein Blick streift meine Hände auf seinen Schultern, und er sagt: »Ich habe nichts gegen … schwule Liebe. Aber ich stehe auch nicht drauf.«

Am Abend des 25. starrt er seine Zehen am Fußende des Betts an und bemerkt: »Das gäbe ein schönes Bild: Füße im Rauch.«

26., tagsüber. Nennt den Herzmonitor »eine starre, massive Tüte Nährstoffe«.

26., nachts: Worth schlägt mit voller Kraft nach mir, als ich mit Dad und Onkel John versuche, ihn unter Kontrolle zu bringen. Er verfehlt mich nur um Zentimeter. Die Infusionsschläuche werden aus seinen Armen gerissen, in seinen Augen sind Angst und Hilflosigkeit. Ich glaube, er hält uns für Faschoschläger.

Am Abend des 27. springt er plötzlich mit wirrem Ausdruck im Gesicht auf und läuft zur Wand. Er fährt mit seiner Hand über die Tapete wie ein Blinder. Dreht sich um. Fragt, wo die Piñata sei. Schlurft auf den Flur. Bemerkt eine dicke Krankenschwester, die vor uns den Korridor entlanggeht. Murmelt, »wenn die unsere Piñata hat, dann werde ich sauer«.

Was anfangs eine Tragödie zu sein schien, wandelte sich allmählich zur Tragikomödie und schließlich zur regelrechten Farce; es fällt schwer, das eine vom anderen klar abzugrenzen. Worth war der reizendste Betrunkene, den man je getroffen hat – ich mußte ihm wie sein Sidekick durch das Krankenhaus folgen, damit er nicht stürzte, denn er konnte nicht stillstehen oder sich länger als eine Sekunde auf etwas konzentrieren. Er wurde zum heiligen Narren. Er sah in seine Handinnenfläche, in die der Bund der Gitarre und die sechste Saite ein tiefrotes Kreuz gebrannt hatten, und sagte: »Hey, fast wie Stigmata, wenn da nur nicht diese ganzen Ameisen rumkriechen würden.« Er stellte meine Eltern einander vor, als wären sie sich noch nie begegnet: »Mom, das ist Dad; Dad, das ist Dixie Jean.« Als der Neurochirurg ihn fragte, ob er seinen Namen buchstabieren könne, sagte er: »Wenn Sie Edmund Spenser wären, Doktor, würden Sie ihn wohl w-o-r-t-h-E buchstabieren.«
Als ich eine der Schwestern fragte, ob er jemals wieder normal sein würde, antwortete sie: »Vielleicht, aber wäre es nicht toll,

wenn er so bliebe?« Sie hatte recht, sie brachte mir Demut bei. Ich kann mir nichts Hoffnungsvolleres oder Komischeres vorstellen als einen Sitzplatz im Hirnzirkus meines Bruders, während er seine Wirklichkeit wieder zusammensetzte. Wie so viele Menschen hatte ich als Vulgär-Hobbesianer immer angenommen, daß der Kern des Gehirns, wenn man ihn jemals finden könnte, notwendigerweise ein ziemlich dunkler Ort sein müsse und daß alles Gute und Schöne am Menschsein ein Ergebnis unseres Kampfes gegen alles Angeborene und Körperliche sei. Mein Bruder hat meine Meinung geändert. Sein Bewußtsein war bloß noch Materie, eine Kugel knisternder Synapsen – Worte, deren Verwendung er kannte, die er aber nicht mit den richtigen Dingen in Verbindung bringen konnte; seltsame neue Objekte, für die er Namen erfinden mußte; unbekannte Menschen, die kamen und gingen wie Energiefelder. Dieses Bewußtsein war ein guter, vielleicht sogar ein poetischer Ort. Er hatte den Tod berührt, beziehungsweise der Tod ihn, aber trotzdem schien das Leben für ihn nicht minder interessant zu sein.

Da ist noch diese eine Sache:
Es war am späten Nachmittag des 25. April. Die Fensterläden warfen ihre Schatten in sein Zimmer auf der Intensivstation. Ich hatte meine Mutter und meinen Vater gefragt, ob ich einen Moment mit ihm allein sein könnte, weil ich mir immer noch nicht sicher war, ob er wußte, wer ich war. Ich wußte, daß er nicht wußte, daß er sich in einem Krankenhaus befand; aktuell glaubte er, daß wir im Haus meiner Großeltern eine Party feierten, und irgendwann machte er sich los und ging ins Schwesternzimmer, weil er wissen wollte, ob sein Smoking fertig sei. Jetzt saßen wir in seinem Zimmer. Keiner von uns beiden sagte etwas. Worth fuhrwerkte mit einer Gabel in seinem Wak-

kelpudding herum, ich sah ihm zu und wartete. Morgens hatte ihm die Anwesenheit der vielen »Fremden« Angst gemacht, und ich wollte ihn nicht noch mehr erschrecken.
Fünf Minuten lang war es absolut still.
Dann begann er, sehr leise zu weinen, die Wucht der Gefühle hob seine Schultern. Ich berührte ihn nicht; ich ließ ihn einfach weinen. Eine weitere Minute verging. Ich fragte ihn: »Worth, warum weinst du?«
»Ich habe an die Vision gedacht, die ich hatte, als ich wußte, daß ich tot war.«
Obwohl ich mir sicher war, ihn richtig verstanden zu haben, fragte ich noch einmal. Er wiederholte im gleichen flachen Ton: »Ich habe an die Vision gedacht, die ich hatte, als ich wußte, daß ich tot war.«
Wie konnte er von seinem Tod wissen, wenn er noch nicht einmal wußte, daß er sich im Krankenhaus befand oder daß ihm überhaupt etwas Ungewöhnliches zugestoßen war? War es ihm plötzlich klar geworden?
»Was war es? Was war deine Vision?«
Er sah auf. Die Tränen waren verschwunden. Er schien ruhig und ernst. »Ich stand am Ufer des Styx«, sagte er. »Das Boot, mit dem ich übersetzen sollte, kam näher, aber … statt Charon saßen Huck und Jim am Ruder. Nur daß Huck, als er seine Kapuze zurückschlug, ein alter Mann war … neunzig oder so.«
Mein Bruder vergrub sein Gesicht in den Händen und schluchzte noch ein wenig. Dann schien er den Vorfall zu vergessen. Laut meinen Aufzeichnungen waren seine nächsten Worte: »Guck mal, ich hab die Andrew Sisters in meinem Milchshake.«
Wir haben seitdem nie wieder ein Wort darüber verloren. Es ist schwierig, mit meinem Bruder über Dinge zu reden, die mit seinem Unfall zu tun haben. Ein ganzer Monat wurde von sei-

nem Erinnerungstape gelöscht, und dieser Monat beginnt in der Sekunde, als seine Lippen das Mikrofon berühren. Er kann sich nicht an den Schock erinnern, nicht an den Krankenwagen, nicht an seinen Tod und auch nicht an seine Rückkehr ins Leben. Als er aus dem Krankenhaus entlassen werden sollte, konnte er sich immer noch nur vage zusammenreimen, daß er für irgendein Konzert irgendwo spät dran war, und meine letzte Erinnerung an den Worth dieser Phase ist sein ruhiges Winken, als ich ihm sagte, daß ich wieder zur Uni müsse. »Wir sehen uns beim Konzert«, rief er quer über den Parkplatz. Wenn bei Familientreffen das Gespräch auf seinen Unfall kommt, sieht er uns mißtrauisch an. Es ist die Geschichte eines anderen, eine Geschichte, von der er vermutet, daß wir sie ein wenig übertreiben.

Manchmal, wenn ich nicht schlafen kann, versuche ich bis heute, seine Vision zu entschlüsseln. Mein Bruder war nie ein großer Kirchgänger (mit fünfzehn bekannte er sich zum Deismus), aber zur High-School-Zeit ein hervorragender Lateinschüler gewesen. Seine Lehrerin Miß Rank war eine herzensgute und geistreiche alte Dame mit Dutt, die ihren Schülern klassische Mythologie eintrichterte. Vielleicht war es so, daß mein Bruder, als die Zeit für seine Nahtod-Erfahrung gekommen war, in den Tiefen seiner Psyche nach einem Mythos suchte, der seiner Angst einen Sinn geben würde, und er sich für die Geschichte entschied, die ihn als jungen Mann am meisten gefesselt hatte. Für die meisten wäre das wohl die typische Licht-am-Ende-des-Tunnels-Geschichte gewesen; für meinen Bruder war es die Unterwelt.

Ich habe keine Ahnung, wie er dabei auf Huck und Jim kam. Mein Vater war ein fanatischer Mark-Twain-Jünger – er verlor seinen einzigen Job als Lehrer, weil er die Erstklässler in der Pause im Klassenzimmer sitzen ließ und ihnen Plattenaufnahmen mit Texten des Meisters vorspielte –, und er stieß auf die einzige Spur: Der Unfall hatte sich an Twains fünfundachtzigstem Todestag ereignet.

Ich bin einfach froh, daß Huck und Jim meinen Bruder an diesem Ufer gelassen haben.

Andrzej Stasiuk

Großmutter und die Geister

Meine Großmutter wohnte in Podlasie. Nicht im Dorf, sondern in der sogenannten »Kolonie«: ungleichmäßig verstreute Gehöfte, durch Espenhaine und Spaliere aus hohen alten Pappeln voneinander getrennt. Das Haus stand in einem Obstgarten. Hier war es im Sommer selbst zur Mittagszeit kühl. Die Apfelbäume waren uralt und verwachsen, ihre Kronen ineinander verschlungen – ein Reich ewigen Schattens.

Der Obstgarten grenzte an eine Wiese. Doch dieses Wort hörte ich nie. Man sagte *smug*, »Streif«, die Kühe weideten auf dem *smug*. Ein Stück Grün mit einem Brunnen in der Mitte, der als Viehtränke diente. Der Brunnen war alt und hatte statt einer Betoneinfassung eine Verschalung aus Brettern. Den Eimer zog man mit Hilfe einer langen Stange heraus, an deren Ende ein Haken befestigt war. Diese Hakenstange hieß *kluczka*.

Das »u« hat den sanftesten, den weichsten Klang von allen Vokalen.

Immer wenn ich an meine Großmutter denke, kommen mir diese zwei Wörter in den Sinn:

kluczka, smug. Und noch ein drittes: *duch* – »Geist«.

Großmutter glaubte an Geister.

In den sechziger Jahren gab es dort noch keinen Strom. Großvater stieg auf einen Schemel und zündete die von der Decke hängende Petroleumlampe an. Im Herbst tat er das recht früh, um sechs, vielleicht schon um fünf. Im Herbst kam ich mit meinem Vater dorthin, um Äpfel zu ernten, wir luden ganze Kisten in den Lublin meines Onkels, eines waschechten Fahrers des frühen und mittleren Kommunismus.

Großmutter also glaubte an Geister. Es war kein ängstlicher Glaube und auch keiner, wie man ihn dank gelegentlicher Kontakte mit dem Jenseits oder aufgrund von Träumen oder Erscheinungen gewinnt – nichts dergleichen.

Sie setzte sich in die Ecke, auf das Bett mit der Wolldecke, hinter ihr zwei Rehe an der Tränke in einer himmelblau-grünen Landschaft, von der das gelbe, sanfte Licht der Lampe nur das silbrige Weiß des Wassers sichtbar machte, und erzählte. Es waren lange Geschichten über banale Ereignisse, über Arbeit, Besuche, Wanderungen ins Nachbardorf, Familientreffen. Eine ruhige Erzählung, ausgefüllt mit Fakten, mit Namen von Dingen und Namen von Menschen. Die Topographie ihres Dorfes und einiger Orte der Umgebung, eine Chronologie, gespannt zwischen Weihnachten, Mariä Himmelfahrt und Allerseelen.

In dieser grauen Materie bildeten sich von Zeit zu Zeit Risse, die Fäden von Schuß und Kette liefen auseinander, und durch schien das Jenseits, das Übernatürliche, jedenfalls das Andere.

So sah Großmutter eines Sommerabends, als sie von einer ihrer zahlreichen Cousinen nach Hause zurückkehrte, zwischen den Getreidestiegen eine weiße Gestalt. Nicht Mensch, nicht Tier, lief die Gestalt am Rain entlang, mal auf zwei, mal auf vier Beinen, im Mondlicht deutlich zu sehen, aber ganz und gar immateriell.

Ein andermal, nach dem Tod eines nahen Verwandten, sah Großmutter, wie der Verstorbene in die Küche kam; die Tür quietscht, der Gast schaut in alle Schubladen und Fächer der Kredenz und geht wieder, ohne etwas mitzunehmen. Das geschah im Morgengrauen. Großmutter war gerade dabei aufzustehen. Sie sah den Besucher, als sie schon auf dem Bettrand saß, an derselben Stelle, wo sie ihre Geschichten erzählte.

Natürlich kann ich mich nicht an alle Erzählungen erinnern,

nur an Bruchstücke. Aber ihre Aura habe ich mir bewahrt: eine unerhört einfache Aura, kein Staunen, keine Ausrufezeichen – nichts.

Dieses Durchscheuern des Existenzgewebes fand eher in meiner Phantasie statt; ich war es, der die Risse sah. Großmutter ging nach diesen Geschichten zur Tagesordnung über. Überhaupt schien es für sie eine ungeteilte Ordnung der Dinge zu geben: alle waren gleichermaßen real und berechtigt. Vielleicht führte ihr Bewußtsein irgendwelche Unterscheidungen durch, vielleicht heftete es zusammen und nähte Flicken auf die brüchigen Stellen, aber in den Geschichten selbst waren keine Spuren von Ausbesserungen zu sehen.

Wenn an einem reglosen, windstillen Nachmittag auf dem Feld eine kleine Windhose erschien, die die aufgestellten Garben fortriß, bekreuzigte sich Großmutter einfach, verfolgte das Phänomen mit dem Blick und machte sich wieder an die Arbeit. Hatte doch nur das Böse in einer von vielen Gestalten seine Anwesenheit manifestiert. Da war nichts von der Erregung, die schwebende Tische begleitet oder den Geschichten von Edgar Allan Poe innewohnt. Großmutter erinnerte eher an Swidrigajlow und seine äußerlich banalen Abstecher auf die andere Seite der Existenz. Großmutters Verwandter, der in der Kredenz stöberte, jetzt sehe ich das genau, kommt an Realität und Macht dem Geist des Dieners Filka gleich, der mit einem ganz gewöhnlichen Loch am Ellbogen in Arkadij Iwanowitschs Zimmer erscheint.

Warum hat sie nie von Heiligen erzählt? Von übernatürlichen Existenzen, die von der Kirchenlehre bestätigt wurden? Warum sind ihr Petrus, Paulus oder die heilige Lucia nie erschienen? Sie alle hat sie nur zum Abmessen der Zeit benutzt. Als wären sie tote Gegenstände, etwas wie ideale Maße oder Gewichte. Die Unbewegtheit dieser Heiligen war die Unbewegtheit der Figuren, denen sie am Sonntag in der Messe begegnete. Die kleine Holzkirche stand in ebenso tiefem Schatten wie Großmutters Haus. Der knarrende braune, vergoldete Innenraum eröffnete ihr einmal in der Woche ein Bild der Unendlichkeit und des Lichts, das Bild eines fernen Versprechens und einer noch ferneren Belohnung.

Geister hingegen, von Sünde und Fluch gezeichnete, träge Seelen und der Tod begleiteten ihr tägliches Leben. Die Wahrheit, daß der Mensch dem Tod, der Verdammung und dem Zufall näher ist als der Erlösung, hat in ihrem Leben eine Verkörperung gefunden.

Im Übrigen war sie kein Einzelfall. Meine zahlreichen Tanten und Großtanten, die ich in ihrem Haus antraf, nahmen regen Anteil an den Geschichten und ergänzten sie ihrerseits, bis Großvater genervt dazwischenfuhr: »Wann seid ihr Weiber endlich still!« – ob von Rationalismus oder Angst geleitet, werde ich nie erfahren. Sie verstummten dann für eine Weile, um bald darauf wieder, wie perfide Parzen, den Faden jenes anderen, verborgenen Lebens zu spinnen, eines Lebens, das keinen Moment vergißt, daß es zugleich aus Verlust und Sterben besteht.

Die Geschichte von einer Mutter, die mittags um zwölf auf dem Feld die Gestalt einer unbekannten alten Frau in grauem Kleid sah und deren Kind am selben Tag erkrankte und bald darauf starb.

Die Geschichte, wie Großmutter eines Abends den Stall betrat und etwas, das gerade weglief, sie fast umgeworfen hätte, worauf keine der Kühe mehr Milch gab.

Die Geschichte … die Geschichte … die Geschichte …

Großmutter starb im Herbst. Ich bin noch zu klein gewesen, um mir das genaue Datum zu merken. Es war windig damals, und ich bin mit Vater dort gewesen, denn die Ärzte hatten sorgfältig gerechnet – nicht nur auf den Tag, sondern auf einige Stunden genau. Sie lag auf einem mit schwarzem Stoff bedeckten Brett, ganz in Schwarz, schmal und still. Bevor sie in den Sarg gelegt wurde, küßten alle Verwandten sie auf die Stirn (wie es Brauch war). Vielleicht war ich zu klein, um den Tod zu verstehen. Aus Gewohnheit und von meinen Gefühlen geleitet, küßte ich sie auf den Mund, wie bei jeder Begrüßung zu Beginn der Ferien. Ich wunderte mich, daß sie so hart und unbewegt war und daß sie nicht mehr ihren warmen, vertrauten Geruch ausströmte.

Die Angst kam später. In dem Moment, als ich draußen am Haus die schwarze Kirchenfahne mit dem silbernen Kreuz sah. Jemand hatte sie so an der Hauswand angebracht, daß sie sich flatternd vom Hintergrund des blauen Himmels und der blattlosen Bäume abhob.

Das war meine erste Lektion von der Dominanz des Symbols über die Wirklichkeit.

Worauf zielt diese Erinnerung oder Erzählung ab?

Bald werden die letzten Großmutter sterben, die die Welt der Geister mit eigenen Augen gesehen haben. Sie haben sie gläubig und ruhig betrachtet, natürlich auch mit Angst. Die lebendige, übernatürliche Wirklichkeit wird mit ihnen zusammen verschwinden. Die seltenen mystischen Erfahrungen Auserwählter ausgenommen, werden wir auf das anstrengende und schwierige Vertrauen in die Existenz des Ungewissen angewiesen sein. Die glattpolierte Oberfläche des Alltags wird uns unsere eigenen, flachen Spiegelbilder beflissen als Tiefe vorgaukeln.

Meine Großmutter saß auf dem Bettrand und erzählte Geschichten. Sie tat es uneigennützig, ohne einen bestimmten Zweck zu verfolgen. Die Gewöhnlichkeit der ungewöhnlichen Ereignisse verlieh ihnen ihre Glaubwürdigkeit.
Auf den Hof ging man durch einen großen dunklen Raum, der Speicher genannt wurde. Da hingen alte Geschirre, hinter einem Holzgatter lag das gedroschene und von der Spreu getrennte Getreide. Der scharfe Geruch des von Pferdeschweiß getränkten Leders mischte sich mit dem trockenen Duft des Korns. Durch eine kleine quadratische Öffnung in der Wand fiel Licht. An heiteren Nachmittagen schoß quer durch die Dunkelheit des Speichers ein schmaler Strahl, in dem Staubteilchen wirbelten. Ich huschte durch das Dunkel, zerbröselte einen Moment lang den leuchtenden Streifen und lief hinaus – jedes Mal von derselben Angst begleitet. Erst in der Sonne des Hofes atmete ich wieder normal.
Durch das Fenster sah ich schemenhaft die Gestalt meiner Großmutter, die zwischen Tisch und Herd hin- und herging und das Mittagessen zubereitete. Bei jedem Schritt knarrte der braun angestrichene Fußboden, sie war allein in dem leeren Haus und nahm ganz selbstverständlich aus der heimgesuchten Kredenz Gewürze, Gefäße, Löffel und Gabeln, die der Geist verschmäht hatte.
Später, als sie schon gestorben war, stellte ich mir oft den Tod vor. Das unwillkürliche Bild war immer das gleiche: eine alte Frau mit gutmütigem und ein wenig spöttischem Gesicht, dem Gesicht meiner Großmutter.

Alexander Kluge

Die toten Seelen

Auf der Nase eines Inselvorsprungs Manhattans (das Grundstück gehört der Feuerwehr) brannte eine Lagerhalle, in der ein Feuerwehrball stattfinden sollte, für zwanzig Minuten lichterloh. Dann, als hätte ein Allmächtiger die Flammen ausgepustet, erlosch das Feuer auf unerklärliche Weise, ehe noch die sechs alarmierten Einheiten des NYFD eingetroffen waren. In Polizeikreisen wurde diskutiert, ob die GEISTER VERUNGLÜCKTER FEUERWEHRBEAMTER das Wunder bewirkt haben könnten.

Andere Experten hielten es für wahrscheinlicher, daß ein Umschwung des Windes, der den Tag über von Süden geweht hatte und am Abend von Norden kam, die Fackel ausgeblasen habe. Wie aber erklärt sich, daß diese Umkehr des Windes erst 40 Minuten nach Verlöschen des Brandes auftrat?

Das kleine Wunder zwischendurch

»Jeder Ort hat sein Wunder.«

Thomas Bernhard

Hans Magnus Enzensberger

Normale Wunder

Gott hat alles aus nichts geschaffen.
Aber das Nichts scheint durch.
Paul Valéry

Krisen sind wir gewohnt. Es ist nicht nötig, eine Zeitung zu lesen oder den Fernseher einzuschalten; seit Jahren verfolgen uns die aktuellen Tatarennachrichten auf Schritt und Tritt, weil wir ständig eine kleine mobile Alarmanlage mit uns herumschleppen. Von unfaßbaren Katastrophen eingeschüchtert und von winzigen Störungen verfolgt, leben wir in einer durchlöcherten Normalität, durch die das Chaos uns höhnisch entgegengrinst.

Daß fortwährend etwas schiefgeht, daran haben wir uns also gewöhnt. Der Flug ist gestrichen, das Callcenter antwortet nur mit endlosen, schmierigen Musikschleifen, die Rolltreppe ist außer Betrieb, die Autobahn gesperrt. Überall Parkverbot, Börsencrash, Computerabstürze, Fußballkrawalle, Tornados, Mieterhöhungen, Ozonlöcher, Staus und asymmetrische Kriege. So konfus zappt die *Tagesschau* zwischen Wichtigem und Belanglosem hin und her. Das Durcheinander ärgert und verwirrt uns, aber es wundert uns nicht. Wer Gedichte liest, wußte Bescheid: »Überstehn ist alles«.

Aber das ist auch nur die halbe Wahrheit. Wie sähe es wohl mit der anderen Hälfte aus, wenn wir probehalber die Perspektive änderten? Wenn wir uns fragten, wie es kommt, daß überhaupt irgend etwas »klappt« und nicht vielmehr nichts? Statt uns über alles, was uns mißfällt, zu beschweren, sollten wir darüber staunen, daß mitten im Irrsinn das eine oder andere tatsäch-

lich funktioniert, und zwar nicht nur gelegentlich oder ausnahmsweise, sondern sogar jeden Tag von neuem.
Damit verletzt unsere Alltagsrealität nämlich den zweiten Hauptsatz der Thermodynamik, der behauptet, der Zustand eines beliebigen Systems nähere sich unweigerlich der Entropie. Das hört sich geheimnisvoller an, als es ist. Das maximale Durcheinander ist nämlich zugleich der maximale Ausgleich aller Unterschiede. Man nennt das auch den Wärmetod. Wenn dieser Zustand erreicht ist, kann schlechterdings nichts mehr passieren. Es gibt keine Störung, und das heißt, kein Lebenszeichen. Natürlich wären wir dann nicht mehr da und könnten uns folglich auch nicht mehr ärgern.
Allerdings hat selbst dieses unumstößliche Gesetz einen Haken. Es gilt nämlich nur für *geschlossene* Systeme. Nur wo sind die eigentlich zu finden? Das Universum etwa, um ein besonders großes Beispiel zu nennen – ist es abgeschlossen und isoliert? Das weiß niemand genau, aber es könnte immerhin sein. Von der Erde jedoch kann das niemand im Ernst behaupten. Denn die Sonne sorgt, solange sie nicht ausgebrannt ist, für Strahlungsenergie von außen.
Bis es in ein paar Milliarden Jahren soweit kommt, sollten wir uns in Geduld fassen und mit zweierlei Einsichten abfinden. Erstens: Alle spontan ablaufenden Prozesse sind irreversibel. Zweitens: Systeme, die nicht früher oder später versagen, gibt es nicht. Und drittens: Das eigentliche Wunder besteht nicht darin, daß irgend etwas kollabiert, sondern daß viele Systeme wenigstens eine Zeitlang in einem labilen Gleichgewicht verharren. Sie sind zwar immer nahe daran zu kippen, aber wer in einem solchen Zustand lebt, der hat das Gefühl, es habe damit noch gute Weile.
Man wartet also zum Beispiel an der Haltestelle an der Ecke, und es begibt sich ein Wunder. Der Bus kommt wirklich. Man be-

tritt den nächsten Supermarkt, und pünktlich liegt die Flasche mit der frischen Milch bereit. Man überquert die Straße, und kein Maschinengewehrfeuer ist zu hören. Es klingelt an der Tür, und nicht der KGB, der Verfassungsschutz oder die Mafia suchen uns heim, sondern nur unser griechischer Paketbote, der wie immer ein Ausbund an Zuverlässigkeit und guter Laune ist.

Wir nennen solche Verhältnisse normal, obwohl sie alles andere als selbstverständlich sind. Um das einzusehen, reichen minimale Geschichts- und Geographiekenntnisse völlig aus. Hierzulande liegt der absolute Horror schließlich nur ein paar Jahrzehnte zurück, und in anderen Regionen der Erde ist er nach wie vor an der Tagesordnung. Dort ist das Leben oft so, wie der englische Philosoph Thomas Hobbes es beschrieben hat, »arm, gemein, brutal und kurz«. Was wir vor uns haben, wenn wir aus dem Fenster schauen oder vor die Tür treten, ist somit eine Ausnahmeerscheinung – extrem unwahrscheinlich, und schwer zu erklären.

Wie kann es überhaupt zu »geordneten Verhältnissen« kommen – was immer das heißen mag –, in einer Gesellschaft, die zu nicht unerheblichen Teilen aus Kostgängern, Hütchenspielern, Staatssekretären im einstweiligen Ruhestand, Anlageberatern, Werbefuzzis, Lifestyle-Gurus, Showmastern, Subventionskünstlern, Sicherheitskräften und Skinheads besteht, die sich davor hüten, irgend etwas Brauchbares herzustellen? Natürlich spricht es nicht gegen, sondern für eine Republik, wenn sie alle Arten von Luftmenschen ohne Murren erträgt und füttert. Aber zu dieser Teilmenge tritt auch noch der Anteil der Unmotivierten, der Sturköpfe, der Pfuscher und der Querulanten unter den ordentlichen Leuten, die man früher gern als Normalos bezeichnet hat. Wie viele das sind, weiß keine Statistik zu sagen, und keine Psychologie vermag die tiefen Dunkelzonen der Intelligenz auszuloten.

Und trotz alledem funktioniert das Ganze, wenn man nicht allzu genau hinsieht, reibungslos. Es müssen also verborgene Ressourcen am Werke sein, Reste von freiwilliger Bemühung, unbeirrbarer Gutmütigkeit und mysteriösem Fleiß, die unsere Zustände am Laufen halten. Anders ist das Behagen im Unbehagen nicht zu erklären.

Oder sollte das Geheimnis der Bewohnbarkeit Europas am Ende in den Institutionen zu suchen sein? Reste von Rechtsstaat und Demokratie sind immerhin vorhanden. Gewöhnlich kommt, wenn es brennt, die Feuerwehr, die Stadtgärtnerei sorgt für Stiefmütterchen, und die Amtsgerichte verknacken regelmäßig kleine Ladendiebe. An Strafzetteln und Steuerbescheiden mangelt es nicht. Trotzdem fragt man sich, ob es an einer weisen Regierung liegt, daß irgendeine untergründige Tatkraft unser Überleben ermöglicht, oder ob es sich nicht umgekehrt verhält; ob das, was hier floriert, floriert, nicht *weil*, sondern *obwohl* es Regierungen gibt, die immerzu mit neuen Vorschriften, Erlassen und Direktiven jede produktive Regung zu lähmen suchen.

Ein kleines Land, das selber daran zweifelt, daß es wirklich existiert, das Königreich Belgien, hat bewiesen, daß man auch ohne Obrigkeit ganz gut auskommen kann. Denn seit dem April 2010 herrschte dort über ein Jahr lang ein Als Ob. Der belgische Ministerpräsident tat nur noch so, als wäre er Ministerpräsident, und dieser Zustand schien niemanden zu stören. Ganz im Gegenteil, den Belgiern gefiel es offenbar, daß man sie in Ruhe ließ. Die Stadtgärtner gossen weiter die Blumen im Park von Laken, als ginge sie die permanente Regierungskrise nichts an. Die sauberen und die schmutzigen Geschäfte gediehen wie eh und je, die Zöllner legten die Hand in den Schoß, und die berühmten Pralinen waren nach wie vor von bester Qualität.

Woran mag das liegen? Von Urvertrauen zu reden, wäre sicherlich eine maßlose Übertreibung. Denn nur wer von Sinnen ist, würde alles für bare Münze nehmen, was die Medien erzählen oder was von den zahllosen Krisengipfeln verlautet. Jedes Wahlversprechen wird von den Stimmberechtigten sofort diskontiert. Eine Bank, die ihren Kunden einreden wollte, daß sie ihr Vertrauen verdient, würde sich nur lächerlich machen. Niemand läßt sich gerne über den Tisch ziehen.
Und trotzdem verlassen sich die Leute darauf, daß der Türke am Gemüsestand bereit ist, gegen einen buntbedruckten Zettel Radieschen und Kartoffeln herauszurücken. Wirte und Taxifahrer glauben daran, daß der Gast bezahlen wird. Wer spät nach Hause kommt und auf den Schalter drückt, ist nicht verdutzt, wenn es hell im Zimmer wird. Es gibt Wurstbuden, die ohne Hausdetektiv, und Kioske, die ohne Überwachungskamera auskommen. Dieser entwaffnende Optimismus könnte fröhlich stimmen, wäre er nicht zugleich von einer eingefleischten Skepsis begleitet.
Wir haben es also mit einer mysteriösen Mischung aus Argwohn und Vertrauen zu tun. Ein einfaches Experiment könnte vielleicht zur Lösung dieses Rätsels beitragen. Man nehme einen Topf mit weißer Ölfarbe, gieße einen Schuß Schwarz dazu, nehme ein Stöckchen zur Hand und rühre den Inhalt um. Sogleich entsteht ein Muster von wunderbarer Komplexität, eine Marmorierung, die sich jeder exakten Berechnung entzieht. Natürlich kann man immer weiter im Topf herumrühren, bis am Ende ein ödes, monochromes Grau herauskommt. Soweit kommt es aber nur, wenn unsere Mischung sich wie ein geschlossenes System verhält. Aber in der Realität ist das so gut wie nie der Fall. Immer neue Ingredienzen treten hinzu, so als gösse irgend jemand fortwährend neue Farbe nach, in unserem Experiment also einen Schwall von schwarzem oder weißem

Pigment. Wir selber sind es nämlich, die dafür sorgen, daß die Turbulenz nicht ab-, sondern zunimmt, daß das Unwahrscheinliche die Oberhand behält und das Unvorsehbare siegt.

Eva Demski

Der Philosoph im Garten

Einen Philosophen kenne ich, der einen Sommer lang begriffen hat, wie wohl ihm der Garten tut. Er hat vielleicht seine antiken Vorläufer gelesen, Cato und Lucullus und Sulla beispielsweise, die sich aus der Stadt zurückgezogen und in den Zäunen und Hecken der Gärten eingeschlossen hatten. Das weiß ich nicht, darüber haben wir nie gesprochen. Jedenfalls erkannte er plötzlich, wo allein er imstande war, Einzigartiges hervorzubringen, den Garten nicht als Fluchtort, sondern als produktives Experimentierfeld nutzend. Seine Seminare hatten ihn gelangweilt, seine Schüler erschienen ihm öde, seine Bücher trockene Kost. Da geschah es irgendwann, daß ihm jemand eine Anzahl winziger Samen schenkte mit dem Hinweis, daraus würde Erstaunliches entstehen.

Es handelte sich um Tomatensamen einer Sorte namens De Berao. Der Philosoph legte die Samen sorgfältig in eigens gekaufte Torftöpfchen, stellte sie auf ein helles Fensterbrett, hielt sie feucht, aber nicht zu sehr, und beobachtete sie. Erst zeigten sich zwei winzige Keimblättchen an einem fadendünnen Stengel, ganz wie bei allen Tomatenpflanzen dieser Welt. Bald aber bewies die Pflanze ihrem Erzieher, was sie konnte: Sie wuchs ihm in Windeseile über den Kopf. Wie sehr hatte er sich das von seinen Schülern gewünscht, aber denen war er auf ermüdende Weise gewachsen geblieben. Nicht so der Tomate namens De Berao. Mit fünf dieser Giganten hatte er arglos angefangen. Hätte er alle behalten, wäre ein Umzug in einen anderen Garten unumgänglich gewesen. So verschenkte er alle bis auf eine.

Schon frühmorgens bewunderte er die wuchernde Pracht, der er alle paar Tage einen neuen Topf verpassen mußte, bis er endlich einen mächtigen Wurzelballen in seinen Gartenboden wuchten konnte. Aus Latten, Besenstielen und Gittern baute der Philosoph immer neue Rankgerüste für die sich nach allen Seiten unmäßig ausstreckende Pflanze. Er wunderte sich, wie sehr ihn die Fürsorge für die Mammuttomate befriedigte. Er wurde nicht müde, zu beobachten, was sich aus dem winzigen Körnchen entwickelte. Den Blütenansatz vermerkte er in seinem Notizbuch, das ihm zuvor jahrelang nur zur Aufnahme von Zitaten gedient hatte. Er vernachlässigte sein Seminar. Der Neukantianismus ließ ihn mit einemmal kalt. Ein Symposion, auf das er sich monatelang vorbereitet hatte, vergaß er, weil er sich im Zählen der Fruchtstände – Myriaden von tomatenversprechenden kleinen grünen Kügelchen – verloren hatte. Längst hatte die De Berao das Garagendach erklommen und zur Hälfte bedeckt. Regen ließ sie kalt, von der gefürchteten Braunfäule, die einem die Tomatenzucht vergällen kann, blieb sie verschont. Dem Philosophen war zum erstenmal das unschuldige Glück des Schöpfertums zuteil geworden. Da war zu vernachlässigen, daß der Durst seiner mächtigen Pflanze ein kleines Wasserwerk hätte auslasten können.

Er war wie viele intellektuelle Männer kein sehr freundlicher Mensch, der Philosoph. Seine Mitwelt ertrug er nur durch Papier abgeschirmt und geschützt. Mit seinen Erkenntnissen pflegte er sich soviel Mühe zu geben, daß er Widerspruch nicht ertrug, ja, nicht einmal begriff. Was durch die unendlich gewundenen und feinen Filter seines Verstandes gewandert war, konnte reiner, schlackenloser nicht mehr gedacht werden. So was schafft Bewunderer, Schüler, Verehrer – Freunde nicht. Bevor die Tomate in sein Leben getreten war, diente ihm sein Garten lediglich als einigermaßen angenehmer Aufenthaltsort. Wunder waren was für Weiber. Das hätte er nie so gesagt, man sah ihm aber an, daß er es dachte. Und nun geschah ihm selber eins, jeden Tag, Meter um Meter. Für die Tomate waren keine Metaphern nötig, ihre geschenkte Fülle und Einzigartigkeit machte den Philosophen ein bißchen demütig. Über die Freuden der Mitmenschen dachte er nicht mehr gering. Er ließ sich Samenkataloge und Staudenangebote schicken und lernte, sich an ihren haltlosen Versprechungen und den schönen Namen zu begeistern.

Als die Erntezeit gekommen war, brach die De Berao zwar alle Rekorde, es darf allerdings nicht verschwiegen werden: Die Tomaten schmeckten nicht besonders. Sie waren mehlig und ziemlich fade. Mit dem Philosophen sprach darüber aber niemand. Man ließ ihm den triumphalen Höhepunkt seiner neuen Erfahrung und machte stillschweigend Suppe aus der Rekordernte.

Monica Sabolo

Vom Wunder

Am 29. November 2011 begegnete MS XX im Aufzug. Seine Hand kam näher und rückte einen Knopf an ihrem Cardigan zurecht. Bei Feierabend schlug er ihr vor, sie auf der Vespa nach Hause zu fahren.

Wolfgang Koeppen

Ein dankbarer Mensch

In der Filiale der großen Bank erschien seit einer Woche jeden Vormittag, kurz vor Schalterschluß, ein etwa dreißigjähriger, einfach, unauffällig gekleideter Mann, der immer etwas müde und unterernährt aussah, wie einer, der seine Kraft nicht auf das Nutzenbringende, sondern auf das ideelich Spekulative wendet – man konnte ihn für einen Privatgelehrten, wahrscheinlich einen Mathematiker oder Grammatiker, vielleicht auch für einen wissenschaftlichen Literaten halten. Er fragte den Beamten immer mit höflicher Stimme, in der schon jetzt die zu erwartende Enttäuschung zitterte, ob auf das Banksparbuch 46 L Geld eingezahlt sei. Und wenn der Beamte dann nach kurzem Hinsehen »nein« sagen mußte, dann fragte der Kunde stets nach einer kleinen Pause: »Ist auch unter den neuen Eingängen nichts?« Was auch verneint werden mußte.

Nun versah zufällig in dieser Filiale der Sohn des Bankdirektors, der den Beruf von unten auf lernen sollte, den Schalterdienst. Er war ein etwas leichtsinniger, von Natur gutmütiger junger Mensch, der sich hier herzlich langweilte und nebenbei etwas auf eigne Faust an der Börse spekulierte, was ihm schon einige tausend Mark Gewinn eingebracht hatte.

Dieser junge Mensch kam eines Tages auf die Idee, dem immer vergeblich Fragenden einen Kredit anzubieten.

»Ich sehe, Ihr Geld verspätet sich, und Sie brauchen es sicher nötig. Beanspruchen Sie doch, wie all unsere Kunden in ähnlichen Verlegenheiten es tun, einen Kredit bei uns. Wir können Ihnen gern das Geld langfristig zu geringem Zinssatz leihen, Sie brauchen nur die Summe zu nennen, diesen Schein auszufüllen, und Sie haben in fünf Minuten die Summe, die Sie brauchen.«

Der Kunde blickte überrascht, ungläubig und doch mit einer neuen Hoffnung: »Aber es ist nur eine geringe Summe, die ich zu erwarten habe, und ich kann Ihnen auch weder Bürgen noch Sicherheiten stellen.«
»Das Bankgeschäft beruht auf dem gegenseitigen Vertrauen von Kunden und Bank. Nennen Sie nur die Summe, und Ihre Unterschrift wird uns Sicherheit genug sein.« Der junge Mann lachte aufmunternd.
»Es würde sich um hundert Mark handeln ...«, meinte zögernd der Kunde.
Worauf der junge Mann herzlichst lachte: »Sie scherzen, das lohnt sich doch gar nicht. Nehmen Sie, wenn Sie es gar nicht anders wollen, unseren üblichen Mindestkredit: fünftausend Mark!«
Dem Kunden stand der Verstand und das Herz still: fünftausend Mark, er glaubte zu träumen; mechanisch unterschrieb seine Hand das Formular und mechanisch steckte er hundert Fünfzigmarkscheine ein, sagte »danke« und ging.

Marco Lodoli

Manchmal passiert es einem

Manchmal passiert es einem, daß man in einem monströsen Stau steckt und sich wie ein Hamster in den Windungen einer metallenen Schlange fühlt: in den Autos drücken alle auf die Hupe, schimpfen auf die Alte, die bei Grün nicht weitergefahren ist, auf den Nachbarn, der drängelt, auf den Bus, der schräg steht, auf die ganze Welt. Wir befinden uns auf der Kreuzung zwischen Via di Portonaccio, der Via Prenestina und der Via dell'Acqua Bullicante, in einem Knäuel aus Blech und Flüchen, und für den Moment scheint es, als würden wir nie mehr freikommen, als würden wir den Rest des Lebens damit verbringen, den Fahrer neben uns zu beschimpfen und die Stadt zu verfluchen. Und plötzlich fällt der Blick auf eine blumengeschmückte Ecke: Unter dem Mosaik einer kleinen Madonna liegen jede Menge Rosen- und Nelken-, Lilien- und Margeritensträuße. Und an der Mauer, rechts und links, vor den Werbeplakaten, die uns unnützes Zeug anbieten, zu Hunderten Malen wiederholt das Wort »Danke«. Es ist das eine jener Ekken, an denen sich die Votivgaben der einfachen Leute häufen, denen ein schweres Mißgeschick zugestoßen ist und die eines Tages die Muttergottes, das Leben, das Glück angefleht haben, ein gnädiges Auge auf diese Unglücksfälle zu werfen. Und dann, weil die Dinge unvorhersehbar sind, weil die Hoffnung neue Kräfte schöpft, aus purem Glücksfall oder durch ein Wunder, ist der kranke Sohn gesund geworden, hat die unfruchtbare Frau geboren, hat einer eine Arbeit gefunden, eine Liebe, die tot schien, hat neuen Auftrieb erhalten, und deshalb ist der, der diese Muttergottes an der Straße angefleht hat, zurückgekehrt, um sich zu bedanken. Manche Votivtafeln gehen auf die Nachkriegszeit zurück, andere wiederum stammen aus allerletzter Zeit, manche sind wie ein Herz geformt, manche sind aus Marmor und wiederum andere aus Stein; in die Mauer hineingezwängt ist da auch ein armseliger Ziegelstein, dessen »Danke« mit einem Nagel eingeritzt wurde, es gibt die Handschellen eines Sträflings, einen Holzspan, von einem Immigranten beschrieben, und eine Tafel, die besagt: »Als bereits alle Hoffnung verloren war, wurde durch wunderbare Fügung ...«, den Rest hat der Regen weggewaschen, aber dafür kann man immer noch die Namen Atac, Acotral, Codacon lesen: Wer weiß, was da geschehen ist, welch schreckliche Geschichte da mit einer Danksagung ihr Ende gefunden hat. Wie viele Geschichten, über die wir nichts erfahren werden. Aber diese Mauer der Dankbarkeit hält unsere Gedanken für eine Weile aufrecht, sie begleitet uns nach Hause.

Das Übernachtwunder

»wenn nich bald *n Wunder geschieht*
wer'ch unangenehm!«
Arno Schmidt

Angeles Mastretta

Eines Nachmittags

Eines Nachmittags sah Rosa auf und sah um ihre Schwester einen Glanz, dessen Grund sie sich nicht denken konnte, der aber fast blitzte, so neu und strahlend war er.
Stundenlang horchte sie jedes Wort ihrer Schwester darauf ab, was wohl dahinterstecken mochte. Sie kam nicht darauf. Sie stellte nur fest, daß ihre Schwester an diesem Abend weniger schroff als sonst zu ihr war. Es war, als könne sie endlich darüber hinwegsehen, daß Rosa am liebsten betete und kochte, als wolle sie sie nie mehr wegen ihres unbeirrten Junggesellinnendaseins, ihrer religiösen Vernarrtheit und ihrer ledernen Verehrung für die Maria vom Carmen auslachen.
Darum ging Rosa nach ihrem Rosenkranzgebet und ihren in Kakaomilch getunkten Butterkeksen getröstet zu Bett. Wovon sie in dieser Nacht wohl als erstes träumte? Hätte sie jemand gesehen, pummelig lächelnd in ihrem Leinennachthemd, er hätte sie mit einem noch nicht fünfjährigen kleinen Mädchen verglichen. Durch Rosas Kopf aber schwirrte ein Traum, den sie sich niemals zugetraut hätte.
Ihre Schwester schlich darin auf leisen Sohlen zu einem Kostümball und kam mit großem Getöse inmitten einer fröhlichen Männertruppe wieder nach Hause. Die Männer wurden durch sie angefeuert und lachten und lachten und brauchten dazu nichts anderes zu tun, als sie anzusehen, weil sie aus allen Poren Heiterkeit ausstrahlte. Ihre Schwester, das glückliche Wesen, hatte eine bunte venezianische Maske mit einem Halbmond oben auf der Stirn und einem irre verzerrten Mund auf, die sie in einem fort abnahm und wieder aufsetzte. Mit einem Mal begann sie vor der im größten Sessel des Wohnzimmers

sitzenden Rosa zu tanzen, die daraufhin sogar aufhörte, Kekse zu mampfen. So hinreißend war das Wunder, das ihr da ins Haus geschneit war.
Rosas Schwester tanzte und sang Cancan und warf dazu die Beine hoch. Die Männer sangen mit, doch statt der Kniehosen und Spitzenröcke der Cancantänzerinnen hatte Rosas Schwester nur ein winziges Röckchen an, das sie begeistert anhob, so daß ihre strammen Beine und ihre Scham sichtbar wurde. Ihre Scham aber war verrutscht und saß nicht an ihrem normalen Platz. Rosas Schwester hatte sich nämlich oberhalb des Schamhügels ein gelb grün blaues Blätterornament gemalt, das bei jeder ihrer Bewegungen mithüpfte, als beanspruche es für sich allein alle Aufmerksamkeit der Welt. Der glänzende kleine schwarze Pelz darunter aber war über den Schenkel gerutscht. Er nahm sich diese Veränderung einfach heraus und war, wie sie selber war, ungebunden und frei.
Am nächsten Morgen staunte Rosa ihre Schwester an, als sähe sie sie zum ersten Mal.
»Ich glaube, ich verstehe dich jetzt«, sagte sie zu ihr.
»Wie schön«, sagte ihre Schwester, strahlte übers ganze Gesicht und drückte Rosa einen der Küsse auf die Wange, die Verliebte geben müssen, weil es sie sonst zerreißt.
»Wie schön«, sagte auch Rosa und sprang davon, um nun auch ihre eigenen Träume zu erleben.

Wolfgang Koeppen

Der Apfel

Ich erwachte mit der Lust, einen Apfel zu essen. Er lag auf dem Nachttisch. Ich nahm ihn in die Hand. Umfaßte und fühlte ihn ganz. Dann schlief ich wieder ein, und ohne den Apfel zu essen. Und ich wußte plötzlich im Schlaf, daß eine dicke Made den Apfel durchkriecht. Als ich am Morgen den Apfel aß, fand ich tatsächlich die Made.

Alexander Kluge

Das Prinzip Überraschung

Zum Geburtstag erhielt ich ein Tretauto geschenkt. Eines Abends war es kaputtgefahren. Magda, unsere Kinderfrau, die mein unglückliches Gesicht sah, riet mir, das beschädigte Gefährt für die Nacht in einen Schuppen im Hofe zu stellen. »Vielleicht erholt es sich, wenn es schläft.« Am anderen Morgen stand das Tretauto repariert da. Wahrscheinlich hatte Herr Laube, der Mann der Hauswartsfrau (er besaß technische Kenntnisse), sich auf Magdas Bitten um das Auto gekümmert. Noch heute hoffe ich, wenn ich die Lösung eines Problems vertage, auf ein solches Übernachtwunder. Das ist das PRINZIP ÜBERRASCHUNG, das Napoleon als seinen Verfassungsgrundsatz bezeichnet hat. Ihm entspricht in der US-Verfassung das Menschenrecht des »pursuit of happiness«. Nicht wegen seiner militärischen Siege, sondern wegen dieses Versprechens auf Reparatur der Welt sind in der Zinnsoldatenproduktion Napoleons Schlachten, aber auch dessen Feste in den Tuilerien eines der häufigsten Themen.

Siegfried Lenz

Die Nacht im Hotel

Der Nachtportier strich mit seinen abgebissenen Fingerkuppen über eine Kladde, hob bedauernd die Schultern und drehte seinen Körper zur linken Seite, wobei sich der Stoff seiner Uniform gefährlich unter dem Arm spannte.

»Das ist die einzige Möglichkeit«, sagte er. »Zu so später Stunde werden Sie nirgendwo ein Einzelzimmer bekommen. Es steht Ihnen natürlich frei, in anderen Hotels nachzufragen. Aber ich kann Ihnen schon jetzt sagen, daß wir, wenn Sie ergebnislos zurückkommen, nicht mehr in der Lage sein werden, Ihnen zu dienen. Denn das freie Bett in dem Doppelzimmer, das Sie – ich weiß nicht aus welchen Gründen – nicht nehmen wollen, wird dann auch einen Müden gefunden haben.«

»Gut«, sagte Schwamm, »ich werde das Bett nehmen. Nur, wie Sie vielleicht verstehen werden, möchte ich wissen, mit wem ich das Zimmer zu teilen habe; nicht aus Vorsicht, gewiß nicht, denn ich habe nichts zu fürchten. Ist mein Partner – Leute, mit denen man eine Nacht verbringt, könnte man doch fast Partner nennen – schon da?«

»Er schläft«, wiederholte Schwamm, ließ sich die Anmeldeformulare geben, füllte sie aus und reichte sie dem Nachtportier zurück; dann ging er hinauf.

Unwillkürlich verlangsamte Schwamm, als er die Zimmertür mit der ihm genannten Zahl erblickte, seine Schritte, hielt den Atem an, in der Hoffnung, Geräusche, die der Fremde verursachen könnte, zu hören, und beugte sich dann zum Schlüsselloch hinab. Das Zimmer war dunkel. In diesem Augenblick hörte er jemanden die Treppe heraufkommen, und so tun, als ob er sich im Korridor geirrt habe. Eine andere Möglichkeit be-

stand darin, in das Zimmer zu treten, in welches er rechtmäßig eingewiesen worden war und in dessen einem Bett bereits ein Mann schlief.
Schwamm drückte die Klinke herab. Er schloß die Tür wieder und tastete mit flacher Hand nach dem Lichtschalter. Da hielt er plötzlich inne: neben ihm – und er schloß sofort, daß da die Betten stehen müßten – sagte jemand mit einer dunklen, aber auch energischen Stimme:
»Halt! Bitte machen Sie kein Licht. Sie würden mir einen Gefallen tun, wenn Sie das Zimmer dunkel ließen.«
»Haben Sie auf mich gewartet?« fragte Schwamm erschrocken; doch er erhielt keine Antwort. Statt dessen sagte der Fremde:
»Stolpern Sie nicht über meine Krücken, und seien Sie vorsichtig, daß Sie nicht über meinen Koffer fallen, der ungefähr in der Mitte des Zimmers steht. Ich werde Sie sicher zu Ihrem Bett dirigieren: Gehen Sie drei Schritte an der Wand entlang, und dann wenden Sie sich nach links, und wenn Sie wiederum drei Schritte getan haben, werden Sie den Bettpfosten berühren können.«
Schwamm gehorchte: Er erreichte sein Bett, entkleidete sich und schlüpfte unter die Decke. Er hörte die Atemzüge des anderen und spürte, daß er vorerst nicht würde einschlafen können.
»Übrigens«, sagte er zögernd nach einer Weile, »meine Name ist Schwamm.«
»So«, sagte der andere.
»Ja.«
»Sind Sie zu einem Kongreß hierhergekommen?«
»Nein, und Sie?«
»Nein.«
»Geschäftlich?«
»Nein, das kann man nicht sagen.«

»Wahrscheinlich habe ich den merkwürdigsten Grund, den je ein Mensch hatte, um in die Stadt zu fahren«, sagte Schwamm. Auf dem nahen Bahnhof rangierte ein Zug. Die Erde zitterte, und die Betten, in denen die Männer lagen, vibrierten.
»Wollen Sie in der Stadt Selbstmord begehen?«, fragte der andere.
»Nein«, sagte Schwamm, »sehe ich so aus?«
»Ich weiß nicht, wie Sie aussehen«, sagte der andere, »es ist dunkel.«
Schwamm erklärte mit banger Fröhlichkeit in der Stimme: »Gott bewahre, nein. Ich habe einen Sohn, Herr ... (der andere nannte nicht seinen Namen), einen kleinen Lausejungen, und seinetwegen bin ich hierhergefahren.«
»Ist er im Krankenhaus?«
»Wieso denn? Er ist gesund, ein wenig bleich zwar, das mag sein, aber sonst sehr gesund. Ich wollte Ihnen sagen, warum ich hier bin, hier bei Ihnen, in diesem Zimmer. Wie ich schon sagte, hängt das mit meinem Jungen zusammen. Er ist äußerst sensibel, mimosenhaft, er reagiert bereits, wenn ein Schatten auf ihn fällt.«
»Also ist er doch im Krankenhaus.«
»Nein«, rief Schwamm, »ich sagte schon, daß er gesund ist, in jeder Hinsicht. Aber er ist gefährdet, dieser kleine Bengel hat eine Glasseele, und darum ist er bedroht.«
»Warum begeht er nicht Selbstmord?« fragte der andere.
»Aber hören Sie, ein Kind wie er, ungereift, in solch einem Alter! Warum sagen Sie das? Nein, mein Junge ist aus folgendem Grunde gefährdet: Jeden Morgen, wenn er zur Schule geht – er geht übrigens immer allein dorthin – jeden Morgen muß er vor einer Schranke stehen bleiben und warten, bis der Frühzug vorbei ist. Er steht dann da, der kleine Kerl, und winkt, winkt heftig und freundlich und verzweifelt.«

»Ja und?«

»Dann«, sagte Schwamm, »dann geht er in die Schule, und wenn er nach Hause kommt, ist er verstört und benommen, und manchmal heult er auch. Er ist nicht imstande, seine Schularbeiten zu machen, er mag nicht spielen und nicht sprechen: das geht nun schon seit Monaten so, jeden lieben Tag. Der Junge geht mir kaputt dabei.«

»Was veranlaßt ihn denn zu solchem Verhalten?«

»Sehen Sie«, sagte Schwamm, »das ist merkwürdig: Der Junge winkt, und – wie er traurig sieht – es winkt ihm keiner der Reisenden zurück. Und das nimmt er sich so zu Herzen, daß wir – meine Frau und ich – die größten Befürchtungen haben. Er winkt, und keiner winkt zurück; man kann die Reisenden natürlich nicht dazu zwingen, und es wäre absurd und lächerlich, eine diesbezügliche Vorschrift zu erlassen, aber ...«

»Und Sie, Herr Schwamm, wollen nun das Elend Ihres Jungen aufsaugen, indem Sie morgen den Frühzug nehmen, um dem Kleine zu winken?«

»Ja«, sagte Schwamm, »ja.«

»Mich«, sagte der Fremde, »gehen Kinder nichts an. Ich hasse sie und weiche ihnen aus, denn ihretwegen habe ich – wenn man's genau nimmt – meine Frau verloren. Sie starb bei der Geburt.«

»Das tut mir leid«, sagte Schwamm und stützte sich im Bett auf. Eine angenehme Wärme floß durch seinen Körper; er spürte, daß er jetzt würde einschlafen können.

Der andere fragte: »Sie fahren nach Kurzbach, nicht wahr?«

»Ja.«

»Und Ihnen kommen keine Bedenken bei Ihrem Vorhaben? Offener gesagt: Sie schämen sich nicht, Ihren Jungen zu betrügen? Denn, was Sie vorhaben, Sie müssen es zugeben, ist doch ein glatter Betrug, eine Hintergehung.«

Schwamm sagte aufgebracht: »Was erlauben Sie sich, ich bitte Sie, wie kommen Sie dazu!« Er ließ sich fallen, zog die Decke über den Kopf, lag eine Weile übergehend da und schlief dann cin.

Als er am nächsten Morgen erwachte, stellte er fest, daß er allein im Zimmer war. Er blickte auf die Uhr und erschrak: Bis zum Morgenzug blieben ihm noch fünf Minuten, es war ausgeschlossen, daß er ihn noch erreichte.

Am Nachmittag – er konnte es sich nicht leisten, noch eine Nacht in der Stadt zu bleiben – kam er niedergeschlagen und enttäuscht zu Hause an.

Sein Junge öffnete ihm die Tür, glücklich, außer sich vor Freude. Er warf sich ihm entgegen und hämmerte mit den Fäusten gegen seinen Schenkel und rief:

»Einer hat gewinkt, einer hat ganz lange gewinkt.«

»Mit einer Krücke?« fragte Schwamm.

»Ja, mit einem Stock. Und zuletzt hat er sein Taschentuch an den Stock gebunden und es so lange aus dem Fenster gehalten, bis ich es nicht mehr sehen konnte.«

Patrick Roth

Die Frau, die den Dieb erschoß

Nobis autem absentibus non ruit
domus nostra, aeternitas tua.

Doch ob wir auch ferne sind,
stürzt darum nicht ein unser
Haus, Deine Ewigkeit.
Augustinus

Jeder neu erschlossene Bereich
des Unbewußten erfordert einen
kosmogonischen Akt der separatio.
Edward F. Edinger

Minuten vor dem Erdbeben in Los Angeles wurde Lucy Alvarez, deren Mann in der Nacht zum 17. Januar 94, viele Meilen entfernt, in einem Supermarkt als Nachtwächter seinen Dienst versah, von zwei Glöckchen geweckt, die unter der Porzellandecke einer St. Antonshöhle verhakt waren und – als habe jemandes Zeigefinger an sie gestoßen – zu klingeln begannen. Lucys einjähriger Sohn Antonio, für den sie die Miniatur heute, am Festtag seines Namenspatrons, zum ersten Mal aus dem alten Schrank holen wollte, schlief fest neben ihr und ließ sich vom Läuten, auch vom leisen Rucken der Riegel und Knarren der Angeln nicht wecken.

In der Gewißheit, daß ein Einbrecher sich am Schlafzimmerschrank zu schaffen machte, lag die Frau wie erstarrt, Hand am Kind, unfähig, nach dem Nachttisch zu tasten, in dem die Pistole lag.

Das Läuten kam näher, als trüge der Dieb eine Schuld heran, von der doch nur sie wissen konnte.

Als Lucys Mann sie nämlich, kurz nachdem er die junge Frau in Mexico kennengelernt, unter Gefahr über die Grenze geschmuggelt und in Kalifornien geheiratet hatte, verheimlichte sie ihm ihren ersten Sohn. Noch vor der Geburt ihres zweiten erfuhr Lucy, daß der damals Zwölfjährige, den sie zurückgelassen, bei einem Einbruch in Tijuana ertappt und erschossen worden war. Da gab sie ihrem Neugeborenen den Namen des ersten, Antonio, ihn im zweiten wachzurufen und nie wieder zu verlieren.
Stille.
Auch das Klingeln hört sie nicht mehr.
Mit einem Schlag wird Lucy aus dem Bett geschleudert, vom Kind getrennt.
Sie greift ins Dunkel zurück, es an sich zu reißen, findet's nicht mehr, findet, zurückgestoßen, die Waffe, aus der Lade geschüttet, vom Boden gelesen, schon im Griff ihrer Hand, schreit gegen den Dieb, Kinderdieb, bis – in zuckendem Lichtstoß – zwei Fenster bersten, ihre Hand im Scherbenregen auf leergeschüttelte Wände zielt, schwarz fällt, die Niedergerissene, durchs Dunkel, Wasser, brechenden Mörtel, am Teppich verkrallt, zu kriechen sich müht, schreit, überschrien vom Lärm, der, mehr noch als Schlagen des Bodens, sie einkrümmt, niederprügelnd sie einfängt, das Bein ihr durchnagelt im Balken, das Becken im Deckbruch zerquetscht, ihren Atem zangenzerreißt, unterm Schuttwalm beinah begräbt.
Stille.
Sie ruft in die Stille, schreit nach dem Kind. Nach welchem, bald weiß sie's nicht mehr.
Stöhnt, spuckt ihren Staub. Es gibt nur noch Staub.
Da läßt sich ein Klingeln hören, aus der höhligen Tiefe des Schuttwalms vor ihr, ein Zeigefinger sich sehen, der an die Glöckchen schlägt, und im Staub, von den Trümmern niedergestoßen: der Dieb.

»Hör auf zu schreien. Dein Kind ist tot«, sagt er, richtet das Licht einer Lampe aufs Einjährige, das er kopfunter hängen läßt.
»Gib ihn mir«, schreit die Frau.
»Wozu noch? Du bist am Verbluten«, sagt er und legt die Lampe zu ihr, damit sie's einsehe.
»Aber man wird uns doch finden«, sagt sie.
»Dich findet niemand mehr. Auch oben sind alle tot. Heute war mein Tag.«
»Gib mir meinen Sohn!«
»Ich werde ihn begraben gehn«, sagt der Dieb und regt sich unter den Trümmern, stößt sie auf, wo er will, als seien sie ihm nur abgestreiftes Kleid, in dem er sich bisher verbarg.
»Er ist nicht tot«, schreit die Frau, sucht mit letzter Kraft nach dem Dieb zu greifen, der, das Kind im Arm, sich ins Faltendunkel der Höhle zurückschließt.
»Tot wie dein letzter, den du verließt«, sagt er, im höhligen Schacht schon verschwunden.
»Lügner! Er schläft nur, er …«
Da gibt sich der Dieb zu erkennen, daß sie erschrocken die Augen schließt. Denn sie sieht, daß aus IHM, wie aus ihr, bisher zwei Söhne sprachen.
Nur ihr blindgeschlagener Schrei zwingt den sich Abwendenden, ein letztes Mal stehenzubleiben – und er steht –, zurückzusehen auf die Welt, den geschichteten Schutt, auf dessen Trümmerstufenleiter er aufsteigen wollte – und aufsteigt.
Da schwingt durch den Lichtkegel seiner zu Boden gelegten Lampe eine scherbige Hand, Pistole im Griff, wie nach Zeit noch, nach Letztem sich reckend, ehrfurchtlos zielend auf IHN …
Jetzt hält er. Hält.
Und da – da erst – macht er kehrt für die Frau ohne Ehrfurcht

vor ihm, steigt die Stufen zurück zu einer, die glaubt nicht, daß Söhne gestorben, die Welt untergegangen und alle Zeit aufgehört hatte zu sein.
Vor ihr kniet er nieder. Hinkauernd hilft er ihr, Gott die Waffe zwischen die Rippen zu stoßen.
Die Kugel bricht ein, und Zeit fließt daraus.
Denn erst der Schuß, den sie am Morgen um 6 Uhr 57 hörten, ließ die Suchtruppe, zu der auch später ihr Mann stieß, auf die unter dem Haus Verschüttete aufmerksam werden.
Lucia Alvarez wurde lebend geborgen, ihre Hand am Kind, das noch schlief.

Glück gehabt

»An nichts gewöhnen sich die Menschen so leicht wie an Wunder, wenn sie ihnen ein-, zwei-, dreimal widerfahren sind.«

Joseph Roth

Alexander Kluge

Glücklicher Zufall

Glücklicher Zufall. Der spillerige Junge von etwa fünf Jahren rannte in großer Erregung, mit dem Schrei

– Jach!

den Steg entlang, glitt an der obersten Sprosse der Eisenleiter zum See ab, da er sie ja überrannte, schlitterte über die Eisenfläche ins Wasser, das Köpfchen schleuderte zurück und verfehlte um Millimeter die harte Eisenkante, die den Hinterkopf getroffen hätte, wäre nicht viel Glück in der Schlenkerbewegung versteckt gewesen.
So wäre der Junge beinahe gestorben, mit aufgeschlagenem Hinterkopf ins Wasser gestürzt und ertrunken. Es war kein schwimmkundiger Retter in der Nähe, nur gutwillige Laien, und es bleibt zweifelhaft, ob eine der älteren Damen, die den Vorgang vom Ufer aus beobachteten, die richtigen Maßnahmen ergriffen hätte, einen der Kellner des Hotels zu benachrichtigen, der einen Schwimm-Meister ausfindig gemacht hätte …
Alles das hätte die Lebenszeit überschritten, die dem Jungen geblieben wäre, hätte er nicht Glück gehabt, ein schlenkriges Glück, da die winzige Zappelbewegung, die ihn rettete, ein Zappeln noch im Unglücksflug, den Kopf, den er nicht mehr beherrschte, durch einen Schlenker über die Sprosse hinwegtrug.
Jetzt schwimmt der Junge im See, ruft:

– Ich muß noch mal rein …!

Er hat nämlich nicht bemerkt, in welcher Gefahr sich sein junges Leben befand, daß er selber sein Lebensretter war: irgend etwas in ihm, stärker als der Zufall, der die Bewegungen auf Glitschboden regiert.

Peter Bichsel

Nichts Besonderes

Eines Tages ist eine Frau vom Himmel gefallen, sie mag auf dem Ast eines Baumes gesessen haben, und sie fiel in die Arme von Franz Grütter, und er stand da mit einer Frau in den Armen.

Das ist aber nichts Besonderes, sagten alle.

Auch nichts Erfreuliches, sagte ich.

Und Franz Grütter stand da mit einer Frau in den Armen – mit so Haaren, mit so einem Gesicht und so. Und ich frage uns, wie wir diese Geschichte beenden wollen. Aber inzwischen ist sie schon zu Ende, und Franz Grütter steht da und hat eine Frau in den Armen.

Alexander Kluge

Überlistung der Schwerkraft

Ein Kollege in Frankreich arbeitete in 130 Meter Höhe bereits seit mehreren Stunden an einem Starkstrommast. Er öffnete seinen Sicherheitsgürtel, um für eine Brotzeit abzusteigen. In dieser ungeschützten Lage stürzte er. Sein wenige Meter tiefer arbeitender Kollege griff ihn in Höhe der Kniekehlen. Aus dieser gewiß unsicheren Lage weit über dem Boden Frankreichs gelang es ihm, den Stürzenden in eine Position zu verfrachten, die den gemeinsamen Abstieg ermöglichte. Andere Kollegen setzten sich mit ihnen zu einem intensiven Mahl.

An sich, berichtete der französische Ergometrist André Philip, ist es fast unerklärlich, wie der Kraftansatz des linken Arms eines Arbeiters (der rechte und der Sicherheitsgürtel halten ihn am Mast), auf einer so inadäquaten Berührungsfläche wie dem Haltepunkt Kniekehle eine derartige Rettung möglich macht. Welch Gewicht, das den Stürzenden nach unten zieht, welch Gezappel des auf den Unfall nicht vorbereiteten Mannes!

Der nächste griffsichere Schwerpunkt, durch den der Retter den Stürzenden überhaupt in Richtung Sendemast bewegen konnte, war dessen Taille. Er muß also zentimeterweise seinen Griff über den Po des Kollegen nach unten verlegt haben, um ihn überhaupt auf eine gemeinsame Abwärtsbewegung am Mast vorzubereiten.

Ich habe selbst nicht gewußt, was ich tat, erzählte der Kollege, der als Retter gefeiert wurde. Irgendetwas habe ich getan, aber ich könnte nicht sagen, was genau.

Mario Vargas Llosa

Der Mann, der Menschen glücklich macht

Er malt und zeichnet Porträts, doch würde jemand diesen Mann fragen, was seine wahre Berufung ist, so würde er ohne nachzudenken, ohne einen Augenblick des Zögerns antworten: »Menschen glücklich zu machen«. Nichts bringt diesem Herzen, das seit über siebzig Lenzen schlägt, mehr Genugtuung als die Freude auf dem Gesicht eines Passanten, der ihm ein paar Minuten lang Modell gesessen hat und nun sein Gesicht auf dem Skizzenblock erkennt – ein wenig geschönt gegenüber dem wahren Leben. »Nein, wie gut Sie mich getroffen haben, Señor«, sagt jeder. »Ich sehe ja richtig gut aus.« Und die Mädchen, glücklich, sich dank seines Bleistiftes oder Pinsels so hübsch zu sehen, drücken ihm oft einen Kuß auf die Wange.
Das Glück, das er anderen schenkt, macht auch den Künstler glücklich. Es gibt so viel Elend auf dieser Welt, daß es schon eine gute Tat ist, jemandes Stimmung zu heben und ihn – und sei es nur für eine Minute – glauben zu lassen, daß das Leben lebenswert ist. Und ist es nicht wunderbar, dies durch Zeichnen und Malen zu tun, die befriedigendste aller Berufungen?
Die Faszination des Zeichnens hat er schon als kleiner Junge entdeckt, und obwohl er sein ganzes Leben lang Künstler war, hat seine Arbeit immer noch die Kraft, ihn zu bewegen, zu begeistern und zu beflügeln – und sich die Frage zu stellen, ob Zeichnen und Malen denn nicht auch eine Art Wunder sind. Denn genau dies fühlt er, wenn die Kohlestriche auf seinem Skizzenblock sich zu einem Gesicht zu fügen beginnen, das nicht nur die Züge seines Modells einfängt, sondern darüber hinaus auch dessen Charakter, Träume und sogar seine Seele.

Da das Leben hart ist und der Mensch essen muß, läßt er sich für seine Arbeit bezahlen. Nicht viel. Einen fairen Preis, nicht mehr. Aber wenn ihn ein Gesicht aus irgendeinem Grund ganz besonders fesselt, dann arbeitet er auch umsonst, allein um der Genugtuung willen, etwas gemalt zu haben, was des Malens wert ist. Zwar zeichnet er Jung und Alt, Männer und Frauen, doch sein Lieblingsmotiv sind Kinder. Damit sie, so wie dieses kleine Mädchen, ruhig sitzen, erzählt er ihnen Geschichten, während er ihnen zugleich ihre Geheimnisse entlockt und sie in das Porträt einfließen läßt. Auf diese Weise macht er sie doppelt glücklich. Wer würde daran zweifeln, daß das Leben schön ist, wenn man an einer Arbeit sitzt, die man liebt?

Erich Kästner

Das Märchen vom Glück

Siebzig war er gut und gern, der alte Mann, der mir in der verräucherten Kneipe gegenübersaß.

Sein Schopf sah aus, als habe es darauf geschneit, und die Augen blitzten wie eine blank gefegte Eisbahn. »Oh, sind die Menschen dumm«, sagte er und schüttelte den Kopf, daß ich dachte, gleich müßten Schneeflocken aus seinem Haar aufwirbeln. »Das Glück ist ja schließlich keine Dauerwurst, von der man sich täglich seine Scheibe herunterschneiden kann!«

»Stimmt«, meinte ich, »das Glück hat ganz und gar nichts Geräuchertes an sich. Obwohl ...« »Obwohl!?«

»Obwohl gerade Sie aussehen, als hinge bei Ihnen zu Hause der Schinken des Glücks im Rauchfang.«

»Ich bin eine Ausnahme«, sagte er und trank einen Schluck. »Ich bin die Ausnahme. Ich bin nämlich der Mann, der einen Wunsch freihat.« Er blickte mir prüfend ins Gesicht, und dann erzählte er seine Geschichte.

»Das ist lange her«, begann er und stützte den Kopf in beide Hände, »sehr lange. Vierzig Jahre. Ich war noch jung und litt am Leben wie an einer geschwollenen Backe. Da setzte sich, als ich eines Mittags verbittert auf einer grünen Parkbank hockte, ein alter Mann neben mich und sagte beiläufig: ›Also gut. Wir haben es uns überlegt. Du hast drei Wünsche frei.‹ Ich starrte in meine Zeitung und tat, als hätte ich nichts gehört. ›Wünsch dir, was du willst‹, fuhr er fort, ›die schönste Frau oder das meiste Geld oder den größten Schnurrbart, das ist deine Sache. Aber werde endlich glücklich! Deine Unzufriedenheit geht uns auf die Nerven.‹ Er sah aus wie der Weihnachtsmann in Zivil. Weißer Vollbart, rote Apfelbäckchen, Augenbrauen wie aus Christbaumwatte. Gar nichts Verrücktes. Vielleicht ein bißchen zu gutmütig. Nachdem ich ihn eingehend betrachtet hatte, starrte ich wieder in meine Zeitung. ›Obwohl es uns nichts angeht, was du mit deinen drei Wünschen machst‹, sagte er, ›wäre es natürlich kein Fehler, wenn du dir die Angelegenheit vorher genau überlegtest. Denn drei Wünsche sind nicht vier Wünsche oder fünf, sondern drei. Und wenn du hinterher noch immer neidisch und unglücklich wärst, könnten wir dir und uns nicht mehr helfen.‹«

»Ich weiß nicht, ob Sie sich in meine Lage versetzen können. Ich saß auf einer Bank und haderte mit Gott und der Welt. In der Ferne klingelten die Straßenbahnen. Die Wachtparade zog irgendwo mit Pauken und Trompeten zum Schloß. Und neben mir saß nun dieser alte Quatschkopf!«

»Sie wurden wütend?«

»Ich wurde wütend. Mir war zumute wie einem Kessel kurz vorm Zerplatzen. Und als er sein weiß wattiertes Großvatermündchen von neuem aufmachen wollte, stieß ich zornzitternd hervor: ›Damit Sie alter Esel mich nicht länger duzen, nehme ich mir die Freiheit, meinen ersten unsinnigsten Wunsch auszusprechen: Scheren Sie sich zum Teufel!‹ Das war nicht fein und höflich, aber ich konnte einfach nicht anders. Es hätte mich sonst zerrissen.«

»Und?«

»Was, und?«

»War er weg?«

»Ach so! – Natürlich war er weg! Wie fortgeweht. In der gleichen Sekunde. In nichts aufgelöst. Ich guckte sogar unter die Bank. Aber dort war er auch nicht. Mir wurde ganz übel vor lauter Schreck. Die Sache mit den Wünschen schien zu stimmen! Und der erste Wunsch hatte sich bereits erfüllt! Du meine Güte! Und wenn er sich erfüllt hatte, dann war der gute, liebe, brave Großpapa, wer er nun auch sein mochte, nicht nur weg, nicht nur von meiner Bank verschwunden, nein, dann war er beim Teufel! Dann war er in der Hölle. ›Sei nicht albern‹, sagte ich zu mir selber. ›Die Hölle gibt es ja gar nicht, und den Teufel auch nicht.‹ Aber die drei Wünsche, gab's denn die? Und trotzdem war der alte Mann, kaum hatte ich's gewünscht, verschwunden … Mir wurde heiß und kalt. Mir schlotterten die Knie. Was sollte ich machen? Der alte Mann mußte wieder her, ob's nun eine Hölle gab oder nicht. Das war ich ihm schuldig. Ich mußte meinen zweiten Wunsch dransetzen, den zweiten von dreien, o ich Ochse! Oder sollte ich ihn lassen, wo er war? Mit seinen hübschen, roten Apfelbäckchen? ›Bratapfelbäckchen‹, dachte ich schaudernd. Mir blieb keine Wahl. Ich schloß die Augen und flüsterte ängstlich: ›Ich wünsche mir, daß der alte Mann wieder neben mir sitzt!‹ Wissen Sie, ich habe mir jahrelang, bis in den Traum hinein, die bittersten Vorwürfe gemacht, daß ich den zweiten Wunsch auf diese Weise verschleudert habe, doch ich sah damals keinen Ausweg. Es gab ja auch keinen …«

»Und?«

»Was, und?«

»War er wieder da?«

»Ach so! – Natürlich war er wieder da! In der nämlichen Sekunde. Er saß wieder neben mir, als wäre er nie fortgewünscht gewesen. Das heißt, man sah's ihm schon an, daß er … daß er irgendwo gewesen war, wo es verteufelt, ich meine, wo es sehr heiß sein mußte. O ja. Die buschigen, weißen Augenbrauen waren ein bißchen verbrannt. Und der schöne Vollbart hatte auch etwas gelitten. Besonders an den Rändern. Außerdem roch's wie nach versengter Gans. Er blickte mich vorwurfsvoll an. Dann zog er ein Bartbürstchen aus der Brusttasche, putzte sich Bart und Brauen und sagte gekränkt: ›Hören Sie, junger Mann, fein war das nicht von Ihnen!‹ Ich stotterte eine Entschuldigung. Wie leid es mir täte. Ich hätte doch nicht an die drei Wünsche geglaubt. Und außerdem hätte ich immerhin versucht, den Schaden wieder gutzumachen. ›Das ist richtig‹, meinte er. ›Es wurde aber auch die höchste Zeit.‹ Dann lächelte er. Er lächelte so freundlich, daß mir fast die Tränen kamen. ›Nun haben Sie nur noch einen Wunsch frei‹, sagte er. ›Den dritten. Mit ihm gehen Sie hoffentlich ein bißchen vorsichtiger um. Versprechen Sie mir das?‹ Ich nickte und schluckte. ›Ja‹, antwortete ich dann, ›aber nur, wenn Sie mich wieder duzen.‹ Da mußte er lachen. ›Gut, mein Junge‹, sagte er und gab mir die Hand. ›Leb wohl. Sei nicht allzu unglücklich. Und gib auf deinen letzten Wunsch acht.‹ ›Ich verspreche es Ihnen‹, erwiderte ich feierlich. Doch er war schon weg. Wie fortgeblasen.«

»Und?«

»Was, und?«

»Seitdem sind Sie glücklich?«

»Ach so. – Glücklich?«

Mein Nachbar stand auf, nahm Hut und Mantel vom Garderobenhaken, sah mich mit seinen blitzblanken Augen an und sagte: »Den letzten Wunsch hab' ich vierzig Jahre lang nicht angerührt. Manchmal war ich nahe daran. Aber nein. Wünsche sind nur gut, solange man sie noch vor sich hat. Leben Sie wohl.«

Ich sah vom Fenster aus, wie er über die Straße ging. Die Schneeflocken umtanzten ihn. Und er hatte ganz vergessen, mir zu sagen, ob wenigstens er glücklich sei. Oder hatte er mir absichtlich nicht geantwortet? Das ist natürlich auch möglich.

Alexander Kluge

Blechernes Glück

Eine junge Frau stürzte sich von einer der Terrassen des Doms von Mailand. Sie war entschlossen, ihrem Leben ein Ende zu setzen. Mit einem Schrei des Entsetzens fiel sie, sie hatte die Stärke ihres Entschlusses überschätzt.

Durch Fügung fiel sie auf die Blechkarosse eines Kraftfahrzeugs. Später erzählte sie, sie habe befürchtet, als Leiche auf dem Pflaster des Domplatzes unschön auszusehen. Tatsächlich sah sie, von viel Blech umhüllt, aber auch im Fall gebremst, auf groteske Weise beschädigt aus.

In der Klinik wurden alle Lebensfunktionen des geschundenen Körpers (den der Geist zu einem Versuch der Selbsttötung getrieben und den die Geister des Doms zu schützen gewußt hatten) als intakt diagnostiziert. Wilma Bison hatte sich im Alter von 35 Jahren aus Odessa in den Westen durchgeschlagen, ihr Glück versucht, nach ihren Eindrücken Unglück geerntet und so den gräßlichen Entschluß gefaßt, der zu einem glücklichen Ende führte. Ihre Rettung, die in den Boulevardblättern verbreitet wurde, führte zur Verbindung mit einem Mann aus Lugano, der sie künftig schützte.

Arno Geiger

Neuigkeit aus Hokkaido

Einbrecher legten Feuer in einem Haus. Der Mann und die Frau konnten sich retten, aber deren einjähriges Kind blieb im Haus zurück. Das machte alle sehr unglücklich. Nachdem das Haus komplett heruntergebrannt war, hörten sie das Baby schreien. Es war ins Badezimmer gekrochen, wo es von herabstürzenden Teilen zugedeckt wurde. Glückliches Kind. Die Eltern weinten vor Glück. Die Schaulustigen und die Feuerwehrleute applaudierten. Ein Journalist schrieb: »Ich bin glücklich. Sowie das Kind erwachsen ist, soll es auf die Feuerwehrakademie gehen und dort unterrichten, wie man sich im Brandfall verhält.«

Max Frisch

Das Große Los

»Ich habe einen Mann gekannt«, sage ich ... »Er bildete sich ein, ein Pechvogel zu sein, ein redlicher, aber von keinem Glück begünstigter Mann. Wir alle hatten Mitleid mit ihm. Kaum hatte er etwas erspart, kam die Abwertung. Und so ging's immer. Kein Ziegel fiel vom Dach, wenn er nicht vorbeiging. Die Erfindung, ein Pechvogel zu sein, ist eine der beliebtesten, denn sie ist bequem. Kein Monat verging für diesen Mann, ohne daß er Grund hatte zu klagen, keine Woche, kaum ein Tag. Wer ihn einigermaßen kannte, hatte Angst zu fragen: Wie geht's? Dabei klagte er nicht eigentlich, lächelte bloß über sein sagenhaftes Pech. Und in der Tat, es stieß ihm immer etwas zu, was den andern erspart bleibt. Einfach Pech, es war nicht zu leugnen, im großen wie im kleinen. Dabei trug er's tapfer«, sage ich und rauche, »– bis das Wunder geschah.« Ich rauche und warte, bis der Barmann, hauptsächlich mit seinen Gläsern beschäftigt, sich beiläufig nach der Art des Wunders erkundigt hat. »Es war ein Schlag für ihn«, sage ich, »ein richtiger Schlag, als dieser Mann das Große Los gewann. Es stand in der Zeitung, und so konnte er's nicht leugnen. Als ich ihn auf der Straße traf, war er bleich, fassungslos, er zweifelte nicht an seiner Erfindung, ein Pechvogel zu sein, sondern an der Lotterie, ja, an der Welt überhaupt. Es war nicht zum Lachen, man mußte ihn geradezu trösten. Vergeblich. Er konnte es nicht fassen, daß er kein Pechvogel sei, wollte es nicht fassen und war so verwirrt, daß er, als er von der Bank kam, tatsächlich seine Brieftasche verlor. Und ich glaube, es war ihm lieber so«, sage ich, »andernfalls hätte er sich ja ein anderes Ich erfinden müssen, der Gute, er könnte sich nicht mehr als Pechvogel sehen. Ein anderes Ich, das ist kostspieliger als der Verlust einer vollen Brieftasche, versteht sich, er müßte die ganze Geschichte seines Lebens aufgeben, alle Vorkommnisse noch einmal erleben, und zwar anders, da sie nicht mehr zu seinem Ich passen –«

Ich trinke.

»Kurz darauf betrog ihn auch noch seine Frau«, sage ich, »der Mann tat mir leid, er war wirklich ein Pechvogel.«

Ein Wunder, das nicht sein darf

»Anscheinend hatte man im Leben nur Anrecht auf eine begrenzte Zahl von Wundern.«

Anthony Marra

Peter Bichsel
Als wir noch fliegen konnten

Die Geschichte ist kaum erwähnenswert, und es ist wohl auch keine Geschichte, nur ein kleines Ereignis. Aber seit vielen Jahren fällt es mir wieder ein, wenn ich an jenem Laden vorbeigehe, oft mehrmals täglich.
Ein kleiner Bub rüttelt verzweifelt an der Ladentür. Offensichtlich ist da seine Mutter drin, und er muß unbedingt hinein. Er stemmt erst mal das Knie, dann den Fuß an den Türrahmen und reißt mit aller Kraft und mit hochrotem Kopf an der Tür. »Komm, ich helf dir«, sage ich. Die Tür geht nach innen auf. Der Bub rennt los und spurtet in den Laden. Dann ein Vollstop. Er dreht sich und rennt zu mir zurück, schaut zu mir hoch und sagt strahlend: »I ha drum ned so fescht Chraft – Ich habe nämlich nicht so fest Kraft«, dreht sich wieder und spurtet zurück.
Vielleicht war das als Dank gedacht. Sein Strahlen war ein wunderbarer Dank. Aber es war mehr und etwas anderes, es war das stolze und strahlende Bekenntnis, eben nicht so einer zu sein, der fest Kraft hat, das stolze Bekenntnis: »Ich kann das nicht!«
Mein täglicher Weg zu meinem Arbeitszimmer führt an dieser Ladentür vorbei, die Erinnerung an jenes strahlende Bekenntnis hat mir schon oft meinen Tag gerettet.
Ich kann das nicht, warum denn sollte ich etwas können müssen, was ich nicht kann? Nichtkönnen nicht als Mangel, sondern als Freiheit empfinden. (Wieviel Ärger würde uns zum Beispiel erspart, wenn die Schweizer nun eben und durch irgendeinen Zufall nicht Fußball spielen könnten – aber eben, sie können es.)
Ich erinnere mich: Zu Hause, als ich klein war, war der Garde-

robehaken – meine Eltern achteten auf Ordnung – für mich zu hoch. Vorgesehen also war ein Hocker, auf den ich steigen konnte, um meine Jacke an den Haken hängen zu können. Das war unter meiner Würde, und ich entwickelte eine Technik, die etwas erwachsener war. Ich formte meine Jacke zu einer steifen Wurst und konnte sie so vom Boden aus über den Haken zirkeln. Dann, eines Tages, der langersehnte Augenblick, als ich den Haken mit den Fingern erreichte. Aber es war nicht so wunderbar wie erwartet. Ich hatte nicht etwas gewonnen, sondern etwas verloren: Ich hatte meine stolze Technik verloren. Noch heute vermisse ich sie, wenn ich irgendwo meine Jacke aufhänge.

Das Nichtkönnen verlieren, das kann ein echter Verlust sein. Amerika jedenfalls war wunderbarer und großartiger, als ich es noch ohne Englischkenntnisse bereiste. Es fand gleichzeitig in Wirklichkeit und in meiner Fantasie statt. Nachdem ich dann endlich ein wenig Englisch konnte, fand es nur noch in Wirklichkeit statt.

»Als wir noch ganz klein waren, wir konnten noch nicht sprechen, und ich erinnere mich genau daran«, erzählte mir mal Fritz Dürrenmatt zu vorgerückter Stunde, »da konnten wir ein kleines bißchen fliegen. Wir stellten uns auf den Fenstersims, winkelten die Arme an, und mit heftigen Flügelschlägen schafften wir es, uns ein bißchen vom Fensterbrett zu heben, ein ganz kleines Stück nach vorn zu fliegen und dann gleich wieder zurück.« Zweifel anzumelden, zudem bei vorgerückter Stunde, war sinnlos. Und er meldete dann auch meine Zweifel selber an und begann es noch einmal zu erklären, die Technik des frühkindlichen Fliegens noch exakter zu beschreiben, und: »Hie und da gelang es uns sogar, von einem Fensterbrett zum anderen zu fliegen – aber nur ganz knapp, es reichte fast nicht.« Und ich begann mich zu erinnern, zu meiner Überraschung begann ich mich zu erinnern, wie wir als ganz kleine Kinder ein kleines, ein ganz kleines bißchen fliegen konnten. Das konnten wir wohl auch, weil wir noch nicht so fest stark waren – und weil man das gar nicht können mußte und weil es auch nicht bewiesen werden mußte und weil es auch keine entsprechende Ausbildung gab (keine Bébéflugfarmen, keine Bébéflugweltmeisterschaften), und verboten wäre es uns auch worden, aber man konnte uns damals noch nichts verbieten, weil wir ja noch nicht sprechen konnten.

Doch, doch – ich erinnerte mich, ich hatte es nur vergessen. Dürrenmatt erinnerte mich wieder daran. Und als ich ihm das auch bestätigen wollte, eine weitere vorgerückte Stunde später, da wollte er gar nichts davon wissen und wischte es mit einer Handbewegung weg – wischte es weg, wie wenn es nie gewesen wäre, nämlich, daß wir nie stärker waren als damals, als wir noch schwach waren, als wir noch nicht fest Kraft hatten, als wir noch nicht stark waren, aber immerhin keine Angst hatten. Inzwischen sind wir stark und leben nur noch in Angst. Und die Angst, so glauben wir treu militärisch, macht uns stark.

Kein Wunder, wirklich kein Wunder, daß wir nicht mehr fliegen können. Wir sind zwar kräftig, aber furchtbar schwer geworden. Es bleibt uns nichts anderes übrig, als unsere kindliche Erinnerung daran, daß wir fliegen konnten, mit einer Handbewegung wegzuwischen.

Rose Tremain

Ricky

Ich war nur ihre neue Nachbarin in der Wohnwagensiedlung Sunny Lawns, mehr nicht. Die Siedlung lag zwei oder drei Kilometer außerhalb von Knoxville irgendwo hübsch in der Landschaft, mit einem See und einem Eichenwäldchen.

Alle nannten sie Pete. Ich hab keine Ahnung, wie ihr Taufname war, der bleibt ihr Geheimnis. Für uns alle war sie Pete. Keiner sagte: Okay, aber wie heißt du in Wirklichkeit?

Sie lebte allein mit zwei Kindern, einem Mädchen und einem Jungen, der noch ein Baby war. Sie machte gerne Applikationen. Das hatte sie aus einer Handarbeitszeitschrift gelernt. Man schneidet Stoffstücke aus, möglichst glänzende, und näht sie mit der Maschine auf Sachen auf, so daß Muster entstehen. Applikationen. Und wenn man genug von Mustern hat, kann man Bilder machen – ein Mädchen mit einer Haube, zum Beispiel, oder eine Blaudrossel.

Tag und Nacht und Nacht und Tag saß Pete in ihrem Wohnwagen und machte ihre Applikationen. Ihre Nähmaschine wurde so heiß, daß man sie gar nicht anfassen konnte. Sie machte Wäschesäcke und Kissenbezüge und Schürzen und verkaufte sie irgendwo oben in den Smoky Mountains in einem Kunsthandwerkerdorf. In dem Dorf gab es einen abgehalfterten Hippie, der sie mochte. Er baute rustikale Zäune, und sein Haar war grau wie ein Wasserfall. Pete und er lagen auf dem Boden seiner Hütte, in der Öllampen brannten, aber sie ließ ihn nicht richtig zur Sache kommen. Wenn ich mir diese Szene vorstelle, pinn ich an die Wand obendrüber ein Plakat mit Yoko Ono, wo sie ihre Sonnenbrille trägt.

Der Vater der Kinder war bei der Feuerwehr gewesen. Ist er,

glaube ich, immer noch. Sie könnten die 911 in Knoxville wählen, und er würde immer noch Ihr Feuer bekämpfen. Er hieß Chester, und sein Appetit war so gewaltig, daß er sich dauernd was von Petes Teller schnappte und in den Mund schob. Der Wohnwagen hing durch von seinem Gewicht. Und seine Scheiße ging nicht wegzuspülen, solche Haufen waren es. Anscheinend. Pete mußte jedenfalls eine Hacke nehmen und sie untergraben, so wie man nach dem Winterfrost die Erde im Hof umgräbt.

Aber sie hat ihn wohl geliebt. Das ist eins der komischen Dinge an der ganzen Geschichte. Sie liebte Chester, und es machte ihr nichts aus, seine Scheiße mit der Hacke unterzugraben oder daß er sich den Speck von ihrem Teller schnappte. Aber dann verließ er sie für eine Zweiundzwanzigjährige, und das machte ihr was aus. Damals fing sie auch mit den Applikationen an. Ich an ihrer Stelle hätte mir dabei vorgestellt, daß ich Chesters Vorhaut an sein Gesicht nähe und all seine verlogenen Öffnungen zusteppe, aber was genau ihr Grund war, weiß ich nicht. Alles, was sie dazu sagte, war: »Annie, ich werde niemals mehr irgendwem oder irgendwas trauen.«

Lisa, ihr kleines Mädchen, war fünf und ein ganz liebes Kind. Sie kam mich öfter besuchen, und dann machten wir Popcorn, und Lisa hielt die Pfanne mit dem langen Griff und sagte: »Toll!« Ihr wisperndes Lachen hörte sich an wie der Wind in den Gräsern am Seeufer, und ihre Lieblingssängerin war Mary Chapin Carpenter.

Ihren Papi erwähnte sie nie. Pete muß ihr wohl gesagt haben, sie soll nicht mehr an ihn denken, weil er in ihrem Kopf gar nicht mehr vorzukommen schien. Wenn Lisa bei mir im Wohnwagen schlief – weil Pete ihre Applikationen verkaufte und sich von ihrem Berghippie beschmusen ließ –, sagte sie ihr Gebet auf und

ließ den alten Schuft von Feuerwehrmann dabei komplett aus: *Lieber Gott, behüte Mami und Baby Ricky und alle armen Menschen auf der Welt. Amen.*
Und dann sang sie sich selber mit Countrysongs in den Schlaf. Ihre kleinen, dünnen Arme wedelten in dem Kinderbett dazu im Takt, und dann wurde sie mit einemmal still und wachte bis zum Morgen nicht mehr auf. Sie ist das einzige menschliche Wesen, das ich kenne, das mit den Armen in der Luft einschlafen konnte. Manchmal bettete ich ihre Arme neben ihren Körper, und manchmal ließ ich sie einfach, wie sie waren.

Baby Ricky war von Anfang an anders als Lisa. Pete hat mir erzählt, daß Ricky bei der Geburt so schwer war, daß die Waage einen Piepton machte, fast wie eine Warnung. Er kam nach Chester. Pete versuchte, ihn zu stillen, so wie sie Lisa gestillt hatte, aber sie erklärte mir: »Ich konnte nicht weitermachen, Annie, Ricky hat so heftig an der Brustwarze gezogen. Also hab ich ihn entwöhnt und ganz auf Flasche umgestellt. Er hat seine Windeln vollgemacht, und kaum hatte ich ihn gewickelt, brüllte er schon wieder nach mehr, verdammtes Elend, und an manchen Tagen mußte ich ihn zwanzigmal in vierundzwanzig Stunden füttern, und geschlafen hab ich zwischendurch immer nur für ein paar Minuten.«
Sie gewöhnte ihn an feste Nahrung, und er wurde ruhiger. Das war, als Chester sich aus dem Staub machte – in einer diesen ruhigen Phasen, wenn Baby Ricky abgefüllt in seiner Wiege lag und an die Decke seines Wohnwagenheims starrte und Pete fest schlief. Wer weiß, ob er Baby Ricky ein letztes Mal anschaute und *bis dann, Kleiner* sagte oder ob er es einfach so eilig mit dem Wegkommen hatte, daß er seinem Sohn keinen Blick mehr gönnte? Ist auch egal. Es ist nur so eine Angewohnheit, daß ich mir die Sachen immer haarklein vorzustellen ver-

suche, so wie bei dem Yoko-Ono-Plakat, das ich in der Hippiehütte angepinnt hab. Jedenfalls war Chester weg und hat Pete mit Lisa und Baby Ricky und ihrer Nähmaschine sitzen lassen. Und bald darauf bin ich in den Wohnwagen nebenan gezogen, und Pete und ich wurden Freundinnen.

Ich lebte damals allein. Ich arbeitete in einer chemischen Reinigung, die Secco's hieß und wo all das gereinigte Zeug aus den Säcken auf Bügeln hing und im Hinterzimmer auf einer Schiene rotierte und alle Angestellten um die verschiedenen Maschinen rotierten, damit sie bloß nicht einschliefen.

Manchmal stand ich hinten am Fenster und bediente die Heißmangel, während ich zusah, wie der Frühling von Tennessee aus den Judasbäumen und der Erde brach. Viel von den Sachen, die ich mangelte, hatte Mottenlöcher oder Brandflecken und lohnte eigentlich das Reinigen nicht. In meinen Tagträumen malte ich mir aus, wie ich noch vor meinem vierzigsten Geburtstag ein Buch schreiben würde. Wahrscheinlich war es die Hitze von der Mangel zusammen mit dem Duft der blühenden Judasbäume, die mich auf diese grandiose Idee brachte, weil mein vierzigster Geburtstag inzwischen vorbei ist, und mein Buch gibt es nicht, nur diese wahre Geschichte von Pete und Lisa und Baby Ricky. Deshalb will ich das Ganze jetzt aufschreiben. Alles passierte ziemlich schnell, aber irgendwie war es auch lang und kompliziert, so wie Bücher manchmal sein können.

Ich glaube, Ricky war ungefähr neun oder zehn Monate alt, als Pete zu mir sagte: »Annie, irgendwas stimmt nicht, wenn ich Ricky hinlege, brüllt er und schlägt um sich, als würde ihm was weh tun, aber ich weiß nicht, warum.«

Ich sagte, geh mit ihm zum Arzt, Pete, aber sie sagte, nein, lieber noch nicht. Sie hasse Arztbesuche, hasse es, in der Schlange zu warten und die Bazillenluft einzuatmen, und überhaupt hät-

ten die Ärzte doch heutzutage keinen Schimmer. Da mußte ich ihr recht geben.
Also half ich ihr, Ricky zu untersuchen. Wir legten ihn auf eine Decke und zogen ihn aus und hielten ihn hoch und beschauten ihn, Zentimeter für Zentimeter. Er erinnerte mich an einen Sumoringer. Er wollte nicht stillhalten. Er wollte nur auf die Knie kommen und zwischen den Satinfetzen unter dem Applikationstisch rumkrabbeln. Sein Körper fühlte sich heiß an, und in seiner Nackenfalte glänzte Schweiß, aber seine Augen waren ganz blank, und seine Haut war rosig und nirgendwo ein blauer Fleck oder ein Kratzer. Aber dann wollten wir ihn auf den Rükken legen, und als seine Schultern den Boden berührten, brüllte er so laut, daß Lisa aus dem staubigen Hof gelaufen kam und in der Tür stehenblieb und uns anstarrte.
Pete nahm ihn hoch, und ich versuchte, meine Hände so weich wie Handschuhe zu machen, und berührte ganz sacht seinen Rücken, und dann sagte ich zu Pete: »Ich kann da, wo seine Schulterblätter sind, was fühlen, Pete, ich kann da zwei Knubbel fühlen.«
»Allmächtiger!« sagte Pete. »Knubbel? Wo?«
Ich zeigte sie ihr, und sie drückte mit ihren Fingern darauf, und Ricky schrie.
»Kann ja kein Krebs sein«, sagte Pete. »Einer an jeder Seite, das kann doch nicht sein, oder?«
»Nein«, sagte ich.
»Vielleicht sollte ich doch lieber mit ihm zum Arzt?«
»Oder du wartest ab. Und guckst, ob sie weggehen.«
»Stimmt. Sie könnten weggehen. Kommt ja vielleicht davon, daß er sich immer mit den Armen hochzuziehen versucht und seine Muskeln anschwellen. Könnte doch sein, oder?«
»Keine Ahnung«, sagte ich. »Hab nie Anatomie studiert.«

Eines Nachts dann – ich lag im Bett und schlief nach meinem langen Tag bei Secco's – wummerte Pete gegen meine Wohnwagentür.
»Annie«, sagte sie, »komm schnell, Ricky ist an der Decke.«
Ich fragte, was sie denn mit »an der Decke« meint, und sie sagte: »Komm und sieh selber.«
Ich zog meinen Morgenmantel über und folgte Pete in das Zimmer, wo die beiden Kinder schliefen. Lisa war wach, saß in ihrem Bett und starrte nach oben. Und da war Ricky, genau wie Pete gesagt hatte, er trug nur eine Windel und sonst nichts und guckte von oben auf uns runter. Es war, als wäre er mit Helium gefüllt und wie ein Ballon hoch geschwebt. Er hielt sich an nichts fest, und er hatte kein bißchen Angst. Er gluckste vor Vergnügen, und kleine Batzen von seinem Sabber platschten wie Regen auf unsere Köpfe. Es war das Irrste, was ich in meinen neununddreißig Jahren gesehen habe.
Lisa sagte: »Ich will auch da an die Decke!«
Also sagte ich: »Mach mal halblang, Herzchen, wir wissen nämlich nicht, wie Ricky da hingekommen ist, und so toll ist es auch nicht an der Decke.«
Pete sagte: »Annie, seit Chester abgehauen ist, weiß ich echt nicht, was hier vor sich geht.«
Und ich sagte: »Na ja, Pete, vielleicht übt Ricky sich schon als Feuerwehrmann, wie er so auf uns runtersabbert«, aber niemand lachte.
Dann holte ich mir einen Stuhl und kletterte auf die alte Teakholzkommode, wo die Kleinen ihre Sachen aufbewahrten. Besonders sicher fühlte ich mich nicht da oben. Ich fand mich zu schwer für das Möbel. Ich war gar nicht weit weg von Ricky, also suchte ich einen festen Halt und streckte die Hand nach ihm aus, aber kaum hatte ich ihn berührt, drehte er sich weg und schwebte in Zickzacklinien zur Lampe.

»Allmächtiger!« sagte Pete.
»Ricky kann fliegen!« sagte Lisa.
Und während er sich bewegte, konnten wir ein ganz leises Geräusch hören, ein Sirren wie von so einem tragbaren Plastikventilator, den man kaufen kann, um sich das Gesicht an einem Junitag zu kühlen.
Wir mußten die Kommode dreimal verrücken, bis wir Ricky zu fassen kriegten, weil er sich nicht packen lassen wollte. Er wollte weiter da oben rumkreisen, wo wir nicht hinkamen. Aber schließlich schnappte ich ihn und reichte ihn runter zu Pete, und er fing an zu schreien, lauter als wir ihn jemals hatten schreien hören. Er versuchte, sich aus Petes Armen freizustrampeln, aber Pete hielt ihn fest und ließ ihn nicht los. Sie wurde kreidebleich und fing an, *Jesus Christus Jesus Christus* zu fluchen, Lisa steckte den Daumen in den Mund, und ich kletterte runter und kniete mich neben die beiden.
Aus Rickys Schulterblättern, dort wo ich die Knubbel entdeckt hatte, wuchsen zwei Flügel. Sie hatten die rosa Farbe von Rikkys Haut, und es war Blut an ihnen, sie waren krumpelig und klein, aber eindeutig Flügel, und nach einem langen Kampf mit Pete fing Ricky an, mit den Flügeln so schnell wie ein Kolibri zu schlagen, und er flog durch die Schlafzimmertür in das helle, wässerige Licht der Küche.

Ich sagte zu Pete: »Jemand sollte sich diese Flügel mal anschauen, zum Beispiel ein Chirurg.«
Aber Pete sagte: »Auf keinen Fall! Wir lassen sie versteckt und beten, daß sie abfallen.«
Dann, ein paar Tage später, sagte ich: »Hör zu, Pete, das ist total einmalig in der Welt – das fliegende Baby! Du mußt einfach nur Reklame machen und Eintritt nehmen und Ricky durch die Wohnwagensiedlung fliegen lassen, und in einem Monat bist du Milliardärin.«

Das machte sie nachdenklich. Statt Rickys Flügel die ganze Zeit zusammengefaltet unter seiner Kleidung zu verstecken, ließ sie ihn damit durch den Wohnwagen fliegen. Besonders gern hielt er sich unter der Decke auf, und er wurde ganz dreckig von all dem Staub und dem Fett da oben, aber man konnte merken, daß er glücklich war, nur seine Landungen waren lausig. Er konnte sich nur fallen lassen und abrollen wie ein Fallschirmspringer, und dabei zerknautschten seine Flügel jedesmal, und anscheinend waren die Schmerzen, die er dabei hatte, durch nichts zu lindern. Wir haben ihm Zaubernuß auf die Flügel gestrichen, aber es hat nichts geholfen, und wenig später sagte Pete zu mir: »Annie, zu neun Zehnteln besteht das Leben von diesem Kind aus Todesqualen.«

Pete überlegte zwar noch, ob sie mit meiner Idee vom fliegenden Baby Milliardärin werden sollte, aber dann sagte sie, sie macht es doch nicht, weil sie – nach dem, was mit Chester passiert ist – nicht mehr glauben kann, daß irgendein menschlicher Plan jemals zu etwas Gutem führt. Sie sagte: »Annie, wieso kann nicht alles so friedlich und normal sein wie vorher?«

Ich sagte: »Pete, das ist doch eine einzige verrückte Zeit, in der wir leben. Wann war denn jemals irgendwas friedlich oder normal?«

Pete sagte: »Wahrscheinlich hast du recht. Eigentlich nie.«

Wir waren da gerade in Krogers Supermarkt in Knoxville, Ricky saß in unserem Einkaufswagen, Lisa trottete mit einem kleinen Mangosaftkarton nebenher.

Pete und ich widmeten uns den dreizehn verschiedenen Sorten Blattsalat, die man bei Kroger kaufen konnte, wir lasen die Namen, Rucola und Radicchio und Lollo Rosso, die bisher nicht zum Leben auf Erden gehört hatten. Wir waren so mit dem Rucola beschäftigt, daß wir Ricky eine ganze Minute lang vergaßen, und als wir nach ihm schauten, hatte er sich sein T-Shirt

vom Leib gezerrt und zog sich gerade hoch, und bevor wir ihn festhalten konnten, fing er mit seiner Kolibrinummer an und erhob sich über der Gemüseauslage in die Luft. Er schwebte dort noch einen Moment, dann flog er durch die Supermarktgänge davon.
Wir standen einfach nur da. Wir wußten nicht, was wir machen sollten. Und wir sahen all die Kunden, die, einer nach dem anderen, sprachlos stehen blieben und mit offenem Mund auf Ricky zeigten. Der war, genau wie sonst, zur Decke hoch geschwebt, die bei Kroger ein Schachbrettmuster mit großen Lichtquadern war. Und so lange ich lebe, vergesse ich nicht, wie er unter diesen Lichtquadern hin und her kreuzte und kleine Schatten in den Laden warf. Ich weiß, daß eine Menge Leute an dem Tag bei Kroger einfach nicht glauben konnten, was sie sahen. Sie dachten, Ricky sei ein elektrisches Baby, das mit Fernbedienung gelenkt wird.
Wir warteten und starrten, und es sah nicht so aus, als würde Ricky runterkommen. Er war in seinem Element da oben. Also ging ich zum Supermarktchef und sagte: »Sir, ich schlage vor, Sie schalten die Deckenbeleuchtung aus, vielleicht entschließt er sich dann zu landen.« Also wurde der Laden kurz darauf bis auf die Neonröhren über den Lebensmitteltheken dunkel, wir riefen alle nach Ricky und streckten unsere Arme aus, und nach einer Weile kam er heruntergekreiselt und landete in einer Apfelkiste.

Zuerst drängte sich die Lokalpresse, dann die überregionale und schließlich die internationale Presse in die Wohnwagensiedlung. Man kam gar nicht mehr rein oder raus vor lauter Leitern und Stativen und Menschen und Styroporkaffeebechern und kalten Pizzaresten und weggeworfenen Papiertaschentüchern. Pete und ich und Lisa saßen im Dunkeln in

Petes Wohnwagen und taten, als wären wir nicht da, und lasen die Geldangebote der Medien, die unter der Tür durchgeschoben wurden.

»Du hattest recht, Annie«, sagte Pete. »Ich glaube, jetzt könnte ich reich werden.« Und so fingen wir an, uns auszumalen, was sie alles kaufen könnte, wenn sie eins dieser Angebote annähme, eine hübsche Wohnung in der Nähe von Kroger zum Beispiel, ein Kunstledersofa und ein Puppenhaus für Lisa und einen Hund mit braunen Augen.

Pete verhandelte gerade mit ABC News, Nachrichten, daß sie Ricky filmen dürften, wenn er unter der Wohnwagendecke herumflog, als Chester auftauchte. Er bahnte sich den Weg durch die Journalisten und säuselte Pete durchs Fenster vor: »Süße, ich liebe dich, es war falsch, dich zu verlassen, Schätzchen, laß mich rein, ich will zu dir zurück.«

Ich sagte: »Pete, hör nicht auf ihn. Alles, was er will, ist Ricky.« Aber dem Anblick von Chesters riesigem Gesicht am Fenster konnte sie wohl nicht widerstehen, also öffnete sie die Tür, und er kam hereinspaziert, mit seinen ganzen zweihundertfünfzig Pfund, und er zog sie an sich und steckte seine Zunge in ihren Mund und hielt ihren Hintern in seiner fetten Hand.

Dann sah er mich. »Wer ist das?« fragte er.

Und Pete sagte: »Niemand, nur Annie.«

»Sag ihr, sie soll verschwinden und Lisa mitnehmen«, erklärte er. »Wir brauchen ein bißchen Privatsphäre hier.«

Ich weiß, was als nächstes passierte, nur bei der Abfolge bin ich mir nicht sicher. Wahrscheinlich hat Chester Pete an dem Nachmittag so heftig gebumst, daß ihr Gehirn aufhörte zu funktionieren. Wahrscheinlich hat sie ihm einen Freibrief gegeben, mit den Medien auszumachen, was er wollte, Hauptsache, er schwor ihr, daß er sie nie wieder verlassen würde.

Pressetypen gingen ein und aus in Petes Wohnwagen. Ich nahm Lisa zu mir, und wir machten einen Salat aus fünf roten und grünen Farben. Abends kam Chester vor die Tür, hielt Ricky im Arm, ganz der stolze Vater, und die Fotografen blitzten wie verrückt, und Chester hielt Ricky in die Fernsehkameras, um der Welt seine Federn zu zeigen.
Dann folgten sie ihm und Ricky zu dem Eichenwäldchen am nördlichen Rand der Siedlung. Es war kurz vor Sonnenuntergang, und so holten sie ein paar riesige Lampen und leuchteten damit in die Bäume. Pete war auch da, hielt sich aber im Hintergrund. Lisa und ich wollten zu ihr, aber die vielen Menschen und Kameras schnitten uns den Weg ab, also sagte ich zu Lisa: »Keine Angst, Herzchen, wahrscheinlich wollen sie nur sehen, wie Ricky unter den Eichen rumfliegt, dann sind sie zufrieden und gehen nach Hause, und alles ist wieder normal.«
Sie sagte: »Und was ist, wenn er nicht runterkommen will, Annie?«
Und ich sagte: »Keine Angst, Kleines, du weißt doch, bei Kroger ist Ricky auch runtergekommen, er wollte nur zum Licht.« Und wahrscheinlich dachten wir beide gerade daran, wie Ricky zwischen dem Obst landete, als wir ihn losfliegen sahen.
Die Menge stöhnte auf, so wie beim Start einer NASA-Rakete, und da war er, er stieg auf, höher und höher, und in den Lichtstrahlen konnte ich Insekten sehen, die nach oben schwirrten, als wollten sie ihn auf seiner Reise in die staubigen Eichen begleiten.

Tja. Das war im Sommer, und jetzt ist Winter, und die nackten Äste der Judasbäume sind grau vom Rauhreif.
Lisa weigert sich, in die Schule zu gehen, also kommt sie mit mir zu Secco's, wo es warm ist, und der Chef, Mr. Borzoni, läßt sie die Kleidung nach Farben sortieren und Wasser für

die Heißmangel holen. Sie hat Glück, daß er Italiener ist und Mitleid hat. Ich bringe ihm Schokolade mit, aus Dankbarkeit.

Er kennt die Geschichte. Alle hier kennen sie. Aber keiner, ich auch nicht, weiß, was an jenem Abend in Rickys kleinem Herzen vor sich ging, als er sich, anstatt unter die Decke der Baumwipfel zu fliegen, dem offenen Himmel zuwandte und aus dem Blickfeld verschwand. Ich vermute, es lag daran, daß er das Schimmern des Sees sah. Das Licht war fast verschwunden, aber selbst in der Dämmerung leuchtet das Wasser noch ein wenig, und Ricky flog darauf zu, und niemand sah ihn jemals wieder. Sie schickten Froschmänner nach unten, die seine Leiche mit den Babyflügeln suchten, aber der See ist tief, und sie fanden Ricky nicht.

Vielleicht hat Pete sich gesagt, wenn ihn mir keiner zurückbringen kann, dann geh ich einfach dorthin, wo er ist. Keine Ahnung. Ich hab aufgehört, mir vorzustellen, was in ihrem erschöpften Kopf vorging. Chester hatte sich auch verdrückt, zurück ins Bett seines jungen Mädchens, mit einem Bankkonto voller Mediendollars. Vielleicht hat sie sich deshalb umgebracht und nicht wegen Ricky. Ich werde es nie erfahren. Alles, was sie mir wie zur Warnung sagte, war: »Wenn mir etwas zustößt, Annie, kümmere du dich um Lisa, und laß nicht zu, daß Chester sie dir wegnimmt.«

Sie fischten Pete aus dem Wasser. Sie hatte sich ihre Nähmaschine um die Taille gebunden. Irgendein Miststück aus der Siedlung sagte, schade um die gute Maschine. Aber was mich fertig machte, war der Gedanke an die Applikationen, an all die endlosen Stunden, in denen sie dabei Trost gesucht hatte, und es hatte nicht gereicht.

Wir machten eine kleine Feier für sie, und ein paar Leute vom Fernsehen kamen, aber weniger als damals, als alle Ricky, das fliegende Baby, sehen wollten. Ein Mann von den Bergen mit grauem Haarwasserfall tauchte nicht auf.

Lisa ruft nach Pete. Ich streichele ihre Stirn, drücke sie fest an mich und nenne sie meinen Engel. Mein Engel sinkt in den Schlaf mit steil in die Luft gereckten Armen, und sanft nehme ich sie herunter.

Clemens J. Setz

Eine sehr kurze Geschichte

Nach einem langen und harten Arbeitstag im Büro stellte Lilly fest, daß auf ihren Schulterblättern kleine Flügel gewachsen waren: schmutzig rosafarbene, verletzlich wirkende Hautgebilde, die wie Gelsenstiche juckten und sich von ihr mit einiger Willensanstrengung sogar ein wenig hin und her bewegen ließen. Vor lauter Angst schnitt sich Lilly die Flügel mit einer Schere ab und spülte sie im Klo hinunter. Sie überlegte, ob sie vielleicht nachwachsen würden, aber diese Sorge erwies sich als unbegründet. Die Flügel kamen nie mehr wieder, egal wie lang und hart Lillys Arbeitstage auch waren, bis ans Ende ihres kurzen Lebens.

Alberto Moravia

Kirchendiebe

Was macht der Wolf, wenn die Wölfin und die Wolfsjungen Hunger und einen leeren Bauch haben, jammern und sich raufen, was macht der Wolf? Ich sage, der Wolf verläßt die Höhle und begibt sich auf die Jagd, und vielleicht kommt er aus Verzweiflung sogar ins Dorf hinab und dringt in ein Haus ein. Und die Bauern, die ihn umbringen, haben recht, ihn umzubringen; er hat aber auch recht, in ihr Haus einzudringen und sie zu beißen. So haben alle recht, und unrecht hat keiner; und aus Recht entsteht Tod. In jenem Winter ging es mir wie dem Wolf, ja schlimmer noch: Wie der Wolf lebte ich nicht in einem Haus, sondern in einer Höhle, dort unten, unterhalb des Monte Mario, in einer verlassenen Puzzuolangrube. Es gab dort eine ganze Reihe von Höhlen, doch die meisten waren mit Brombeersträuchern zugewachsen, nur zwei waren bewohnt, meine und die eines Alten namens Puliti, der teils bettelte, teils herumzog und Lumpen sammelte. Dort, hinter dem Berg, war alles gelb und kahl, die Höhleneingänge waren verräuchert und schwarz. Vor Pulitis Höhle lag immer ein Haufen Lumpen, in dem er herumstöberte; vor meiner stand ein Benzinkanister, der meiner Frau als Herd diente, die mit dem Kleinen an der Brust davorstand und mit dem Fächer wedelte, um die Kohlen zum Glühen zu bringen. Innen war die Höhle sogar besser als ein richtiges Zimmer; geräumig, trocken, sauber, die Matratze im hinteren Teil und der Hausrat an Nägeln aufgehängt. Die Familie ließ ich also in der Höhle und fuhr nach Rom, um Arbeit zu suchen; ich war Tagelöhner und machte meistens Ausschachtungsarbeiten. Dann kam der Winter, und die Ausschachtungen wurden, ich weiß auch nicht warum, immer seltener, ich wechselte häufig die Arbeit, aber immer nur für kurze Zeit, und schließlich war ich dann ganz ohne Arbeit. Abends, wenn ich zur Höhle zurückkehrte und im Schein der Öllampe sah, wie meine Frau auf der Matratze kauerte und mich ansah, und wie das Kind, das sie an der Brust hatte, mich ansah, und wie die beiden Größeren, die auf dem Boden spielten, mich ansahen, und ich in diesen acht Augen denselben hungrigen Ausdruck las, kam ich mir wirklich wie ein Wolf mit einer Wolfsfamilie vor und dachte: »Wenn ich nicht bald etwas zu essen bringe, werden sie noch über mich herfallen.« Puliti, jener schreckliche Alte, der mit seinem schönen weißen Bart wie ein Heiliger aussah, wenn er jedoch den Mund aufmachte, begriff man sofort, was für ein Verbrecher er war, sagte zu mir: »Warum setzt ihr bloß Kinder in die Welt? Um sie leiden zu lassen? Und du, warum sammelst du nicht in der Zwischenzeit Zigarettenstummel? Mit Kippen kann man immer noch ein bißchen was verdienen.« Doch ich wollte nicht herumlaufen und Kippen aufsammeln: ich wollte mit meinen Armen arbeiten. Eines Abends sagte ich aus Verzweiflung zu meiner Frau: »Ich weiß nicht mehr weiter ... Soll ich dir was sagen? Ich lege mich an einer Straßenecke auf die Lauer, und der erste, der vorbeikommt ...« Doch meine Frau unterbrach mich: »Willst du etwa ins Gefängnis wandern?« Und ich: »Im Gefängnis kriegt man wenigstens zu essen.« Und sie: »Ja, du ... und wir?« Dieser Einwand, ich geb's zu, gab den Ausschlag.

Puliti war es, der mich auf die Idee mit der Kirche brachte. Er ging zu den Kirchen, um zu betteln, und er kannte sie sozusagen alle, jede einzelne. Er sagte, wenn ich mich abends in eine Kirche einschließen ließe und es geschickt anstellte, könnte ich am Morgen entwischen, ohne daß mich jemand sähe. Dann warnte er mich: »Gib aber acht ... Die Priester sind keineswegs dumm ... Das wertvolle Zeug bewahren sie im Tresor auf, und das, was man sieht, ist wertloser Kram.« Schließlich behauptete er, wenn ich die Sache erst einmal über die Bühne gebracht hätte, würde er das Zeug schon für mich verkaufen. Kurz und gut, er setzte mir den Floh ins Ohr, wenn ich auch dann nicht mehr daran dachte und nicht mehr darüber sprach. Doch Ideen sind wie Flöhe, sie laufen von allein, und wenn du es am wenigsten erwartest, beißen sie dich und lassen dich aufspringen.

So biß die Idee mich also eines Abends, und ich sprach mit meiner Frau darüber. Ich muß dazusagen, daß meine Frau sehr religiös ist und im Dorf mehr Zeit in der Kirche verbrachte als zu Hause. Sie sagte sofort: »Bist du denn verrückt geworden?« Ich hatte mit ihrem Widerspruch gerechnet und antwortete ihr: »Das ist doch kein Diebstahl ... Wozu ist das Zeug denn in der Kirche? Um Gutes zu tun ... Wenn wir uns also etwas davon nehmen, was tun wir dann? Wir tun Gutes ... Und wem sollte schließlich Gutes getan werden, wenn nicht uns, die wir es so nötig haben?« Sie schien erschüttert und fragte: »Wie bist du denn auf all das gekommen?« Ich sagte: »Mach dir darüber keine Gedanken und antworte mir: Steht nicht geschrieben, daß den Hungernden zu essen gegeben werden soll?« »Ja.« »Dann erfüllen wir auf diese Weise ja nur unsere Pflicht ... ja, wir tun sogar noch ein gutes Werk.« Kurz und gut, ich redete so sehr auf sie ein und kam ihr dabei immer wieder mit der Religion, die, wie ich wußte, ihr schwacher Punkt war, daß ich sie schließlich überzeugte. Und zum Schluß sagte ich noch: »Und wenn du nicht alleine bleiben willst, komm doch einfach mit ... Dann wandern wir, wenn sie uns erwischen, zusammen ins Gefängnis.« »Und die Kinder?« »Die Kinder lassen wir bei Puliti ... der Herr wird sich ihrer schon erbarmen.« So einigten wir uns und sprachen mit Puliti über die Sache. Er hörte sich den Plan an und fand ihn gut, zum Schluß sagte er jedoch, sich den Bart streichend: »Domenico, hör auf mich alten

Mann … Die silbernen Herzen, die laß liegen … die sind wertlos … Halt dich an den Schmuck.« Wenn ich jetzt an Puliti zurückdenke, an seinen Bart und an den Ernst, mit dem er mir diese Ratschläge gab, muß ich beinahe lachen.
Am festgesetzten Tag ließen wir die Kinder bei Puliti und fuhren mit der Straßenbahn nach Rom hinunter, wirklich wie zwei halbverhungerte Wölfe, die vom Berg ins Dorf hinabkommen; und wer uns gesehen hätte, hätte uns tatsächlich für zwei Wölfe gehalten: meine Frau klein und untersetzt, ganz Busen und Schultern, mit krausen Haaren, die ihr zu Berge standen, so daß ihr Kopf aussah, als stünde er in Flammen, mit entschlossenem Gesichtsausdruck; ich spindeldürr, das messerscharfe Gesicht schwarz vom Bart, tiefliegende blitzende Augen. Wir hatten eine alte Kirche gewählt, in der Gegend des Corso, in einer Querstraße. Es war eine große und sehr finstere Kirche, da sie rundherum von Häusern umgeben war; sie hatte zwei Säulenreihen und zu beiden Seiten der Säulen zwei enge und dunkle Kirchenschiffe mit vielen kleinen Kapellen voller Schätze. Zahlreiche Vitrinen mit silbernen und vergoldeten Herzen standen dort an den Wänden. Doch ich hatte eine kleinere Vitrine ins Auge gefaßt, in der zwischen ein paar wertlosen Herzen eine Halskette aus Lapislazuli auf rotem Samt ausgestellt war. Diese kleine Vitrine stand in einer der Muttergottes geweihten Kapelle; und tatsächlich stand da oben auf dem Altar, unter einem Baldachin, eine lebensgroße Marienfigur, von oben bis unten bemalt, um den Kopf einen Heiligenschein aus Glühbirnen und zu ihren Füßen zahlreiche Blumenvasen und Kandelaber. Wir betraten die Kirche, als es bereits Nacht war, und in einem Augenblick, in dem niemand zu sehen war, versteckten wir uns hinter dem Altar in jener Kapelle, in der die Vitrine stand. Hinter der Statue gab es zwei oder drei Stufen, und auf die setzten wir uns. Zu später Stunde machte

der Kirchendiener seine Runde durch die Kirche, mit den Füßen schlurfend und brummelnd: »Es wird geschlossen«; doch hinter den Altar kam er nicht und beschränkte sich darauf, alle Lichter zu löschen mit Ausnahme zweier roter Lämpchen, eines auf jeder Seite. Dann hörten wir, wie er die Türen schloß und schließlich die Kirche in ihrer ganzen Länge durchquerte und zur Sakristei hin verschwand. Nun saßen wir also im Finstern, in jenem schmalen Gang zwischen dem Altar und der Wand der Apsis. Ich fühlte mich fiebrig und sagte zu meiner Frau: »Los, beeilen wir uns ... Öffnen wir die Vitrine.« Ich hörte, wie sie erwiderte: »Warte ... Warum denn so eilig?«; und dann sah ich, wie sie das Versteck verließ. Sie ging in die Mitte der Kapelle, machte dort, im Halbdunkel, einen Knicks, bekreuzigte sich, machte dann, rückwärts gehend, einen weiteren Knicks und bekreuzigte sich ein zweites Mal. Schließlich sah ich, wie sie in einer Ecke der Kapelle niederkniete und die Hände faltete, wie zum Beten. Was für Gebete es waren, weiß ich nicht, doch ich begriff, daß sie doch nicht so überzeugt war, Gutes zu tun, wie ich ihr eingeredet hatte, und sie wollte sich schützen, so gut sie konnte. Ich sah, wie sie den Kopf neigte, das Gesicht unter ihren Haarmassen verbergend, das Gesicht dann zu jenem roten Licht hob, die Lippen bewegend, und es wieder senkte, geradeso, als betete sie den Rosenkranz. Ich ging zu ihr und murmelte, beunruhigt: »Konntest du deine Gebete nicht zu Hause sprechen?« Doch sie, grob: »Laß mich in Frieden ... Geh, lauf herum, die Kirche ist doch groß genug ... Mußt du dich unbedingt hier aufhalten?« Ich flüsterte: »Soll ich, während du badest, die Vitrine öffnen?« Und sie, immer noch unfreundlich: »Du sollst gar nichts ... Und das Brecheisen gib lieber mir.« Das Brecheisen war eine Stange, die noch ganz andere Dinge geöffnet hätte als jene wackelige kleine Vitrine: Ich gab es ihr und entfernte mich.

Ich lief in der Kirche umher, ohne zu wissen, was ich tun sollte. Die Kirche machte mir, wie sie da so im Halbdunkel lag, angst mit ihren hohen, finsteren Gewölben, die schon ein Seufzer erdröhnen ließ, mit dem Hochaltar dort hinten, gewaltig, schwach schimmernd, mit den schwarzen, verschlossenen Beichtstühlen, verborgen im Dunkel der Seitenschiffe. Auf Zehenspitzen lief ich ganz allein zwischen den beiden Reihen leerer Bänke zur Tür und fühlte eine Eiseskälte an den Schultern, als folgte mir jemand. Ich versuchte die Tür zu öffnen, sah, daß sie fest verschlossen war, ging zurück und setzte mich in das linke Schiff vor ein Grab, das von einer roten Lampe beleuchtet wurde. Zum Grab, das in die Wand gemauert war, gehörte ein Grabstein aus schwarzem, glänzendem Marmor und zwei Figuren, eine auf jeder Seite; ein Skelett, das eine Sichel in der Hand hielt, und eine nackte Frau, die in ihr eigenes Haar gehüllt war. Beide Figuren waren aus gelblichem, glänzendem Marmor, ausgezeichnet ausgeführt; ich fand ein wenig Ablenkung, indem ich sie betrachtete, und durch das intensive Betrachten schienen sie sich, vielleicht aufgrund der Dunkelheit, zu bewegen, die Frau schien vor dem Skelett zu fliehen, und dieses schien sie galant an einem Arm zurückzuhalten. Darauf dachte ich, um mir Mut zu machen, an die Höhle, an die Kinder, an Puliti, und sagte mir, daß ich, selbst wenn ich die Möglichkeit geboten bekäme, die Zeit zurückzudrehen und mich noch einmal zu entscheiden, wieder dasselbe tun würde oder doch zumindest etwas sehr Ähnliches. Kurz und gut, es war kein Zufall, daß ich mit jener Absicht dort war, und es war kein Zufall, daß ich keinen besseren Weg gefunden hatte. Über diesen Gedanken wurde ich müde und schlief ein. Es war ein bleierner Schlaf, traumlos, versiegelt von der Grabeskälte, die in jener Kirche herrschte. So schlief ich also und bemerkte nichts.

Dann schüttelte mich jemand, und ich sagte im Schlaf: »He,

sachte … was fällt dir ein?« Schließlich, da das Schütteln nicht aufhörte, öffnete ich die Augen und sah Leute: den Kirchendiener, der mich mit hervorquellenden Augen ansah; den Pfarrer, einen alten Mann mit weißen, zerzausten Haaren, das Gewand noch nicht zugeknöpft; zwei oder drei Polizisten und zwischen den Polizisten meine Frau, düsterer als je zuvor. Ohne mich zu rühren, sagte ich so dahin: »Laßt sie in Ruhe … Wir sind obdachlos und sind in die Kirche gekommen, um zu schlafen.« Da zeigte einer der Polizisten mir etwas, das ich im ersten Augenblick, so schlaftrunken war ich noch, mit einem Rosenkranz verwechselte: die Halskette aus Lapislazuli: »Und das da … braucht ihr das auch zum Schlafen?« Kurz und gut, nach einigem Hin und Her nahmen die Polizisten uns in die Mitte, und wir verließen die Kirche.

Es war noch Nacht, aber es dämmerte bereits, die Straßen waren menschenleer und naß vom Tau. Wir gingen rasch durch diese öden Straßen, zwischen den Polizisten, den Kopf gesenkt, stumm. Wie ich meine Frau so vor mir gehen sah, die Ärmste, untersetzt und klein, in ihrem kurzen Rock und mit den Haaren, die ihr zu Berge standen, bekam ich Mitleid und sagte zu einem der Polizisten: »Es tut mir leid um sie und die Kinder.« Der Polizist fragte mich: »Und wo hast du sie, die Kinder?« Ich sagte es ihm, und er: »Du, ein Familienvater … Was hast du dir eigentlich dabei gedacht? … Hast du denn gar nicht an deine Kinder gedacht?« Ich antwortete ihm: »Gerade weil ich an sie gedacht habe, hab' ich schließlich getan, was ich getan habe.«

Auf dem Kommissariat sagte ein blonder Jüngling, der hinter einem Schreibtisch saß, als er uns sah: »Aha, Kirchenschänder.« Doch meine Frau schrie mit einem Mal mit schrecklicher Stimme: »Ich schwöre vor Gott, ich bin nicht schuldig.« Ich kannte diese Stimme nicht an ihr, und der Mund blieb mir offenstehen. Der Kommissar sagte: »Dann ist dein Mann also der Schuldige.« »Auch nicht.« »Dann bin also ich der Schuldige ... Und wie bist du zu der Halskette gekommen?« Und meine Frau: »Die Muttergottes ist vom Altar gestiegen, hat mit ihren eigenen Händen die Vitrine geöffnet und mir die Halskette gegeben.« »Die Muttergottes, aha ... Und die Brechstange, die hat die Muttergottes dir auch gegeben?« Und meine Frau, immer noch mit jener Stimme, die Hand hebend: »Ich will sterben, wenn ich nicht die Wahrheit sage.« Sie verhörten uns weiter, ich weiß nicht wie lange, doch ich sagte, ich hätte nichts gesehen, was ja auch stimmte; und meine Frau sagte immer wieder, die Halskette habe die Muttergottes ihr gegeben. Von Zeit zu Zeit schrie sie: »Mensch, knie nieder vor dem Wunder.« Kurz und gut, sie schien überspannt, wenn nicht sogar verrückt zu sein. Es endete damit, daß sie sie fortbrachten, während sie weiter schrie und die Muttergottes anrief: Ich glaube, sie schickten sie auf die Krankenstation. Dann wollte der Kommissar von mir wissen, ob mir bekannt sei, daß meine Frau verrückt sei, und ich antwortete ihm: »Wäre sie doch wirklich verrückt«; denn ich dachte, die Verrückten leiden nicht und sehen die Dinge, wie sie wollen. Doch ich dachte auch, daß meine Frau durchaus die Wahrheit gesagt haben könnte, und fast bedauerte ich, daß ich nicht mit meinen eigenen Augen gesehen hatte, wie die Muttergottes vom Altar gestiegen war, die Vitrine geöffnet und ihr die Halskette ausgehändigt hatte.

Luigi Malerba

Das Loch in der Decke

Ein armer alter Mann war gezwungen, in seiner Hütte im Bett zu liegen, da er nicht nur alt war, sondern auch krank. Die Nachbarn brachten ihm ab und zu etwas zu essen und leisteten ihm Gesellschaft, aber sie hatten alle wenig Zeit, und der Alte war viele Stunden des Tages allein. Vom Bett aus betrachtete er die Decke seiner Hütte, aber die war nicht besonders interessant. Er kannte bereits alles auswendig – die Wasserflecken, die Wurmlöcher in den Balken und die abgebröckelten Stellen im Verputz.

Eines Tages stand der Alte auf und schaffte es mit großer Anstrengung, ein Loch in die Decke zu machen, so daß er von seinem Bett aus ein Stückchen Himmel sehen konnte. Wenn er Glück hatte, konnte er tagsüber auch ein Flugzeug oder einen Vogel sehen. Eines Tages sah er ein Reklameluftschiff und war glücklich. Vor allem aber war ihm das Loch während der schlaflosen Nächte sehr dienlich, denn es gestattete ihm, die Sterne zu sehen.

Eines Tages bemerkte eine Nachbarin, die gekommen war, um ein wenig mit dem Alten zu plaudern, daß das Stückchen Himmel, das man durch das Loch sehen konnte, auch dann blau war, wenn der Himmel draußen mit Wolken bedeckt und vom Sturm verfinstert war. Sie sagte es niemandem, aus Furcht, man könnte glauben, der Alte sei ein Heiliger. Der Alte war gekränkt, und um sie zu ärgern, begann er Wunder zu wirken.

Giorgio Manganelli

Um zehn Uhr dreißig vormittags

Um zehn Uhr dreißig vormittags entdeckte ein beleibter Herr mit Bart und leicht zerknittertem Anzug, daß er die Gabe besaß, Wunder zu wirken. Eine ganz einfache Geste genügte: er brauchte nur mit dem Daumen der rechten Hand über die Kuppen des Zeige-, Mittel- und Ringfingers der gleichen Hand zu streichen. Das erste Mal war es natürlich ganz unwillkürlich geschehen, und er hatte im Handumdrehen eine räudige Katze geheilt. Es handelte sich um richtige Wunder – nicht um »Wunscherfüllungen«. Als er die Geste einmal machte und dabei Geld verlangte – er hatte eine bestimmte, durchaus vernünftige Summe genannt –, geschah überhaupt nichts. Es mußte jemandem nützen. Er heilte ein Kind, beruhigte ein Pferd, beschwichtigte den Tobsuchtsanfall eines verrückten Mörders und hielt eine Mauer im Gleichgewicht, die auf Großeltern und Enkel herabzustürzen drohte. Widerlich – es gab kein anderes Wort. Niemals hätte er geglaubt, daß Thaumaturg zu sein so – wie soll man sagen – *cheap* sein könnte. Es gab nur einen Pluspunkt, den der beleibte Herr für sich verzeichnen konnte, aber der war wichtig: Er war kein Gläubiger. Er war auch kein wirklicher Atheist – dazu fehlte ihm das philosophische Gemüt –, aber die Religionen ödeten ihn allesamt an. Und warum mußte ausgerechnet ihn diese Geschichte mit den Wundern treffen? Angenommen, die Existenz einer allerhöchsten Macht sollte bewiesen werden – was war das dann für eine Macht? Götter gab es dutzendweise, ebenso wie Halbgötter, Dämonen, Kobolde und Geister. Er war nicht interessiert daran, Wunder zu wirken. Was war es also – ein Schabernack? Ein Versuch, ihn zu bekehren? Oder eine Art und Weise, ihn »irrezumachen«?

Der beleibte Herr war ärgerlich. Als er beim vierzigsten Wunder angelangt war und merkte, daß einiges ruchbar zu werden begann, beschloß er, etwas zu unternehmen. So kam es, daß er eines Tages mit lebhaftem Widerwillen die Kirche eines Stadtviertels betrat, wo er noch keine Wunder gewirkt hatte, und sich an einen Priester wandte. Er sprach ganz offen: Er betonte nicht nur, daß er nicht gläubig sei, sondern erklärte auch, daß die Wunder ebensogut von einem ganz anderen Gott stammen konnten als dem in dieser Kirche verehrten. Der Priester zeigte kein Erstaunen. »Das ist nicht der erste Fall«, sagte er, »obwohl bei uns noch nichts derartiges vorgekommen ist. Verheiratet?« »Nein«. »Warum werden Sie nicht Priester?« »Aber ich bin doch nicht gläubig«, antwortete er. »Wer ist denn heute noch gläubig? Sehen Sie, Sie wirken Wunder; wenn Sie Mathematiker wären, würde ich Ihnen raten Ingenieur zu werden.« Das vorletzte Wunder des beleibten Herrn bestand darin, daß er den Priester bekehrte und ihn veranlaßte, Buße zu tun; das letzte war, daß er sich selbst abschaffte, damit der Priester auch wirklich überzeugt sein konnte, daß ein Wunder an ihm geschehen war. Dies letzte Wunder ist von den Experten sehr gewürdigt worden.

Kein Wunder

»Wunder im Sinne von Phänomenen, die wir nicht erklären können, umgeben uns überall; das Leben ist selbst das Wunder aller Wunder.«

George Bernard Shaw

Bertolt Brecht

Giulio

Giulio Nitti, ein junger Schuhputzer in einem der staubigen Hafenviertel von Messina, ein freundlicher, aber geistig etwas beschränkter Mensch, unterhielt sich von Kindesbeinen an damit, seine Kunden und Nachbarn zu beobachten und sich allerhand Geschicke für sie vorzustellen. Die Stiefel des Restaurateurs Colonna putzend, sah er den dicken Mann seine junge Frau mit dem Trambahnschaffner Serati überraschen, und im Geiste sah er ein Messer in der Hand des Kunden. Oder er sah die Fischverkäuferin, die ihren Stand neben dem seinen hatte, im Geiste weinen, weil er gehört hatte, daß die Karabinieri den Vater ihres Geliebten, den Kaufmann Sotto, wegen Schleichhandels verhaften würden. Sich das mutmaßliche Verhalten fremder Personen plastisch vorzustellen, machte ihm großes Vergnügen, auch wenn es sich um ganz alltägliche und undramatische Dinge handelte, etwa um die Begrüßung zwischen dem Maschinisten der Hafenbarkasse und dem Zollinspektor. Jeden Morgen hörte er das »Wie geht es Signora Detti heute?« des Maschinisten im Geiste eine Sekunde, bevor die Worte wirklich gesprochen wurden, und ebenso er des Inspektors gottergebene Geste vollführt, bevor sie vollführt wurde.
Er dachte sich nichts dabei, als er der Kellnerin Maria, die er im stillen anbetete, in dem kleinen Café, wo er zu Mittag aß, unter dem Siegel der Verschwiegenheit, von seinen Träumen mit offenen Augen erzählte. »Ich schließe nur halb die Augen«, sagte er ihr, »und dann sehe ich Herrn Colonna in die Küche stürzen und ein zwei Fuß langes Messer ergreifen, ich könnte es vorspielen.«
Die hübsche schwarzhaarige Maria schalt den Jungen aus, sei-

ner schmutzigen Fantasie wegen. Jedoch zwei Wochen später konnte sie in der Zeitung lesen, daß Herr Colonna verhaftet worden war, weil er seine Gattin erstochen hatte. Sie betrachtete Giulio an diesem Mittag mit abergläubischer Scheu.
Giulio sonnte sich an dieser Bewunderung natürlich. Er war äußerst überrascht, daß seine Vorstellung in Erfüllung gegangen war, aber noch mehr, daß Maria etwas Übernatürliches daran fand. Schließlich war es kein Wunder, wenn der Restaurateur zum Messer griff, und es war nicht im geringsten schwierig, das vorauszusehen, wenn man doch wußte, daß seine Frau mit dem Trambahnschaffner ging!
Etwas jedoch traf Giulio schwer: Er wurde am nächsten Morgen von zwei Karabinieri auf die Wache geholt und stundenlang streng verhört, ob er von der Absicht des Herrn Colonna, seine Frau zu ermorden, gewußt habe. In diesem Fall war es nämlich nicht ein Verbrechen aus Leidenschaft, ein bloßer Totschlag, sondern ein geplanter Mord. Es war nicht leicht für ihn, die merkwürdige Natur seiner »Voraussage« nachzuweisen, ganz abgesehen von dem Schrecken, in den ihn an und für sich jedes Zusammentreffen mit der Polizei versetzte.
Das Schlimmste war, daß Maria ihr Versprechen zu schweigen gebrochen hatte; denn die Polizei hatte von ihrem Freund, dem Polizisten Temere, alles erfahren. Es war Verrat.

Max Frisch

Der Hellseher

In Zürich lebte vor Jahren ein bekannter Professor, dessen Vorlesung ich noch besucht habe, ein ehemaliger Untersuchungsrichter, ein nüchterner und beherrschter Mann. Eines Tages war er verschollen. Ein Unglück, ein Verbrechen? Der Scharfsinn der Polizei, die einigermaßen zu seinen Werkzeugen gehörte, versagte vollkommen; sogar der Spürsinn ihrer Hunde. Tage vergingen, Wochen ohne Ergebnis. In einem Kabarett spielte unterdessen ein Hellseher, Abend für Abend, den wir wie jeden, der auftritt, für einen harmlosen Schwindler hielten. Man holte den Mann, führte ihn in das Arbeitszimmer unseres Professors, den er nicht kannte, und fragte ihn, was er über den Bewohner dieses Zimmers aussagen könnte. Der Mann mit der Mähne, so heißt es, setzte sich in Trance, nicht anders als im Kabarett. Als die Polizei ihn wieder fragte, gestand er, daß er nichts Genaues sagen könnte. Ich sehe die Mundwinkel der Polizei! Nur eines sehe er: Wasser, ja, und der Herr, der Bewohner dieses Zimmers, liege nicht allzu tief, kaum einen Meter unter Wasser, und zwar zwischen Schilf. Aber wo? Das konnte er nicht sagen, und damit war unser Seher wieder entlassen, er durfte wieder ins Kabarett. Man suchte die Ufer ab, wo es noch Schilf gibt. Am Obersee fanden sie nichts. Damit nichts unterlassen blieb, suchten sie auch am Greifensee: der Professor, der sich erschossen hatte, lag kaum einen Meter unter Wasser, und zwar zwischen Schilf –.

Und ein andrer Fall:

Auch Strindberg, wie es heißt, hatte die Gabe des Hellsehens. Seine Frau erzählt, wie er ihr einmal in wilder Eifersucht begegnete, Vorwürfe machte, die ihr haltlos schienen; er schilderte ihr genau, wie sie sich von einem fremden Mann hätte begleiten lassen, gestern, er wußte einzelne Straßen, die sie gegangen wären, Hausecken, wo sie stehen blieben, alles konnte er nennen. Nur stimmte alles nicht. Er war von seiner Eifersucht nicht abzubringen; für ihn stimmte es. Es waren wenige Monate vergangen, als die Frau mit Verwunderung feststellte, daß sie wirklich, als ein Herr sie begleitete, eben jenen Weg gegangen waren, den Strindberg schon damals hatte wissen wollen; es stimmte auf die Straßen genau, sogar die Hausecke, wo sie stehen blieben –.

Beide Fälle haben eines gemeinsam:

Der Hellseher sieht ein Bild, aber nicht den Ort oder nicht die Zeit, und wenn er sich darüber äußert, dann irrt er sich leicht, wie Strindberg, der für geschehen hält, was nur als Mögliches ist. Er sieht nicht das Nacheinander, und das scheint mir vor allem bemerkenswert: er sieht nicht Geschichte, sondern Sein, die Allgegenwart des Möglichen, die wir mit unserem Bewußtsein nicht wahrnehmen können, und offenbar müssen auch jene, damit sie aus dem Urganzen heraus sehen können, das Bewußtsein ausschalten, das unser Sein immer in Ort und Zeit zerlegt; sie brauchen die Trance.

Daß in früheren Zeiten, wie man immer wieder behauptet, das Seherhafte in höherem Grade vorkam, vor allem auch öfter, würde insofern nicht überraschen; es waren Zeiten minderen Bewußtseins.

Schön auch der Ausdruck: In dunkler Vorzeit. So beginnen die Sagen, die nicht Geschichte sind, sondern Bilder unseres Seins. Und daß es Vorzeit heißt: es ist überhaupt noch keine Zeit, es ist ein Davor, es gibt noch nicht das helle Bewußtsein, das zerlegt, und darum nennen wir die Vorzeit dunkel. Im Gegensatz zu unsrer eignen Zeit, die wir finster nennen. Wir sind wie die Leute, die ins Helle blicken; für alles, was neben dieser Helle unsres Bewußtseins ist, sind wir blind. So straucheln wir immerfort. Es fehlt uns die Hellsicht. Zur Not, oder eher zum Spaß, finden wir sie noch im Kabarett, wo sie allabendlich die Menschen erregt, obschon keiner daran glauben will, keine Packerin, kein Rechtsanwalt; sie sitzen ihrer eignen Seele wie einem Hokuspokus gegenüber, und wenn sie hinauskommen, kaufen sie das Morgenblatt, lesen das Ergebnis und wundern sich, woher es kommt –.

Ödon von Horváth

Das Bitterwasser-Plakat

Tief in den Tiroler Bergen, dort, wo sich alles »Gute Nacht!« sagt, liegt unter anderem auch ein Dorf namens Vorderaltenau. Von seinen achtundneunzig Einwohnern sind innerhalb der letzten zwanzig Jahre lediglich sieben bis in die nächste Stadt gekommen, und zweiundneunzig haben noch nie eine Straßenbahn gesehen.

Im März 1927 erschien nun in Vorderaltenau plötzlich ein aufgeweckter junger Mann auf einem Motorrad, dem einzigen Kraftfahrzeugtyp, mit dem Vorderaltenau erreicht werden kann. Dieser aufgeweckte Herr klebte an jedes Haus, jede zweite Scheune, jeden dritten Bretterzaun je ein Plakat und gab dafür dem jeweiligen Besitzer je vier Zigaretten. Die Besitzer waren wie vor den Kopf geschlagen ob des unerwarteten Verdienstes und verlangten mehr Plakate.

Ganz Vorderaltenau wurde ein Plakat.

Auf diesem sah man einen nervösen geplagten abgerackerten Großstadtmenschen, der sich außerordentlich schlecht zu fühlen schien. Hinter ihm stand der Tod mit Sense und Stundenuhr und man konnte lesen, was der sprach:

»In den besten Jahren hol' ich Dich,
Nur Bitterwasser rettet Dich!«

»Das Anheften der vielen Plakate in unserem weltabgeschiedenen idyllischen Dorfe dürfte wohl kaum von einem großen Erfolg gekrönt werden«, sagte der Pfarrer zu dem aufgeweckten Motorradfahrer. Von den achtundneunzig Einwohnern des idyllischen Dorfes litten nämlich nur vier an Verdauungsstörungen: dem Bürgermeister sein Vater, der Lehrer, der Pfarrer und dessen Köchin.

»Die Wirkungen einer großzügigen Reklame grenzen häufig, mit Verlaub zu sagen, an Wunder«, erwiderte der großzügige Plakateur dem kleingläubigen Priester, verabschiedete sich und ging.

Er ließ rund zweihundert Plakate in Vorderaltenau. Zweihundertmal hing da der an entsetzlichen Qualen einer ungeregelten Verdauung langsam dahinsiechende Herr.

Arbeiteten die Vorderaltenauer auf dem Felde, im Stall oder in der Werkstatt, saßen sie im Wirtshaus oder gingen sie in die Kirche, überall stand der drohende Tod und krümmte sich sein verzweifeltes Opfer. Ja, sie mußten gar nicht vor das Haus treten, sie mußten nur durch irgendein Fenster schauen, so sahen sie ihr unabänderliches Schicksal, falls es bei ihnen mal aussetzen sollte. Zuerst hatten sie über die vier Zigaretten geschmunzelt, doch dann fingen sie an, einer nach dem anderen, von der Sense in den besten Jahren zu träumen, und dann wurde es ihnen plötzlich bange.

Manche von ihnen standen ja gerade in den besten Jahren, andere standen dicht davor, und wieder andere waren sogar schon darüber hinaus. Und so dauerte es nicht lange, da litten statt vier acht Vorderaltenauer an Verdauungsstörungen, und dann elf, und im März 1928 litt bereits das halbe Dorf.

Und noch heute leiden ungefähr vierzig Vorderaltenauer, falls sie sich kein Bitterwasser beschafft haben, oder, wenn sie nicht gestorben sind. Das klingt wie im Märchen, und es ist doch lediglich ein Tatsachenbericht, den ich mir hiermit erlaube, dem lächelnden Apotheker von Nancy zu widmen, dem seligen Coué.

Max Frisch

Café Odeon

Der Zufall ganz allgemein: was uns zufällt ohne unsere Voraussicht, ohne unseren bewußten Willen. Schon der Zufall, wie zwei Menschen sich kennenlernen, wird oft als Fügung empfunden; dabei, man weiß es, kann dieser Zufall ganz lächerlich sein: ein Mann hat seinen Hut verwechselt, geht in die Garderobe zurück und obendrein, infolge seiner kleinen Verwirrung, tritt er auch noch einer jungen Dame auf die Füße, was beiden leid tut, so leid, daß sie miteinander ins Gespräch kommen, und die Folge ist eine Ehe mit drei oder fünf Kindern. Eines Tages denkt jedes von ihnen: Was wäre aus meinem Leben geworden ohne jene Verwechslung der Hüte?

Der Fall ist vielleicht für die meisten, die sonst nichts glauben können, die einzige Art von Wunder, dem sie sich unterwerfen. Auch wer ein Tagebuch schreibt, glaubt er nicht an den Zufall, der ihm die Fragen stellt, die Bilder liefert, und jeder Mensch, der im Gespräch erzählt, was ihm über den Weg gekommen ist, glaubt er im Grunde nicht, daß es in einem Zusammenhang stehe, was immer ihm begegnet? Dabei wäre es kaum nötig, daß wir, um die Macht des Zufalls zu deuten und dadurch erträglich zu machen, schon den lieben Gott bemühen; es genügte die Vorstellung, daß immer und überall, wo wir leben, alles vorhanden ist: für mich aber, wo immer ich gehe und stehe, ist es nicht das vorhandene Alles, was mein Verhalten bestimmt, sondern das Mögliche, jener Teil des Vorhandenen, den ich sehen und hören kann. An allem übrigen, und wenn es noch so vorhanden ist, leben wir vorbei. Wir haben keine Antenne dafür; jedenfalls jetzt nicht; vielleicht später. Das Verblüffende, das Erregende jedes Zufalls besteht darin, daß wir unser eigenes Gesicht erkennen; der Zufall zeigt mir, wofür ich zur Zeit ein Auge habe, und ich höre, wofür ich eine Antenne habe. Ohne dieses einfache Vertrauen, daß uns nichts erreicht, was uns nichts angeht, und daß uns nichts verwandeln kann, wenn wir uns nicht verwandelt haben, wie könnte man über die Straße gehen, ohne in den Irrsinn zu wandeln? Natürlich läßt sich denken, daß wir unser mögliches Gesicht, unser mögliches Gehör nicht immer offen haben, will sagen, daß es noch manche Zufälle gäbe, die wir übersehen und überhören, obschon sie zu uns gehören; aber wir erleben keine, die nicht zu uns gehören. Am Ende ist es immer das Fälligste, was uns zufällt.

Wunder über Wunder

»Es gibt kein permanentes Wunder, es wäre kein Wunder, würde es nicht vorübergehen, genauer gesagt, entweichen.«

Juri Andruchowytsch

Isaac Bashevis Singer

Wunder

Ich werde oft von meinen jiddischen Lesern angerufen, und wenn ich den Hörer an mein Ohr halte, so ist häufig nichts als ein gespanntes Schweigen zu hören. Dann wird eine stammelnde und zögernde Stimme hörbar, die allmählich an Kraft gewinnt. Manchmal werde ich ungeduldig und lege den Hörer auf. Und mit Sicherheit wird es gleich wieder läuten. Dieses Mal läutete es zweimal, und als ich keine Stimme vernahm, legte ich beide Male auf. Das Telefon läutete wieder. Nach einiger Zeit vernahm ich eine stotternde Stimme. Ich bin an diese Art Benehmen gewöhnt. Ich bilde mir sogar ein, daß ich den Charakter eines Menschen daran erkenne, wie lange er braucht, ehe er das Zögern vor dem Sprechen überwindet. Es war eine Männerstimme. Sie klang gedämpft. Dann fragte der Anrufer in provinziellem Polnisch-Jiddisch: »Sind Sie der Schriftsteller N.?«
Ich antwortete: »Ja, der bin ich – genieren Sie sich nicht. Sie können ganz offen mit mir sprechen.«
Er hustete einmal laut, dann folgte ein schwächeres Husten. »Was ich Ihnen erzählen möchte, kann ich nicht alles am Telefon sagen. Ich weiß, daß Sie ein sehr beschäftigter Mann sind – aber wenn es möglich wäre – es ist eine seltsame Geschichte – eins dieser Dinge, die das Herz nicht dem Mund anvertraut, wie es im Talmud heißt.«
Ich traf eine Verabredung mit ihm. Ich sagte ihm, was ich gewöhnlich in solchen Fällen sage: Es gibt keinen Grund, warum irgend jemand vor mir Angst haben sollte, es macht mir Vergnügen, menschliche Erfahrungen anzuhören, und man kann sich mir anvertrauen. Er wurde sofort zutraulicher, und seine Worte wurden zusammenhängender.

Er fuhr fort: »Ich lese alle Ihre Arbeiten. Es ist eine Sünde, Ihre Zeit in Anspruch zu nehmen, aber –«

Auf die Minute der vereinbarten Zeit öffnete sich die Tür, und ein kleiner Mann mit roten Backen und einem runden grauen Bart kam herein. Unter seinen gelblichen Brauen spähten grüne Augen hervor, durchdringend und sanft zugleich. Obwohl sein Haar grau war, machte sein Gesicht einen jugendlichen, sogar jungenhaften Eindruck. Er hielt den Kopf gesenkt und schlurfte beim Gehen. Eine Schulter schien höher als die andere zu sein. Er war modern gekleidet, und dennoch war die gesamte Erscheinung die eines Chassid aus der alten Heimat. Der lose an seinem Körper hängende Rock schien mir ein gekürzter Kaftan. Nach vielen Entschuldigungen und allerlei Vorbereitungen begann er seine Geschichte.

»Ich weiß, daß Sie aus der Lubliner Gegend in Polen kommen, und wenn das so ist, so müssen Sie vom Rabbi aus Mechev gehört haben. Sie haben nicht von ihm gehört? Das erstaunt mich. Ich bin der Urenkel des Rabbi Abraham Malach und des Heiligen Juden. Mein Großvater war ein Schüler des Rabbi Bunam und des Rabbi von Kock. Er hatte nur wenige Anhänger und war nicht sehr bekannt. Ruhm war nicht sein Ziel. Von Natur aus war er ein Mann der Mysterien. Jeden Sommer besuchte er einen Markt in Nalezcow und reiste sogar bis nach Leipzig. Es wurde gemunkelt, daß er in diesen Städten die Sechsunddreißig Gerechten treffe. Er fastete montags und donnerstags. Die Anhänger des Rabbi von Kock hielten nichts vom Fasten, aber mein Großvater hatte seine eigenen Ideen. Er starb kurz vor dem Ausgang des Jom Kippur, gleich nach dem Schlußgebet. Ehe ich fortfahre, lassen Sie mich Ihnen sagen, daß ich nicht fromm bin im herkömmlichen Sinn. Ich bin auf meine Art und Weise fromm. Ich habe mit meinen eigenen

Augen gesehen, wie ein kranker Mann sofort gesund wurde, nachdem mein väterlicher Großvater ihn berührt hatte. Großvater besaß die Gabe des Wahrsagens. Er sah, was viele Meilen entfernt vorging. Fragen Sie mich nicht, wie das zugeht – ich gebe Ihnen Tatsachen, keine Erklärungen. Mein Vater, Jachiel Mayer, besaß die gleiche Gabe. Meine Mutter – Friede sei mit ihr! – besuchte ihren Vater einmal in Zelechow, um eine Hochzeit in der Familie zu feiern. Es war am Sabbat des Gesanges. Mein Vater und wir Kinder waren zu Hause geblieben. Wir waren dabei, den Vögeln Buchweizenkörner zu streuen. Plötzlich sagte mein Vater: ›Es ist schade, daß euer Großvater gestorben ist. Aber wenigstens wird eure Mutter bei der Beerdigung dabeisein.‹ Um zum Schluß zu kommen, mein mütterlicher Großvater starb in der Minute, in der mein Vater diese Worte gesprochen hatte. Er war mitten in den Sabbatgesängen zusammengebrochen. Ich habe irgendwo gelesen, daß Hellsehen erblich ist. Das kann wohl sein.

Unsere Familie war klein: zwei Töchter und ich, der einzige Sohn. Nach dem Tod meines Vaters sollte ich Rabbi von Mechev werden. Aber mein Vater hatte kaum Anhänger. Die alten Chassidim waren gestorben. Die jungen Männer waren zu anderen Rabbis gegangen oder unter die Aufklärer. Ich selbst hatte den Glauben verloren. Die Aufklärung kam etwa um hundert Jahre später nach Polen, aber als sie endlich gekommen war, hatte sie in ein paar Jahren mehr bewirkt als in tausend Jahren in anderen Ländern. Im Jahre 1913 gab es nur ein halbes Dutzend sogenannter aufgeklärter Juden im ganzen Dorf Mechev. 1918 hatten fast alle jungen Männer ihre Bärte abrasiert und waren Zionisten, Bundisten und Kommunisten geworden. Das Lehrhaus war verlassen. Die jungen Frauen beschäftigten sich mit Schmuggel. Mechev wurde von den Österreichern besetzt. Die Mädchen schmuggelten Lebensmittel nach Galizien und kamen mit Säcken voll Tabak zurück. In Mechev wurde eine Bibliothek eröffnet, und dort fing ich an, weltliche Bücher zu lesen. Um ehrlich zu sein, ich wollte weder ein Rabbi werden, noch bestand eine Notwendigkeit dafür. Nach dem Tod meines Vaters brach der ganze rabbinische Hof zusammen. Alles, was übrigblieb, war ein halbverfallenes Lehrhaus und einige wenige Anhänger. Meine Mutter war zu meiner verheirateten Schwester gezogen. Ich saß im Arbeitszimmer meines Vaters und lernte Polnisch und Deutsch aus Wörterbüchern. Ich lernte Algebra aus einem achtzig Jahre alten Buch. Es gab niemanden, der mich hätte überwachen können. Die Österreicher hatten die Cholera nach Mechev eingeschleppt, und fast die Hälfte der Dorfbewohner starb. Da viele Angehörige der Bestattungsbruderschaft selbst in der Epidemie gestorben waren, lagen die Toten viele Tage unbegraben.

Ich legte meine Bücher beiseite und wurde Totengräber. Ich ging von Haus zu Haus und rieb die Kranken mit Alkohol ein. Der Arzt hatte strenge Anweisungen gegeben, nur gekochtes Wasser zu trinken und kein rohes Obst zu essen. Aber ich hörte nicht auf ihn. Nicht, weil ich Selbstmord begehen wollte. Weit davon entfernt; ich hänge am Leben, selbst wenn ich es manchmal hasse. Ich hatte die innere Gewißheit, daß ich nicht krank werden würde. Die Leute in Mechev waren überrascht. Ich selbst war über mein Verhalten verblüfft. Ich war bereits ein richtiggehender, emanzipierter Skeptiker. Ich legte auch die Gebetsriemen nicht mehr an. Ich hatte Spinozas ›Ethik‹ auf hebräisch gelesen. Und dennoch verließ ich mich auf geheimnisvolle Mächte. Ich merkte auch, daß ich betete – nicht laut, aber schweigend. Das war die Verneinung all meiner Überzeugungen. Irgendwie wußte ich im voraus, wer von den Kranken sterben und wer überleben würde. Ich hielt mich selbst für fanatisch, verrückt und abergläubisch. Damals war ich noch nicht mit dem vertraut, was wir heute Parapsychologie nennen. Ich war mir klar darüber, daß die weltliche Aufklärung im Widerspruch stand zu dem Glauben an Wunder. Heute könnte man sagen, ich litt an Konflikten und Komplexen. Aber zu der Zeit waren die Freudschen Theorien noch nicht so bekannt, jedenfalls nicht in Mechev. Nachdem die Epidemie abgeklungen war, sollte ich von den Gemeindeältesten zum Rabbi von Mechev ernannt werden. Aber ich lief davon, um Philosophie an der Warschauer Universität zu studieren.

Ich habe gesagt, ich werde mich kurz fassen. Aber ich könnte drei Tage und drei Nächte hier mit Ihnen sitzen und hätte Ihnen noch nicht ein Zehntel von dem erzählt, was geschehen ist. Ich kam mit fünfzig Mark in der Tasche nach Warschau; damals gab es noch keinen Zloty. Ich hatte keine herkömmliche Schulung hinter mir, ich konnte mich nur auf das stützen, was ich aus ein paar alten Büchern gelernt hatte. Ich konnte jeden Tag zur polnischen Armee eingezogen werden. In der Kaserne zu leben wäre eine Katastrophe für mich gewesen. Ich bin sicher, ich hätte das kaum ein paar Tage ausgehalten; ich wäre entweder zusammengebrochen oder hätte mir das Leben genommen. Gab es für mich eine Möglichkeit, ausgemustert zu werden? Gewiß, ich war schwächlich, aber ich war nicht krank. Größere Schlemihle als ich wurden angenommen. Selbstverstümmelung, um der Rekrutierung zu entgehen, wie es in der russischen Zeit üblich gewesen war, war nutzlos. Die Polen kannten all diese Tricks, und außerdem waren die Militärärzte glühende Patrioten. Bevor ich das Rekrutierungsbüro betrat, sprach ich ein Gebet: ›Herr des Universums, errette mich vor den brutalen Händen.‹ Kaum hatte ich die Halle betreten, war ich von einem Haufen wilder Bauern umringt. Sie schlugen auf die jüdischen Rekruten ein. Einer von den Rowdies kam auf mich zu und schrie: ›Jude, geh zurück nach Palästina.‹ Die Juden drückten sich in einer Ecke zusammen. Wie kann man sein Leben opfern für die, die einen anspucken? Mir wurde befohlen, mich auszukleiden, und auch das war eine Qual für mich. Im Ärztezimmer waren zwei der Ärzte, die mich untersucht hatten, gerade dabei, mich für gesund zu erklären. Einer sagte sogar zu mir: ›Die Armee wird einen Mann aus Ihnen machen.‹ Aber ein älterer Arzt, von dem ich glaubte, er sei ein Hauptmann, war anderer Auffassung. ›Was sollen wir mit so einem Schlappschwanz? Es ist schade, das Brot an ihn zu verschwenden.‹ Die beiden jüngeren Ärzte taten ihr Möglichstes, den alten Mann zu überreden, aber er hatte das letzte Wort. Ich war ausgemustert. Die beiden jungen Ärzte waren verlegen. Ich hätte blind sein müssen, nicht zu merken, daß eine höhere Macht sich für mich verwendet hatte. Aber wer konnte das gewesen sein? Vielleicht mein verstorbener Vater. Ich konnte es ganz bestimmt nicht mir selbst verdanken. Ich hatte alle Arten von Übertretungen begangen. Ich hatte sogar am Sabbat geraucht.

Von dieser Zeit an geschah Wunder auf Wunder. Man könnte allerlei Erklärungen für diese Ereignisse geben – Zufall, Schicksal, was immer. Aber was mir geschah, war nicht in Übereinstimmung mit den Naturgesetzen. Ich betete, und meine Gebete wurden umgehend beantwortet. Ich fing an, mich wie ein verwöhntes Kind zu benehmen, als sei ich das einzige Kind des Allmächtigen. Es steht geschrieben: ›Du sollst den Allmächtigen nicht auf die Probe stellen.‹ Und ich fuhr fort, Ihn auf die Probe zu stellen. Es war fast unmöglich, in Warschau eine Wohnung zu bekommen, es sei denn, man konnte sowohl dem Mieter, der auszog, wie dem Hausverwalter eine große Summe bezahlen. Und mir gelang es, eine unter Mieterschutz stehende Wohnung ohne Extrakosten zu bekommen. Ich traf

ein schönes Mädchen, das mir gut gefiel. Anfangs wagte ich nicht, den Himmel um sinnliche Vergnügen zu bitten. Aber früher oder später bat ich darum, daß sie sich in mich verlieben solle. Am folgenden Tag kam sie unter den merkwürdigsten Umständen zu mir. Sie gab später zu, daß eine unbekannte Macht, der sie nicht widerstehen konnte, sie zu mir gezogen hatte. Sie hatte sogar eine Stimme gehört.
Ich hatte nicht die geringste Chance, die Aufnahmeprüfung für die Universität zu bestehen. Trotzdem erhielt ich die Zulassung. Die Wunder hielten nach meiner Zulassung zur Universität an. Einer der Professoren, der als Antisemit bekannt war, wurde ein guter Freund. Der Professor hielt nur eine Vorlesung in der Woche vor einer kleinen Gruppe. Er las über Spinoza, zu der Zeit mein bevorzugter Philosoph. Ich saß in der Bibliothek und blätterte in Orgelbrands Enzyklopädie. Plötzlich berührte eine Hand meine Schulter. Er war es, Professor Chrabowski. Er fragte mich: ›Was suchen Sie, junger Mann?‹ Ich hätte es verstanden, daß er mich fragte, wenn er mich Spinoza oder Descartes hätte lesen sehen. Aber ich blätterte zufällig in einem Essay über Wyspianski. Professor Chrabowski war als zorniger Mann und als Menschenfeind bekannt. Er besaß einen beißenden Humor, der tief verletzen konnte. Alle fürchteten ihn, als sei er der Teufel. Aber hier stand er neben mir, ein alter Mann von achtzig Jahren, und versuchte, mit einem Studienanfänger ins Gespräch zu kommen. Am selben Tag lud er mich zu sich ein. Ich glaube, ich war der einzige Student an der ganzen Universität, dem eine solche Ehre zuteil wurde. Und vergessen Sie nicht, ich war ein Jude und nicht einmal sein Schüler. Er brachte mir große Zuneigung entgegen. Er verschaffte mir sogar ein Stipendium. Ich war ganz verblüfft von seinem Verhalten. Die Studenten verbreiteten das Gerücht, daß ich ein Hypnotiseur oder ein Hexer sei. Chrabowski selbst erwähnte, daß

er nicht wisse, warum er zu mir so freundlich sei. Dies ist nur ein Beispiel unter Hunderten.«

»Warum haben Sie nicht um eine Million Dollar gebetet?« fragte ich.

»Ich war ein Narr. Ich hatte Angst, zuviel zu verlangen. Aber in Wirklichkeit war Geld nie eine meiner Leidenschaften gewesen. Zu der Zeit interessierte ich mich für Kant und die sogenannte Marburger Schule. Hermann Cohen war mein Idol. Ich ging nach Berlin und dann nach Bonn. Dort ereigneten sich neue Wunder. Deutsch war nicht meine Stärke, ich brachte außer einem Empfehlungsbrief von Professor Chrabowski, der in Deutschland unbekannt war, nichts mit. Ich hätte Hungers sterben können, und niemand hätte sich darum gekümmert. Es war die Zeit der Inflation und der Verzweiflung, die schließlich zum Nationalsozialismus führte. Tatsächlich hatte Hitler damals schon seinen berühmten Putschversuch gemacht. Was konnte es Schlimmeres geben, als ein armer polnischer Jude zu sein, ein Ostjude? Trotzdem machte man mich zum Dozenten an der Bonner Universität. Und ich wurde in Häuser eingeladen, zu denen die Söhne aus den besten Familien keinen Zutritt hatten. Bei einer Vorlesung traf ich Fräulein Annelisa von Freihoff, eine berühmte Schönheit und ein Mädchen aus dem Hochadel. Was sich später zwischen uns abspielte, kann ich Ihnen nicht erzählen. Sie können selbst sehen, daß ich nicht zu den bestaussehenden Männern gehöre, und dennoch verliebte sie sich in mich auf höchst geheimnisvolle Weise. Bitte machen Sie sich nicht lustig über mich. All dies mag Ihnen lächerlich vorkommen, aber ich habe keinen Grund zu lügen. Ich könnte Ihnen sogar Briefe zeigen, um zu beweisen, daß das, was ich sage, wahr ist. Ja, Annelisa von Freihoff! Mit einer Nichtjüdin leben, ist eine Sache, aber sie zu heiraten, eine andere. Ich konnte nicht vergessen, daß ich ein Nachkomme des Rabbi Abraham Malach und des Heiligen Juden bin.

Ich möchte Ihnen sagen, daß ich trotz all dieser Ereignisse, damals und auch heute, ein Ungläubiger bin. Nicht, was die Existenz Gottes und der Vorsehung angeht, aber im Verhältnis zum Dogma. Ich kann nicht glauben, daß jeder Abschnitt im Schulchan Aruch Moses auf dem Sinai gegeben wurde. Da aber Gott den Menschen geschaffen hat, so sind auch die Schöpfungen des Menschen göttlich. Ich weiß, was Sie mich fragen wollen. In dem Fall hätten auch die Werke Feuerbachs und anderer Atheisten einen Anflug von Göttlichkeit. Nun, das ist eine Frage, auf die es in unserer Welt keine Anwort gibt. Wenn Sie noch etwas Geduld haben, so möchte ich Ihnen meine Geschichte weiter erzählen.«

»Ja, tun Sie es.«

»Sie haben irgendwo geschrieben, daß jedes menschliche Wesen eine große Leidenschaft hat. Meine Leidenschaft waren Frauen. Es mag Ihnen komisch vorkommen, daß ich die Rolle eines Don Juan gespielt haben soll. In Wirklichkeit sind Frauen die Leidenschaft aller Schlemihle. Otto Weininger hatte recht: Der hundertprozentige Mann hat keine Geduld mit Frauen. Der hundertprozentige Mann ist ein Krieger, kein Romantiker.

Ich bin kein kranker Mann, aber ich bin auch nicht ausgesprochen gesund. Ich verbringe einen großen Teil der Zeit im Bett, und da das meine Hauptbeschäftigung ist, habe ich gern jemanden bei mir. Natürlich muß die Frau dazu bereit sein. Aber Frauen sind vollkommen unvorhersehbare und boshafte Geschöpfe. Es sieht manchmal aus, als hätten sie nur den einzigen Ehrgeiz, die Schwächen eines Mannes zu entdecken. Wenn ihnen das gelungen ist, dann verachten sie ihr Opfer. Ich habe Riesen in diesem ewigen Kampf zu Fliegen werden gesehen. Ich hatte eine Waffe: das Gebet. Ich nehme an, Sie haben die Geschichte des Rabbi Joseph della Reina gelesen, der versucht hatte, den Messias herbeizuführen, und der, als sein Versuch fehlschlug, weil er dem Satan eine Prise Tabak gewährt hatte, ein Wüstling wurde. Durch Beschwörung gelang es ihm, die Frau des Großwesirs zu sich kommen zu lassen. Ich wurde ein Joseph della Reina. Ich sprach den Wunsch aus, eine bestimmte Frau zu besitzen, und beinahe augenblicklich kam sie zu mir. Das geschah so oft und unter so merkwürdigen Umständen, daß für verstandesmäßige Erklärungen kein Raum war. Wenn ich nicht Ihre knappe Zeit berücksichtigen würde, könnte ich Ihnen viele solcher Fälle berichten. Natürlich hatte ich auch noch eine zweite Leidenschaft – meine Karriere. Obwohl ich die deutsche Sprache nicht wirklich beherrschte, wurde ich Professor in Deutschland. Und ich schrieb für philosophische Zeitschriften, obwohl ich auch die Philosophie nicht wirklich beherrschte.

Warum lachen Sie? Ich lüge nicht. Um in der Philosophie zu Hause zu sein – eigentlich in der Geschichte der Philosophie –, muß man sehr viel lesen, und dazu habe ich keine Geduld. Wie bedeutend ein Philosoph auch sein mag, er hat doch nur eine kleine, wenn auch aufgeblasene Idee, und manchmal nicht einmal das. Wenn ich eines der philosophischen Bücher in die Hand nehme, so überfliege ich die Seiten. Das genügt, um die Neugier zu stillen, aber nicht, um den Posten eines Professors auszufüllen. Ich war ständig in Gefahr, meine Unwissenheit zu verraten. Aber Jahre vergingen, und mein Ruf nahm keinen Schaden. Wenn ich beim Schreiben meiner Essays einen bestimmten Philosophen zitieren mußte, so schlug ich einfach eines seiner Bücher auf und fand das gewünschte Zitat. Ich wurde als Gelehrter bekannt, während ich in Wirklichkeit ein Ignorant war. Wann immer ein Student mich etwas fragte, das philosophisches Wissen voraussetzte, wollte es der Zufall, daß ich am vorhergegangenen Tag beim Durchblättern eines Buches gerade diese Antwort gefunden hatte. Es kann schon sein, daß diese Dinge auch anderen Menschen geschehen, aber sie schenken dem keine Beachtung. Außerdem liebt es die Vorsehung nicht, ihre Technik zu enthüllen, und trägt die Maske der Kausalität. Könnte man sie an der Arbeit sehen, so würde es den freien Willen nicht mehr geben. Übrigens würde auch der Einblick in die Mittel und Wege der Vorsehung nicht zum absoluten Glauben führen. Das Gehirn ist so angelegt, daß der Mensch gleichzeitig gläubig und ungläubig sein kann. Im Talmud heißt es, daß die Verruchten nicht einmal am Tor zur Hölle bereuen, und das ist eine tiefe psychologische Wahrheit. Man kann in der Hölle schmoren und noch immer Atheist sein. Ich vermute, daß selbst Gott Seine eigene Existenz bezweifelt.

Anfang der dreißiger Jahre wurde Deutschland eine gefährliche Gegend für Leute meiner Art. Das einzige Land, in das ich flüchten konnte, war Frankreich. Aber ich konnte kein Französisch. Ich war polnischer Bürger und Jude dazu. Es gab keinen Grund für den französischen Konsul, mir ein Visum zu erteilen. Ich betete und ging zum französischen Konsulat. Ich bekam das Visum sofort. Ich kam fast ohne einen Heller in Paris an. Ich bin nicht besonders sparsam und hatte meine kleinen Einnahmen so gut wie verbraucht. Ich nahm ein Zimmer in einem billigen Hotel und rechnete mir aus, daß ich es bestenfalls vier Wochen bezahlen konnte. Aber was sollte ich dann tun? Ich durfte nicht arbeiten. Nach all meinen Triumphen war mir nichts geblieben. Gewiß, ich war an Wunder gewöhnt, aber der vernünftige Teil meines Gehirns behauptete: ›Es sind schon bessere Menschen als du verhungert.‹ Ich kannte niemanden in Paris. Die Deutsche Botschaft wimmelte von Nazis. Ich machte einen Spaziergang und kam an die Place de l'Opera. Ich sah ein Straßencafé und setzte mich an einen Tisch. Ich bestellte einen Aperitif, nicht, weil ich einen wollte, sondern weil ich jemand anderen sah, der ihn bestellte. Der Kellner brachte den Aperitif, und dann saß ich dort und wartete auf ein Wunder. Ich saß drei Stunden, und es geschah nichts. Ich wurde müde und entschloß mich, ins Hotel zurückzukehren. Nun, selbst Manna ist nicht länger als vierzig Jahre vom Himmel gefallen. Ich wußte aus Erfahrung, wenn die Antwort von ›Oben‹ nicht sofort kam, würde sie überhaupt nicht kommen. In den Dramen meines Lebens trug sich alles immer in der ersten Szene des ersten Aktes zu. Ich verirrte mich auf dem Weg zum Hotel und wurde todmüde von dem Herumlaufen auf den Pariser Boulevards. In einer Nebenstraße fiel mir ein kleines Café mit ein paar Tischen auf der Straße auf. Ich war hungrig und durstig. Ich setzte mich, und eine Kellnerin mit schmutziger Schürze kam heraus. Die Speisekarte, die sie mir gab, war unleserlich. Ich bestellte etwas, ohne zu wissen, was es war. Sie murmelte etwas und ging hinein. Nach kurzer Zeit kam sie aus der Küche zurück und fing an, mit typisch französischem Wortschwall auf mich einzureden. Ich verstand, daß das von mir bestellte Gericht ausgegangen sei, und ich bestellte etwas anderes. Ein paar Schritte von mir entfernt saß ein Paar. Ich hatte nicht auf sie geachtet. Aber sie hatten offenbar meine schwierige Lage bemerkt. Die Frau fragte mich: ›Sprechen Sie Deutsch?‹

Um es kurz zu machen, die beiden waren Flüchtlinge aus Deutschland, und da sie Französisch sprachen, wollten sie mir helfen. Ich dankte ihnen, und die junge Frau übersetzte mir das Menü. Ich sah sie an und war überrascht. Sie war eine Kopie von Annelisa von Freihoff, nur etwas älter. Sie kam mir aristokratischer vor, obwohl sie mir sagte, sie sei jüdisch. Sie fragte, ob ich aus Deutschland sei. Ihr Mann kam auch an meinen Tisch, und so saßen wir alle zusammen. Er war ein Riese, sechs Fuß groß oder noch mehr, sah gut aus, ein Athlet mit rundem Gesicht, rotbackig und mit braunen Augen. Es war Sommer, und trotzdem trug er Gamaschen. Als er hörte, daß ich in Bonn Professor gewesen war, wurde er ganz aufgeregt. Er hatte dort studiert und das Studium als Elektroingenieur abgeschlossen. Selbst wenn seine Frau nicht einen Ring mit einem riesigen Diamanten getragen hätte, hätte ich sie für wohlhabende Leute gehalten. Sie stellten sich vor: Herr und Frau Eggschwinger – ein merkwürdiger Name für Juden, aber sie schienen vollkommen assimiliert zu sein. Der Mann, Hans, erzählte mir, daß er Inhaber einer Fabrik für elektrische Geräte sei. Er hatte sie einem Vetter übergeben und wollte mit seiner Frau nach Brasilien gehen, wo ein anderer Vetter Kaffeeplantagen besaß. Er war stolz darauf, den größeren Teil seines Vermögens aus Deutschland herausbekommen zu haben. Seine Frau Gretel lächelte genau so, wie Annelisa es getan hatte. Ich fragte mich: ›Ist dies die Antwort auf mein Gebet? Hat der Himmel mir eine verheiratete Frau geschickt?‹ Nach einiger Zeit ging das Paar an seinen Tisch zurück und sprach französisch. Er schalt sie für irgend etwas, und als Antwort lächelte sie schüchtern wie ein Schulmädchen. Ihr Gesicht strahlte eine Vornehmheit aus, die schwer in Worte zu fassen ist. Sie war blond, hatte blaue Augen und war überdurchschnittlich groß. Sie sah nordischer aus als die Nordländer selbst. Etwas erstaunte mich: Warum sollte ein wohlhabendes Paar sich ein so bescheidenes Restaurant ausgesucht haben? Andererseits gab es in Paris kleine Restaurants, die für ihre Küche berühmt waren und von Feinschmeckern besucht wurden.«

»Haben Sie sich in sie verliebt?« fragte ich.

»Sie war die größte Liebe meines Lebens.«

»Warum haben sich die beiden gezankt?«

»Er war krankhaft geizig. Er war mit ihr in dieses Restaurant gegangen, weil das Essen dort ein paar Centimes billiger war.

Das war eine seiner Idiosynkrasien. Er war auch ein schrecklicher Hypochonder und schlief mit ihr nur einmal alle drei Monate. Er nahm viele Medikamente und fastete einen Tag in der Woche. Sie zählte mir eine ganze Liste seiner Eigenheiten auf; das war natürlich später.
Ich war mir klar darüber, daß ich in etwas hineingestolpert war, mit dem ich nicht fertig wurde. Bis dahin waren mir die Zehn Gebote heilig gewesen. Aber ein Gott, der einem Mann hilft, die Frau eines anderen Mannes zu stehlen, ist wie ein Gott, der einem beim Töten hilft. Hitler war nahe daran, die Deutsche Regierung zu übernehmen, und in seinen Reden blubberte er von dem Allmächtigen, der den Nazis helfen werde, die Welt zu unterjochen. Ein Gott, der einem Mann hilft beim Ehebruch, kann auch den SS-Männern helfen, Unschuldige ins Konzentrationslager zu bringen. Aber die Leidenschaft, die uns verband, war stärker als alle Überzeugungen. Hans Eggschwinger gehörte nicht zu denen, die so etwas tolerieren würden. Als er von unserer Affaire erfuhr, zog er einen Revolver aus der Tasche und hielt ihn an meine Schläfe. Er schwor, er werde Gretel und mich umbringen. Er zeigte mich bei der Polizei an und sagte, daß ich versuche, sein Familienleben zu zerstören. Ich hätte ganz leicht deportiert werden können. Frankreich hatte bereits Überfluß an polnischen Juden. Ich hatte einen Posten als Lehrer in einer Talmudschule bekommen, aber nach dem Gesetz durfte ein Tourist in Frankreich kein Geld verdienen. Jeden Tag ereigneten sich Wunder zu meiner Rettung, und diese Wunder verwirrten mich. Ich vermochte mich nicht an den Gedanken zu gewöhnen, daß Gott auf der Seite des Bösen stehen konnte. Ein bösartiger Gott: Das ist etwas für die alten Griechen oder die Teutonen, aber nicht für einen Urenkel des Heiligen Juden. Andererseits glaubten zwei jüdische Philosophen an einen amoralischen Gott – Spinoza und Schestow.

In den Jahren 1935-1938 trug sich vieles zu. Aus unserer Affaire wurde eine Krankheit. Wir versuchten uns zu trennen, aber konnten nicht voneinander lassen. Telepathie und Hellsehen waren tägliche Vorkommnisse. Als ich eines Morgens aufwachte, befahl mir eine Stimme, zu einer bestimmten Ausstellung zu gehen. Als ich hinkam, fand ich Gretel dort. Einmal trafen wir uns ganz ›zufällig‹ unter den merkwürdigsten Umständen beim Rennen, viele Kilometer von Paris entfernt. Wir waren beide dorthin gelangt, weil wir den falschen Autobus genommen hatten. Ich wurde auch ein Meister der Verschwörung. In dem Augenblick, in dem Hans das Haus verließ, kam ich und nahm seinen Platz ein. Sehr oft verfehlten wir uns um Sekunden. Unter solchen Umständen werden die Sinne äußerst scharf, und alle Gedanken kreisen um ein Ziel. Ich wurde ein auf der Lauer liegendes Tier.

Und dann gab es immer Scherereien wegen Geld. Obwohl wir vorsichtig gewesen waren, wurde Gretel schwanger, und wir mußten die Abtreibung bezahlen. Hans war so geizig, daß er es merkte, wenn sie auch nur ein Glas Sodawasser bezahlt hatte. Wenn ich etwas gegen Spinoza habe, so deshalb, weil er die Leidenschaften unterschätzte. Sie sind stärker als alles andere in der Welt.

Ich wohnte immer noch in dem kleinen Hotel in Belleville, einem fünfstöckigen Haus ohne Fahrstuhl, in dem Huren und Idealisten lebten, die eine bessere Welt errichten wollten. Der Krieg in Spanien brach aus, und junge Juden eilten dorthin, um die Demokratie zu verteidigen. Ich bin seit langem davon überzeugt, daß in jedem Juden ein versteckter Messias lebt. Der Jude selbst ist ein großes Wunder. Der Haß auf den Juden ist der Haß gegen Wunder, denn der Jude widerspricht den Naturgesetzen.

Eines Tages, als ich keinen Unterricht zu geben hatte, klopfte

jemand an meine Tür. Ich fragte, wer es sei, und glaubte, Gretels Stimme gehört zu haben. Ich öffnete die Tür, und da stand Annelisa von Freihoff. Sie hatte einen Offizier geheiratet, der später Nazi wurde. Er war in diplomatischer Mission nach Paris gekommen und hatte seine Frau mitgenommen. Während ihr Mann mit den Politikern verhandelte, war Annelisa mich besuchen gekommen. Wie sie meine Adresse herausgefunden hatte, habe ich nie erfahren. Ich konnte ihr nichts anbieten, nicht einmal ein Glas Wasser. Sie war eine Nazigegnerin und wollte in Paris bleiben. All ihre Pläne hingen von mir ab. Nachdem ich ihr von meiner Beziehung zu Gretel berichtet hatte, kehrte sie zu ihrem Mann zurück. Jahre später erfuhr ich, daß Annelisas Mann in das Attentat auf Hitler verwickelt war und erschossen wurde. Annelisa starb nur wenig später.
1938 stellte Hans Eggschwinger seiner Frau ein Ultimatum: Entweder kehre sie zu ihm zurück, oder er werde alle drei Beteiligten erschießen. Er schwor das auf seine deutsche Bibel. Weder sie noch ich hatten irgendwelche Mittel. Er hatte ihr den Schmuck weggenommen. Sie hatte nicht einmal ihren Paß. Wir mußten uns trennen. Hans hatte nichts zu tun und tat nichts anderes, als seine Frau zu beobachten. Nach einiger Zeit zwang er sie, mit ihm an die französische Riviera zu ziehen. Nur eine deutsche Frau erlaubt ihrem Mann, sie derart zu terrorisieren. Jetzt war ich allein in Paris. Es war schwierig für Gretel, mir zu schreiben. Der Krieg stand vor der Tür. Ich versuchte, mich mit anderen Frauen zu trösten, aber meine Sehnsucht nach Gretel hörte keinen Augenblick auf. Ich betete zu Gott, mir dabei zu helfen, sie zu vergessen. Aber ich muß nicht ernsthaft genug gebetet haben, denn ich konnte sie nicht eine Minute vergessen. Ab und zu gelang es ihr, einen Brief zu schreiben, und jede Zeile strahlte ihre Leidenschaft aus. Ich kann verstehen, daß Sie sich darüber wundern, was sie in mir gesehen haben

mag. Aber Sie kennen die Antwort: Liebe spielt sich zwischen Seelen ab, nicht zwischen Körpern.

Und hier komme ich zum Wesentlichen meiner Geschichte. Mir wurde klar, daß ich Hans den Tod wünschte. Vorher hatte ich niemals jemandem den Tod gewünscht. Der Gedanke an Mord machte mich schaudern. Selbst als Kind war ich entsetzt, als ich im zweiten Buch Samuel las, auf welche Weise König David Bathseba und Abigail bekommen hatte. Der jüdische Teil von mir, der Talmudjude, wie die Nazis jemanden wie mich nannten, konnte solche Taten nicht dulden. Ich verstehe gut, daß die Chassidim diejenigen, die zuviel die Bibel studiert haben, mißtrauisch betrachten. Es gibt etwas Primitives in der Bibel, das der Jude der Diaspora – der echte Jude – nicht schlukken kann. Ich hatte selbst Mitleid mit Goliath. Als mir bewußt wurde, daß ich Hans den Tod wünschte, fing ich an, für ihn zu beten. Ich sprach ein besonderes Gebet für sein Leben, seine Gesundheit und sein Wohlbefinden. Aber während ich für ihn betete, wollte ein winziger Teil meines Gehirns – Sie können es das Unterbewußte nennen – das Gegenteil. Ich konnte nachts nicht mehr schlafen. Inzwischen war es 1939 geworden. Die hebräische Schule, an der ich unterrichtet hatte, wurde geschlossen. Ich hatte ein wenig Geld, und obwohl ich wußte, ich sollte es nicht tun, machte ich eine Reise in den Süden Frankreichs. Ich betrog mich selbst, indem ich mir sagte, ich nähme diesen Weg, um nach Palästina zu gelangen. Aber natürlich war es Gretel, zu der ich fuhr. Nach ihrem letzten Brief wohnte sie mit ihrem Mann in Nizza. Als ich dort ankam, hörte ich, daß sie fortgezogen seien. Ich erkundigte mich bei den Nachbarn, wohin die Eggschwingers wohl gezogen seien, aber niemand wußte etwas. Wieder war ich ohne Geld, und wieder wartete ich auf ein Wunder. Ich nahm ein Zimmer in einem fünftklassigen Hotel und fing an, die Stellenangebote in der Zeitung zu studieren.

Jemand wie ich wurde nirgends gesucht. In meiner Verzweiflung schrieb ich einen Brief an den Portier des Hotels, in dem ich in Paris gewohnt hatte, und bat ihn, alle für mich eingegangene Post nachzusenden. Ich hätte bei meiner Abreise aus Paris das Postamt darum bitten können, aber ich wußte meine Adresse in Nizza noch nicht. Außerdem tue ich immer alles einer plötzlichen Eingebung folgend. Der Portier war faul und ein Säufer. Ich hatte bei ihm Haufen von Briefen an ehemalige Gäste gesehen, die er nie nachgeschickt hatte. Als ich den Brief an den Portier aufgegeben hatte, überfiel mich ein Gefühl von Melancholie und Niedergeschlagenheit. In der Vergangenheit hatte ich immer gebetet, wenn ich in eine Sackgasse geraten war, aber diesmal waren meine Lippen versiegelt, und meine Gedanken wendeten sich vom Gebet ab. Mein einziger Wunsch war, zu sterben.

Eine Woche war vergangen, vielleicht auch zwei. Mein weniges Geld war ausgegeben. Ich hätte mich an die Jüdische Gemeinde wenden können um Unterstützung, aber betteln war mir immer zuwider gewesen. Ich erinnere mich ganz deutlich: Ich hatte nur noch ein Paket mit Keksen und eine halbe Flasche sauren Wein. Ich war die Miete schuldig. Ich legte mich auf mein Bett und wartete auf den Tod, nicht mehr auf Wunder.

Plötzlich klopfte jemand an meine Tür. Es war ein Bote mit einem Expreßbrief. Der Brief war aus Paris, und die Adresse war von meinem früheren Portier gekritzelt worden. Ich öffnete den Umschlag und fand darin ein Telegramm. Hans Eggschwinger war an einer Lungenentzündung gestorben. Während ich das Telegramm las, wurden mir zwei Dinge klar. Erstens, daß ich für Hans' Tod verantwortlich war, und zweitens, daß ich nie wieder fähig sein würde zu beten.«

»Wo ist er gestorben?« fragte ich.

»In der Schweiz, in St. Moritz.«

Gretel bat mich im Telegramm, in die Schweiz zu kommen. Aber ich hatte das Fahrgeld nicht. Außerdem hätte ich nie ein Visum bekommen. Das Telegramm war an dem Tag gekommen, als ich Paris verließ. Wäre ich eine Stunde länger dort gewesen, hätte ich es in Empfang nehmen können. Ich hatte nicht mehr genug Geld, um Gretel zu telegrafieren, aber ich konnte noch ein paar Marken kaufen und einen Brief schreiben. Aber was konnte ich ihr schreiben? Wie Nathan, der Prophet, zu David nach dem Tod Urias, des Hethiters, sagte: ›Uria, den Hethiter, hast du erschlagen mit dem Schwert; und sein Weib hast du dir zum Weib genommen.‹ Ich wußte, mein Schicksal hing von den Nazihenkern ab. Trotzdem schrieb ich einen Brief an Gretel, und sie schickte mir fünfhundert Franken. Ich sollte versuchen, ein Touristenvisum zu bekommen. Aber als man beim Konsulat meinen polnischen Paß sah, wollten sie überhaupt nicht mit mir reden. Gretel versuchte, nach Frankreich zu kommen, aber die Schweizer wollten ihr keine Wiedereinreiseerlaubnis geben. Das war zu der Zeit, als Hunderttausende versuchten, Asyl in der Schweiz zu finden. Alle Hotels waren überbelegt. Ich kann Ihnen das nicht in allen Einzelheiten schildern. Vieles habe ich auch vergessen. 1939 bekam Gretel die Zusicherung, nach der Schweiz zurückkehren zu dürfen. Sie kam nach Paris, um mich zu treffen. Zu der Zeit schien mir alles unwichtig zu sein. Die Mächte des Universums hatten die Verbindung zu mir abgeschnitten. Ich wußte, daß sie mich ärgern wollten. Im Himmel gibt es keine Neutralität. Ich hatte ein Privileg mißbraucht, und es verwandelte sich in einen Fluch. Millionen Menschen waren zum Exil, zum Hunger und zum Tod verurteilt, und ich war einer von ihnen. Bis zu jener Zeit hatte ich nie unter Impotenz gelitten. Im Gegenteil – ich war außerordentlich potent gewesen. Die Frauen, mit denen ich zu tun gehabt hatte, waren immer überrascht, denn meine äußere Erscheinung stand im Widerspruch dazu. Hans Eggschwinger war eine athletische Erscheinung, aber in der Liebe war er schwach. An diesem Abend, auf dem Weg nach Paris, überfiel mich die Furcht vor Impotenz. Je näher wir Paris kamen, desto größer wurde meine Furcht. Als ich am Morgen am Gare de l'Est aus dem Zug stieg und Gretel auf dem Bahnsteig entdeckte, war ich überzeugt davon, sie zu enttäuschen. Sie war mir nie so schön und elegant erschienen wie an diesem Morgen. Sie trug einen breitrandigen Hut und einen schwarzen Schleier. Was mich anging, ich fühlte mich häßlich und geschrumpft. Bevor der Zug anhielt, hatte ich mich im Spiegel der Toilette betrachtet. Ich sah abgemagert, runzlig und gealtert aus. Das wenige Haar, das mir geblieben war, war jetzt grau. Meine Kleidung hing an mir wie Lumpen. Ich genierte mich derartig, daß ich etwas tat, was nur ein Verrückter tun kann. Ich sah Gretel ein letztes Mal an und verlor mich in der Menge der Reisenden. Ich wollte die Enttäuschung in Gretels Augen nicht sehen und fürchtete mich vor ihrem Mitleid.

Das Resultat dieser plötzlichen Entscheidung, oder nennen Sie es Impuls, war ein neuerliches Jahr des Hungers in Paris und danach in deutschen Konzentrationslagern mit all ihren Schrekken. Der kleine Mann, der hier neben Ihnen sitzt, war in Dachau, Stutthoff und Majdanek. Selbst jetzt wiege ich nur hundertzehn Pfund. Als die Amerikaner die Konzentrationslager befreiten, wog ich noch genau sechsundsechzig Pfund. Die Ärzte glaubten nicht, daß ich überleben würde. Ganz kurz vor der Befreiung, während der letzten Tage, war ich in ein Koma gefallen. Ich hatte schon den Tod gekostet. Ich möchte Ihnen jetzt sagen, daß es nichts Angenehmeres gibt. Alle Vergnügen dieser Welt können sich nicht mit der Friedlichkeit des Todes messen. Wie seltsam, daß die Menschen das am meisten fürchten, was ihnen die größte Seligkeit bringt. Offenbar ist diese Furcht notwendig, ohne sie würden die Menschen nicht am Leben hängen. Ich muß Ihnen noch sagen, daß sich in den Jahren 1941-1945 kein einziges Wunder ereignete. Ich durchlitt alle Qualen und Martern dieser Zeit.

»Wann sind Sie nach Amerika gekommen?« fragte ich.

»1950.«

»Haben Sie hier geheiratet?«

»Ich bin ganz allein.«

»Arbeiten Sie?«

»Eine Zeitlang unterrichtete ich Hebräisch. Jetzt mache ich gar nichts. Ich lebe von meiner Wiedergutmachungsrente. Leute, die eine höhere Schulbildung gehabt haben, bekommen eine größere Zuteilung von den Deutschen. Dazu habe ich noch eine Zahlung von tausend Dollar bekommen. Ich komme schon durch.«

»Womit beschäftigen Sie sich den ganzen Tag?« fragte ich.

»Mit nichts. Also, mit fast nichts. Im Sommer miete ich einen kleinen Bungalow in den Catskills. Das kostet mich nicht mehr als hundertfünfzig Dollar, und dort bleibe ich von Juni bis Ende September. Ich koche mir selbst und lese Zeitungen. Manchmal nehme ich ein Buch in die Hand. Im Winter mache ich es ebenso in der Stadt.«

»Keine Liebe mehr?«

»Keine Liebe mehr.«

»Was ist aus Gretel geworden?«

»Gretel hat den Besitzer des Hotels in der Schweiz geheiratet, wo sie zuletzt gewohnt hat. Er ist kein Jude.«

»Hören Sie von ihr?«

»Ich habe sie 1948 in München getroffen.«

Eine Weile schwiegen wir beide. Dann fuhr er fort: »Ich habe Ihnen nicht ein Tausendstel von dem erzählt, was sich ereignet hat. Einmal ging ich auf die Straße mit der Absicht, Geld zu finden. Und auf dem Pflaster fand ich, inmitten all der Vorübergehenden, einen Fünfzigfrankenschein. Meine Beine hatten mich genau zu diesem Punkt geführt. Eine Zeitlang habe ich mich tatsächlich auf diese Weise über Wasser gehalten, obwohl ich kurzsichtig und halbblind bin.«

»Hat Sie das nicht zu Schlußfolgerungen geführt?«

»Was für Schlußfolgerungen? Es gibt Mächte dort oben, die mit uns spielen. Kürzlich fiel mir ein, daß diese Erde von einem göttlichen Wunderkind regiert wird, das mit kleinen Soldaten und Puppen spielt. Wenn es ihrer überdrüssig geworden ist, reißt es ihnen die Köpfe ab. Es steht sogar in den Psalmen geschrieben: ›Da sind Walfische, die Du gemacht hast, daß sie drinnen scherzen.‹«

»Ein Wunderkind hat einen Vater.«

»Es kann eine Waise sein. Und außerdem kann der Vater mit anderen Welten beschäftigt sein.«

Er schwieg eine Weile. Dann sagte er: »Sie spielen auch. Das ist der Grund, weshalb ich Sie lese.«

»Und wie geht das mit Ihren Wundern zusammen?« fragte ich.

Er schnitt eine Grimasse, griff an seinen Bart, runzelte die Stirn und bewegte sich vor und zurück, als lese er die Gemara.

»Leben, Spiel und Wunder sind identisch. Auch der Tod ist ein Wunder, aber kein Spiel.«

»Was ist er denn?«

»Das eigentliche Wesen des Seins«, antwortete er.

Marco Lodoli

Ein ewiges Wunder

In Rom kippen uns die barocken Kirchen Himmel, von Cherubinen und Heiligen wimmelnd, in die Augen, Firmamente, die von an Wolken geklammerten Geschöpfen überquellen, Fluten von Bildern, dazu gedacht, zu verblüffen und zu bezeugen, daß das Leben ein erstaunliches Theater ist, in dem alles sich aus unerforschlichem göttlichem Willen im Gleichgewicht hält. Da gilt es nichts zu begreifen, sondern nur mit offenem Mund vor dem geheimnisvollen Gepränge der Schöpfung zu verharren. Aber wir, Kinder der modernen Zeit und der Nüchternheit, sind nicht leicht in Erstaunen zu versetzen, wir betrachten diese Himmel mit dem getrübten Auge dessen, der meint, alles zu wissen und jeden Taschenspielertrick aufdecken zu können. Aber es gibt eine römische Insel, die ein ewiges Wunder birgt: dazu muß man die Kirche am Corso Vittorio Emanuele aufsuchen, die in der Stadt seit jeher Chiesa Nuova genannt wird, wobei ihr richtiger Name allerdings Santa Maria in Vallicella lautet. Der Platz davor wurde vor kurzem unter dem Wirbel der üblichen Polemiken saniert, aber darum geht es uns diesmal nicht: wir halten geradeaus und betreten das Halbdunkel des Hauptschiffs aus dem 17. Jahrhundert. Im Hintergrund, über dem Hochaltar, erscheint ein großes Tafelbild von Peter Paul Rubens. Vermutlich ist es kein Meisterwerk des flämischen Künstlers, der auch in Rom viele wichtige Werke schuf, zumindest vom Standpunkt der Kunstgeschichte aus. Uns aber, die wir auf der Suche nach dem verlorenen Staunen sind, macht diese Malerei schwindeln. Das große Bild enthält ein viel kleineres Bild: eine Madonna mit Kind, goldgerahmt und im Auffliegen von einem Schwarm kleiner Engel gestützt.

Andere Engel bewundern von unten die Himmelfahrt dieser wundersamen Ikone. Aber damit nicht genug: Jeden Samstag, zur selben Stunde, wird dieses Bild hochgezogen, wie eines dieser kleinen Fenster an den Kärtchen des Tombolaspiels, und darunter erscheint eine viel ältere Madonna mit Kind, ein Gnadenbild, um das herum die ganze Kirche errichtet wurde. Es ist also ein Bild, das ein Bild enthält, das ein Bild enthält. Es ist wie der Hinweis auf eine Zählung, die ins Unendliche geht, ein wundersamer Stein, der, auf das Wasser der Jahrhunderte prallend, das Geheimnis der Mutterschaft bis zu uns, winzigen Wasserpfützen, bringt, in unsere überraschten Augen saust und darüber hinausfliegt.

Isabel Allende

Ein diskretes Wunder

Die Familie Boulton stammte von einem Liverpooler Kaufmann ab, der um die Mitte des neunzehnten Jahrhunderts auswanderte, mit seinem ungeheuren Ehrgeiz als einzigem Vermögen, und der mit einer kleinen Flotte von Frachtschiffen im südlichsten Teil des amerikanischen Kontinents zu Reichtum gelangte. Die Boultons waren prominente Mitglieder der britischen Kolonie, und wie so viele Engländer, die fern von ihrer Insel leben, hielten sie mit absurder Hartnäckigkeit an ihren Traditionen und ihrer Sprache fest, bis die Vermischung mit kreolischem Blut ihren Dünkel untergrub und ihre angelsächsischen Vornamen gegen andere, landesüblichere vertauschte. Gilberto, Filomena und Miguel wurden auf dem Gipfel des Boulton-Wohlstands geboren, doch im Laufe ihres Lebens sahen sie den Seeverkehr niedergehen und den Hauptteil ihrer Einkünfte dahinschwinden. Aber wenn sie auch nicht länger reich waren, konnten sie ihren Lebensstil doch aufrechterhalten. Es wäre nicht einfach, drei in Aussehen und Charakter so gegensätzliche Geschwister zu treffen wie diese drei. Im Alter verstärkten sich ihre Wesenszüge noch, aber trotz ihrer offenkundigen Verschiedenheiten stimmten ihre Seelen im Kern überein.

Gilberto war ein Dichter von ungefähr siebzig Jahren, ein Mann mit feinem Gesicht und dem Habitus eines Tänzers, dessen Leben fern von materiellen Zwängen zwischen Kunstbüchern und Antiquitäten verlaufen war. Als einziges der Geschwister war er in England erzogen worden, eine Erfahrung, die ihn tief geprägt hatte. So war ihm für immer das Laster des Teetrinkens verblieben. Er hatte nie geheiratet, vermutlich, weil er nicht zur rechten Zeit die bleiche Maid getroffen hatte, die so oft in seinen Jugendversen auftauchte, und als er dieser Illusion entsagte, war es zu spät, seine Junggesellengewohnheiten waren bereits zu gründlich eingewurzelt. Er spöttelte über seine blauen Augen, sein gelbblondes Haar und seine Vorfahren und sagte, fast alle Boultons seien gewöhnliche Kaufleute gewesen, die so lange die Aristokraten gespielt hätten, bis sie schließlich überzeugt waren, es tatsächlich zu sein. Doch er trug Tweedjacketts mit Lederflecken auf den Ellbogen, spielte Bridge, las die drei Wochen überfällige Times und pflegte die Ironie und das Phlegma, die den britischen Intellektuellen zugeschrieben werden.

Filomena, rund und schlicht wie eine Bäuerin, war Witwe und Großmutter mehrerer Enkel. Sie war mit großer Duldsamkeit ausgestattet, die ihr erlaubte, Gilbertos anglophile Grillen ebenso hinzunehmen wie die Tatsache, daß Miguel mit löchrigen Schuhen und zerfransten Hemdkragen umherging. Nie ließ sie es an Bereitwilligkeit fehlen, Gilberto zu betreuen, wenn er kränkelte, ihm zuzuhören, wenn er seine merkwürdigen Gedichte vortrug, oder bei Miguels zahllosen Unternehmungen mitzuwirken. Sie strickte unermüdlich Westen für ihren jüngeren Bruder, der sie ein paarmal anzog und dann einem Bedürftigeren schenkte. Die Stricknadeln waren eine Verlängerung ihrer Hände, sie bewegten sich in munterem Takt, einem ständigen Ticktack, das ihre Gegenwart meldete und sie immer begleitete wie der Jasminduft ihres Toilettenwassers.

Miguel Boulton war Priester. Im Gegensatz zu seinen Geschwistern war er brünett, kleingewachsen und fast gänzlich von schwarzem Flaum bedeckt, wodurch er ein wenig wie ein Affe hätte aussehen können, wenn sein Gesicht nicht so gütig gewesen wäre. Mit siebzehn Jahren hatte er die Vorteile des Familienwohnsitzes aufgegeben und kehrte dorthin nur zurück, um mit seinen Verwandten am sonntäglichen Frühstück teilzunehmen oder damit Filomena ihn pflegte, wenn er, was selten geschah, ernstlich krank wurde. Er spürte nicht die mindeste Sehnsucht nach den Bequemlichkeiten, die er in seiner Jugend genossen hatte, und trotz seiner gelegentlichen Anwandlungen von schlechter Laune betrachtete er sich als einen glücklichen Menschen und war mit seinem Leben zufrieden.

Er wohnte nahe der städtischen Müllhalde in einer elenden Ansiedlung vor den Toren der Hauptstadt, wo die Straßen weder Pflaster noch Bürgersteige, noch Bäume aufzuweisen hatten. Seine Hütte war aus Brettern und Zinkblechplatten gebaut. Im Sommer stiegen aus dem Boden übelriechende Dünste von den Gasen auf, die sich durch den einsickernden Unrat unter der Erde bildeten. Sein Mobiliar bestand aus einer Pritsche, einem Tisch, zwei Stühlen und einigen Bücherborden, und an den Wänden prangten revolutionäre Plakate, Blechkreuze, von den politischen Gefangenen angefertigt, bescheidene Behänge, von den Müttern der Verschwundenen bestickt, und Fähnchen von seinem Lieblingsfußballklub. Neben dem Kruzifix, vor dem er jeden Morgen allein die heilige Kommunion nahm und jeden Abend Gott für das Glück dankte, noch am Leben zu sein, hing eine rote Fahne. Pater Miguel war eines jener Geschöpfe, die von der schrecklichen Leidenschaft für die Gerechtigkeit besessen sind. In seinem langen Leben hatte er soviel fremdes Leid in sich angehäuft, daß er unfähig war, an den eigenen Schmerz zu denken, und das im Verein mit der Gewißheit, im Namen Gottes zu handeln, machte ihn furchtlos und kühn. Jedesmal, wenn die Soldaten in sein Haus eindrangen, ihn der Unruhestiftung beschuldigten und mit fortschleppten, mußten sie ihn knebeln, denn sie konnten ihn auch mit Knüppelhieben nicht daran hindern, daß er sie mit Beschimpfungen überhäufte, vermischt mit Sprüchen aus den Evangelien. Er war so oft verhaftet worden, hatte aus Solidarität mit den Gefangenen so viele Hungerstreiks durchgestanden und so viele Verfolgte unter seinen Schutz genommen, daß er nach dem Gesetz der Wahrscheinlichkeit schon mehrmals hätte tot sein müssen. Sein Foto, auf dem er vor einem Haus der Politischen Polizei saß mit einem Schild zwischen den Händen, das verkündete, hier würden Menschen gefoltert, ging um die ganze Welt. Es gab keine Strafe, die imstande war, ihn einzuschüchtern, aber sie wagten nicht, ihn verschwinden zu lassen, dazu war er bereits zu bekannt. An den Abenden, wenn er vor seinem kleinen Hausaltar niederkniete, um mit Gott zu sprechen, plagten ihn ängstliche Zweifel, ob die Liebe zum Nächsten und das Verlangen nach Gerechtigkeit seine einzigen Triebfedern seien oder ob in seinen Handlungen nicht auch ein satanischer Hochmut verborgen sein könnte. Dieser Mann, der es fertigbrachte, ein Kind mit Boleros in den Schlaf zu singen und nächtelang zu wachen und Kranke zu warten, traute dem Adel seines eigenen Herzens nicht. Sein Leben lang hatte er gegen den Zorn gekämpft, der ihm das Blut verdickte und ihn zu unbeherrschbaren Ausbrüchen verleitete. Insgeheim fragte er sich, was aus ihm geworden wäre, wenn die Umstände ihm nicht so gute Vorwände böten, sich immer wieder kräftig abzureagieren. Filomena ging ganz auf ihn ein, aber Gilberto meinte, wenn ihm in fast siebzig Jahren Balanceakt auf dem Schlappseil nichts Schlimmes geschehen sei, dann gebe es keinen Grund, sich zu beunruhigen, denn der Schutzengel seines Bruders habe ja wohl bewiesen, wie tatkräftig er war.

»Engel gibt es nicht. Das sind semantische Irrtümer«, sagte Miguel.

»Red nicht so ketzerisch, Mensch.«

»Das waren einfache Boten, bis der heilige Thomas von Aquino diesen ganzen Schwindel erfand.«

»Willst du mir erzählen, daß die Feder des Erzengels Gabriel, die in Rom verehrt wird, aus dem Schwanz eines Geiers stammt?« fragte Gilberto lachend.

»Wenn du nicht an die Engel glaubst, glaubst du an gar nichts. Du solltest den Beruf wechseln«, warf Filomena ein.

»Man hat einige Jahrhunderte damit vergeudet, zu erörtern, wie viele von diesen Kreaturen auf einer Nadelspitze Platz haben. Wozu das? Die sollen ihre Energien nicht auf Engel verschwenden, sondern darauf, den Menschen zu helfen!«

Miguel hatte trotz mehrerer Operationen allmählich seine Sehkraft eingebüßt und war schon fast blind. Mit dem rechten Auge sah er gar nichts und mit dem linken nur wenig, er konnte damit nicht lesen, und es war sehr schwierig für ihn, seine nähere Umgebung zu verlassen, weil er sich in den Straßen verirrte. Er wurde immer stärker von Filomena abhängig, wenn er beweglich bleiben wollte. Sie begleitete ihn oder schickte ihm das Auto mit dem Chauffeur, Sebastián Canuto alias »El Cuchillo«, einem ehemaligen Sträfling, den Miguel aus dem Gefängnis geholt und auf den rechten Weg geführt hatte und der seit zwanzig Jahren für die Familie arbeitete. Während der politischen Wirren der letzten Jahre hatte El Cuchillo sich in den heimlichen Leibwächter des Priesters verwandelt. Wenn das Gerücht von einem Protestmarsch umging, gab Filomena ihm für den Tag frei, und er machte sich auf zu Miguels Vorort, versehen mit einem kräftigen Knüttel und einem Paar Schlagringe, die er in der Tasche versteckte. Er bezog auf der Straße Stellung, wartete, bis der Priester sein Haus verließ, und folgte ihm dann in sicherer Entfernung, bereit, ihn mit Prügeln zu verteidigen oder ihn an einen geschützten Ort zu schleppen, wenn die Lage es erforderte. Zum Glück war Miguel durch die Nebelwolke, in der er lebte, gehindert, diese Rettungsmanöver zu durchschauen, sonst wäre er sehr wütend geworden, denn er hätte es als un-

gerecht angesehen, über solchen Beistand zu verfügen, während die übrigen Demonstranten die Schläge, die Wasserstrahlen und die Tränengasschwaden aushalten mußten.
Als Miguels siebzigster Geburtstag herannahte, platzte in seinem linken Auge plötzlich ein Gefäß, und in wenigen Sekunden befand er sich in tiefster Dunkelheit. Es geschah in der Kirche auf einer Versammlung mit den Anwohnern, er sprach gerade über die Notwendigkeit, sich zu organisieren, um gegen die städtische Müllhalde vorzugehen, weil man nicht länger zwischen all dem Fliegengeschmeiß und all dem Fäulnisgestank leben könne. Viele Nachbarn standen der katholischen Religion ablehnend gegenüber, für sie gab es einfach keinen Beweis für die Existenz Gottes, im Gegenteil, die Leiden, die sie durchlebten, bezeugten unwiderleglich, daß das Weltall nur ein einziges Schlachtfeld war, aber auch sie betrachteten die Pfarrei als natürlichen Mittelpunkt der Armensiedlung. Das Kreuz, das Miguel auf der Brust trug, schien ihnen nur ein geringfügiges Übel zu sein, so etwas wie eine Altersschrulle. Der Priester ging nach seiner Gewohnheit auf und ab, während er sprach, als er plötzlich spürte, wie Schläfen und Herz zu rasen begannen und sein Körper sich mit klebrigem Schweiß bedeckte. Er schrieb das der Hitze der Diskussion zu, führte den Ärmel an die Stirn und schloß sekundenlang die Augen. Als er sie wieder öffnete, glaubte er sich in einen Strudel auf dem Meeresgrund versenkt, er nahm nur heftiges Wogen wahr, wirbelnde Flecke, alles schwarz in schwarz. Er streckte den Arm aus auf der Suche nach einem Halt.
»Sie haben uns das Licht abgesperrt«, sagte er, weil er an eine neue Schikane dachte.
Seine Freunde umringten ihn erschrocken. Pater Boulton war ein großartiger Genosse, der unter ihnen gelebt hatte, so lange sie denken konnten. Bis jetzt hatten sie ihn für unbesiegbar

gehalten, für einen kräftigen, muskelstarken Mannskerl mit der Stimmgewalt eines Sergeanten und einem Paar Maurerhänden, die sich zwar zum Gebet falteten, aber eigentlich fürs Zuschlagen geschaffen schienen. Nun plötzlich begriffen sie, wie abgekämpft er war, sie sahen ihn vor sich, klein, zusammengeschrumpft, ein verrunzeltes Kind. Eine Schar Frauen bemühte sich recht und schlecht, ihm Erste Hilfe zu leisten, sie nötigten ihn, sich auf dem Boden auszustrecken, legten ihm nasse Tücher auf die Stirn, gaben ihm heißen Wein zu trinken, massierten ihm die Füße. Aber nichts brachte Erfolg, im Gegenteil, bei all dem Befühlen und Hantieren ging dem Kranken die Luft aus. Endlich gelang es Miguel, sich zu befreien und aufzustehen, bereit, sich diesem neuen Unglück zu stellen.

»Mich hat's erwischt«, sagte er, ohne die Ruhe zu verlieren. »Bitte holt meine Schwester, sagt ihr, daß ich in der Klemme stecke, aber gebt ihr keine Einzelheiten, damit sie sich nicht beunruhigt.«

Umgehend erschien Sebastián Canuto, mürrisch und wortkarg wie immer, und meldete, Señora Filomena könne die Folge der Fernsehserie nicht versäumen, und hier schicke sie ihm etwas Geld und einen Korb mit Lebensmitteln für seine Leute.

»Darum geht es diesmal nicht, Cuchillo. Ich bin anscheinend blind geworden.«

El Cuchillo packte ihn ins Auto, und ohne Fragen zu stellen, fuhr er ihn durch die ganze Stadt bis zum Haus der Boultons, das sich elegant in einem etwas verwilderten, aber immer noch herrschaftlichen Park erhob. Mit anhaltendem Hupen brachte er alle Bewohner auf die Beine, half dem Kranken aussteigen und schaffte ihn fast auf seinen Armen ins Haus, ganz erschüttert, ihn so blaß und fügsam zu sehen. Erste Tränen liefen über sein grobes Ganovengesicht, als er Gilberto und Filomena erklärte, was geschehen war.

»Heilandssack, Don Miguel kann nicht mehr kucken! Das hat uns gerade noch gefehlt!« El Cuchillo weinte hemmungslos.
»Red nicht unflätig vor dem Dichter«, sagte der Priester.
»Bring ihn ins Bett, Cuchillo«, ordnete Filomena an. »Das ist nichts Ernstes, sicherlich eine Erkältung. Das kommt davon, wenn man ohne Weste geht.«
»Die Zeit blieb stehen / es wintert Tag und Nacht / und reines Schweigen herrscht / auf Fühlern in die Schwärze ...«, begann Gilberto zu improvisieren.
»Sag der Köchin, sie soll eine Hühnerbrühe machen«, trug seine Schwester ihm auf, was ihn zum Schweigen brachte.

Der Hausarzt untersuchte Miguel und empfahl ihm dann, einen Augenarzt aufzusuchen. Am Tage darauf, nach leidenschaftlichen Ausführungen über die Gesundheit als Gabe Gottes und Recht des Volkes, die von dem infamen herrschenden System in das Privileg einer Kaste verwandelt worden sei, willigte der Kranke ein, zu einem Spezialisten zu gehen. Sebastián Canuto fuhr die drei Geschwister zum Hospital des südlichen Bezirks, dem einzigen von Miguel gebilligten Krankenhaus, denn hier versorgte man die Ärmsten der Armen. Die Blindheit hatte den Priester in die übelste Laune versetzt, er konnte den göttlichen Plan nicht begreifen, der ihn gerade dann zum Invaliden machte, wenn seine Dienste am meisten gebraucht wurden. An christliche Ergebung erinnerte er sich nicht einmal. Von Anfang an lehnte er es ab, geführt oder gestützt zu werden, er suchte sich lieber tastend selbst den Weg, auch auf die Gefahr hin, sich die Knochen zu brechen, und das nicht so sehr aus Stolz als vielmehr, um sich so schnell wie möglich an die neue Behinderung zu gewöhnen. Filomena wies Sebastián Canuto heimlich an, die Richtung zu wechseln und sie in die Deutsche Klinik zu bringen, aber ihr Bruder, der den Geruch des Elends nur zu gut kannte, wurde mißtrauisch, als sie kaum die Schwelle dort überschritten hatten, und sein Verdacht bestätigte sich, als er im Fahrstuhl Musik hörte. Sie mußten ihn schleunigst wieder hinausbringen, ehe ein fürchterliches Donnerwetter losbrach. Im Hospital warteten sie dann vier Stunden, die Miguel dazu nutzte, sich nach den Kümmernissen der übrigen Patienten im Saal zu erkundigen, während Filomena eine neue Weste anfing und Gilberto das Gedicht über die Fühler in die Schwärze weiterspann, das am Tage zuvor aus seinem Gemüt aufgestiegen war.

»Für das rechte Auge gibt es keine Heilung, und um dem linken ein wenig Sehkraft zurückzugeben, müßte man es erneut operieren«, sagte der Arzt, der sich endlich ihrer annahm. »Es hat schon drei Operationen hinter sich, und das Gewebe ist sehr geschwächt, das erfordert spezielle Techniken und Instrumente. Ich glaube, der einzige Ort, wo Sie es versuchen könnten, ist das Militärhospital ...«

»Niemals!« unterbrach ihn Miguel. »Niemals setze ich meinen Fuß in diese Höhle der Gottlosen!«

Der Arzt fuhr erschrocken zusammen und zwinkerte der Schwester entschuldigend zu, die sich mit einem wissenden Lächeln abwandte.

»Sei doch nicht so eigensinnig, Miguel! Das ist doch nur für ein paar Tage, ich glaube nicht, daß du damit deine Prinzipien verrätst. Niemand kommt dafür in die Hölle!« redete Filomena auf ihn ein, aber ihr Bruder erwiderte, lieber würde er für den Rest seines Lebens blind bleiben, als den Militärs das Vergnügen zu gönnen, ihm sein Augenlicht wiedergegeben zu haben. In der Tür hielt der Arzt ihn am Arm zurück.

»Einen Augenblick, Pater ... Haben Sie schon von der Klinik des Opus Dei gehört? Dort arbeiten sie auch mit ganz modernen Mitteln.«

»Opus Dei?« rief der Priester aus. »Haben Sie Opus Dei gesagt?«
Filomena versuchte ihn aus dem Sprechzimmer zu ziehen, aber er klammerte sich am Türrahmen fest, um den Doktor darüber aufzuklären, daß er auch diese Leute nie um einen Gefallen bitten würde.

»Aber wieso … sind das denn keine Katholiken?«

»Das ist ein Haufen reaktionärer Pharisäer!«

»Verzeihen Sie …«, stammelte der Arzt.

Im Wagen dann setzte er dem Chauffeur und seinen Geschwistern gründlich auseinander, daß das Opus Dei kein Werk Gottes sei, auch wenn sie sich so nannten, sondern eine ganz finstere Organisation, die mehr damit beschäftigt sei, das Gewissen der Oberklasse zu beruhigen, als die zu speisen, die vor Hunger stürben, und eher ginge ein Kamel durch ein Nadelöhr, als daß ein Reicher in den Himmel käme, und mehr in dieser Art. Er fügte hinzu, das soeben Erlebte beweise einmal mehr, wie schlecht die Dinge im Lande stünden, wo nur die Privilegierten sich anständig auskurieren könnten und die übrigen sich mit Kräutertees des Erbarmens und Breiumschlägen der Demütigung bescheiden müßten. Zuletzt verlangte er, sofort nach Hause gebracht zu werden, weil er seine Geranien begießen und die Sonntagspredigt vorbereiten müsse.

»Ich stimme zu«, sagte unvermittelt Gilberto, den die Stunden des Wartens und der Anblick von soviel Unglück und soviel Häßlichkeit in dem Hospital tief deprimiert hatten. Er war an solcherart Anstalten nicht gewöhnt.

»Wem stimmst du zu?« fragte Filomena.

»Daß wir nicht ins Militärhospital gehen können, das wäre mehr als abgeschmackt. Aber wir können doch dem Opus Dei eine Chance geben, meint ihr nicht?«

»Was redest du bloß!« widersprach sein Bruder. »Ich habe dir doch erklärt, was ich von ihnen halte!«

»Jeder würde sagen, wir können es nicht bezahlen!« behauptete Filomena, die drauf und dran war, die Geduld zu verlieren.
»Man vergibt sich doch nichts, wenn man sich mal umschaut«, schlug Gilberto vor und wischte sich mit dem parfümierten Taschentuch über den Nacken.
»Diese Leute sind so damit beschäftigt, ihre Gelder auf den Banken zu bewegen und mit goldenen Nadeln Meßgewänder zu sticken, daß sie keine Lust mehr haben, die Bedürfnisse anderer zu sehen. Den Himmel gewinnt man nicht durch gebeugte Knie, sondern …«
»Aber Sie sind nicht arm, Don Miguel«, unterbrach ihn Sebastián Canuto, der ratlos das Lenkrad umklammerte.
»Beleidige mich nicht, Cuchillo. Ich bin so arm wie du. Kehr um und bring uns zu dieser Klinik, damit wir unserm Dichter beweisen, daß er wie immer auf Wolken wandelt.«
Sie wurden von einer liebenswürdigen Dame empfangen, die sie ein Formular ausfüllen ließ und ihnen Kaffee anbot. Fünfzehn Minuten später betraten die drei das Sprechzimmer.
»Vor allem andern, Doktor, möchte ich wissen, ob Sie auch zum Opus Dei gehören oder hier nur arbeiten«, sagte der Priester.
»Ich gehöre zum Werk«, antwortete der Arzt mit sanftem Lächeln.
»Wieviel kostet die Konsultation?« Der Ton des Priesters verhehlte nicht seinen Sarkasmus.
»Haben Sie finanzielle Probleme, Pater?«
»Sagen Sie mir nur, wieviel.«
»Nichts, wenn Sie nicht bezahlen können. Spenden sind freiwillig.«
Einen kurzen Augenblick hatte es Pater Boulton die Rede verschlagen, aber die Verwirrung hielt nicht lange an.
»Das alles hier sieht nicht aus wie ein Werk, das der Wohltätigkeit geweiht ist.«

»Es ist eine Privatklinik.«
»Aha ... hier kommen nur die her, die sich Spenden leisten können.«
»Hören Sie, Pater, wenn es Ihnen nicht gefällt, schlage ich vor, Sie gehen wieder«, entgegnete der Arzt. »Aber Sie werden nicht verschwinden, bevor ich Sie untersucht habe. Wenn Sie wollen, bringen Sie mir alle Ihre Schützlinge, wir werden sie hier aufs beste versorgen, und dafür bezahlen sie, was sie eben können. Und jetzt sitzen Sie still und machen schön die Augen auf!«
Nach einer sorgfältigen Untersuchung bestätigte der Arzt die vorige Diagnose, doch er war nicht sehr optimistisch.
»Wir verfügen hier über ein hervorragendes Ärzteteam, aber es handelt sich um eine sehr heikle Operation. Ich will Sie nicht belügen, Pater, nur ein Wunder kann Ihnen die Sehkraft wiedergeben«, schloß er.
Miguel war so betreten, daß er ihm kaum zuhörte, aber Filomena hatte plötzlich eine Hoffnung, an die sie sich klammern konnte.
»Ein Wunder, sagen Sie?«
»Nun ja, das ist so eine Redensart, Señora. Im Grunde kann nichts und niemand ihm garantieren, daß er wieder sehen wird.«
»Wenn Sie ein Wunder wollen, dann weiß ich, wo wir es bekommen können«, sagte Filomena und packte ihr Strickzeug in die Tasche. »Vielen Dank, Doktor. Bereiten Sie nur schon alles für die Operation vor, wir sind bald zurück.«
Als sie wieder im Auto saßen, Miguel schweigsam zum ersten Mal seit langer Zeit und Gilberto ermattet von den Erschütterungen des Tages, wies Filomena den Chauffeur an, Kurs auf die Berge zu nehmen. Sebastián Canuto warf ihr einen Seitenblick zu und grinste begeistert. Er hatte schon früher seine Patrona in diese Richtung gefahren und hatte es nie gern getan,

denn der Weg wand sich in endlosen Schlangenlinien, aber diesmal befeuerte ihn der Gedanke, dem Mann zu helfen, den er am meisten auf der Welt verehrte.

»Wohin fahren wir denn jetzt?« murmelte Gilberto, sich zu britischer Höflichkeit ermannend, um nicht vor Müdigkeit zusammenzubrechen.

»Schlaf du lieber, die Reise ist lang. Wir fahren zur Grotte der Juana von den Lilien«, erklärte seine Schwester.

»Du mußt verrückt sein!« rief der Priester verblüfft aus.

»Sie ist eine Heilige.«

»Das ist reiner Blödsinn. Die Kirche hat sie nicht anerkannt.«

»Der Vatikan läßt sich hundert Jahre Zeit, ehe er einen Heiligen anerkennt. So lange können wir nicht warten«, sagte Filomena energisch.

»Wenn Miguel schon nicht an Engel glaubt, wird er noch weniger an kreolische Heilige glauben, zumal diese Juana aus einer Grundbesitzerfamilie kommt«, seufzte Gilberto.

»Das hat nichts zu sagen, sie hat in Armut gelebt. Setz Miguel keine Flausen in den Kopf«, sagte Filomena.

»Wenn ihre Familie nicht bereit wäre, ein Vermögen dafür zu verschwenden, einen eigenen Heiligen zu haben, dann wüßte kein Mensch von ihrer Existenz«, unterbrach der Priester sie.

»Sie wirkt mehr Wunder als irgendeiner von deinen ausländischen Heiligen.«

»Jedenfalls erscheint es mir reichlich anmaßend, eine besondere Behandlung zu verlangen. Krankheit hin oder her, ich bin niemand und habe nicht das Recht, den Himmel mit persönlichen Ansprüchen in Bewegung zu setzen«, schnaubte der Blinde.

Juanas Ruf wurde begründet, als nach ihrem frühen Tod die Bauern der Umgebung, die sie wegen ihres frommen Lebens und ihrer wohltätigen Werke bewundert hatten, zu ihr zu beten begannen und sie um ihren Beistand anflehten. Bald raunte man, die Verstorbene könne Wunder wirken, das Gerücht schwoll an und gipfelte in dem Wunder des Forschers, wie sie es nannten. Der Mann war zwei Wochen im Gebirge herumgeirrt, und als die Rettungsmannschaften schon die Suche aufgegeben hatten und im Begriff waren, ihn für tot zu erklären, tauchte er völlig erschöpft und ausgehungert, aber sonst wohlbehalten wieder auf. In seinen Erklärungen an die Presse erzählte er, in einem Traum habe er die Gestalt eines jungen Mädchens in einem langen Gewand gesehen, das einen Strauß Blumen in den Armen gehalten habe. Als er erwachte, spürte er den starken Duft von Lilien und wußte nun ohne jeden Zweifel, daß der Traum eine himmlische Botschaft gewesen war. Er folgte dem durchdringenden Blumenduft, und es gelang ihm, jenem Labyrinth von Engpässen und Abgründen zu entkommen und endlich einen Weg zu erreichen. Als man ihm ein Bild Juanas vorlegte, bezeugte er, daß sie das Mädchen in seiner Vision gewesen war. Juanas Familie ließ es sich angelegen sein, die Geschichte zu verbreiten, sie bauten eine Grotte an dem Ort, wo sie dem Forscher erschienen war, und setzten alle erreichbaren Mittel in Bewegung, um den Fall vor den Vatikan zu bringen. Bis zum gegenwärtigen Zeitpunkt war jedoch noch keine Antwort von der Kurienkongregation gekommen. Der Heilige Stuhl glaubte nicht an überstürzte Entscheidungen, er hatte viele Jahrhunderte lang seine Macht sparsam ausgeübt und erwartete, das noch viele Jahrhunderte länger zu tun, und daher hatte er es mit nichts eilig und schon gar nicht mit Selig- und Heiligsprechungen. Er erhielt zahlreiche Zeugnisse aus dem südamerikanischen Kontinent, wo fortwährend Propheten, Betbrüder, Prediger, Säulenheilige, Märtyrer, Jungfrauen, Anachoreten und andere Originale auftauchten und von der Bevölkerung verehrt wurden, aber das war kein Grund, sich für jeden einzelnen zu begeistern. Es brauchte große Behutsamkeit in diesen Dingen, denn jeder falsche Schritt konnte ins Lächerliche führen, vor allem in diesen Zeiten des Pragmatismus, wo die Ungläubigkeit den Glauben übertrumpfte. Doch Juanas fromme Anhänger warteten den Spruch aus Rom nicht ab, um sie als Heilige auszurufen. Bildchen und Medaillen mit ihrem Antlitz wurden verkauft, und jeden Tag standen Anzeigen in der Zeitung, in denen ihr für erwiesenen Beistand gedankt wurde. In der Grotte wurden so viele Lilien gepflanzt, daß der Geruch die Pilger betäubte. Die brennenden Öllampen, Wachskerzen und Fackeln erzeugten eine Rauchwolke, die hartnäckig im Raum hing, und das Echo der Gesänge und Gebete hallte von den Felsen wider und verwirrte die Kondore in ihrem Flug. In kurzer Zeit füllte sich die Stätte mit Gedenktafeln, jeder Art von orthopädischen Apparaten und Miniaturnachahmungen von menschlichen Organen, von den Gläubigen als Beweis für eine übernatürliche Heilung dort zurückgelassen. Durch eine öffentliche Sammlung kam genug Geld ein, um den Weg zu pflastern, und nach zwei Jahren hatte man eine Straße, die zwar voller Kurven, aber befahrbar war und die Hauptstadt mit der Kapelle verband.

Die Geschwister Boulton erreichten mit Anbruch der Nacht ihr Ziel. Sebastián Canuto half den drei Alten den Pfad hinauf, der zur Grotte führte. Trotz der späten Stunde fehlte es nicht an Andächtigen, die einen krochen auf den Knien über die Steine, von hilfreichen Verwandten gestützt, andere beteten laut oder entzündeten Kerzen vor einer Gipsstatue der Seligen. Filomena und El Cuchillo knieten nieder, um ihr Anliegen vorzubringen, Gilberto setzte sich auf eine Bank, um über die Wendungen nachzudenken, die das Leben nehmen kann, und Miguel blieb aufrecht stehen und knurrte, wenn es schon darum ging, um

Wunder zu bitten, warum beteten sie nicht lieber dafür, daß der Tyrann stürzte und die Demokratie ein für allemal zurückkehrte.

Wenige Tage später operierten die Ärzte des Opus Dei das linke Auge kostenlos, nachdem sie die Geschwister davor gewarnt hatten, sich großen Illusionen hinzugeben. Der Priester hatte Filomena und Gilberto dringlich gebeten, nicht die kleinste Bemerkung über Juana von den Lilien zu machen, er hatte genug an der Demütigung zu schlucken, daß seine ideologischen Widersacher ihm halfen. Kaum wurde er entlassen, nahm Filomena ihn mit nach Hause, ohne seine Proteste zu beachten. Miguel prangte in einem riesigen Verband, der sein halbes Gesicht bedeckte, und war sehr angegriffen von allem, was geschehen war, aber seine Bescheidenheit war die alte geblieben. Er erklärte, er wünsche keine Privatpflege in Anspruch zu nehmen, und so mußte die für diese Gelegenheit eingestellte Krankenschwester wieder verabschiedet werden. Filomena und der treue Sebastián Canuto übernahmen es, ihn zu betreuen, was keine leichte Aufgabe war, denn der Kranke war übelster Laune, hielt es im Bett nicht aus und wollte nichts essen.

Die Anwesenheit des Priesters veränderte die eingefahrenen Gewohnheiten des Hauses aufs gründlichste. Die Rundfunksender der Opposition und die Stimme Moskaus auf Kurzwelle dröhnten zu jeder Stunde, und ein ständiger Strom von mitfühlenden Bewohnern aus Miguels Vorort kam den Kranken besuchen. Sein Zimmer füllte sich mit bescheidenen Geschenken: Zeichnungen von Schulkindern, Kuchen, in Konservendosen gezogenen Kräutern und Blumen, einem Huhn für die Suppe und sogar einem zwei Monate alten Hündchen, das auf die persischen Teppiche pinkelte und die Stuhlbeine annagte und das ihm ein Nachbar gebracht hatte in der Vorstellung, man könne es zum Blindenhund abrichten.

Doch seine Genesung schritt rasch voran, und am dritten Tag nach der Operation rief Filomena den Arzt an, um ihm mitzuteilen, daß ihr Bruder schon gut sehen konnte.

»Aber ich habe Ihnen doch gesagt, er darf die Binde nicht abnehmen!« rief der Arzt aus.

»Den Verband hat er noch drauf. Jetzt sieht er mit dem anderen Auge«, erklärte die Señora.

»Mit welchem anderen Auge?«

»Aber Doktor, mit dem auf der anderen Seite, mit dem, das blind war!«

»Das kann nicht sein! Ich komme sofort hin. Er darf sich unter keinen Umständen bewegen!« wies der Arzt sie an.

Im Haus der Boultons fand er einen sehr munteren Patienten vor, der Bratkartoffeln aß und sich, den Hund auf den Knien, die Fernsehserie anschaute. Auch wenn er es kaum glauben konnte, stellte er doch fest, daß der Priester ohne jede Schwierigkeit mit dem Auge sah, das acht Jahre lang blind gewesen war, und als er ihm die Binde abnahm, wurde offenkundig, daß er auch mit dem operierten Auge sah.

Pater Miguel feierte seinen siebzigsten Geburtstag in der Pfarrei. Seine Schwester Filomena und ihre Freundinnen kamen mit einer Karawane von Autos, die vollgeladen waren mit Torten, Pasteten, Delikatessen, Körben voll Obst und Krügen voll Schokolade, und an der Spitze fuhr El Cuchillo, der viele Liter Wein und Schnaps brachte, als Mandelmilchflaschen maskiert. Der Priester zeichnete auf großen Papierbögen die Geschichte seines gefahrenreichen Lebens auf und befestigte sie an den Wänden der Kirche. Mit einem Anflug von Selbstverspottung erzählte er darin von den Wechselfällen des Glücks in seinem Amt, angefangen von dem Augenblick, als der Ruf Gottes den Fünfzehnjährigen getroffen hatte wie ein Keulenhieb ins

Genick, über seinen Kampf gegen die Todsünden, vor allem die der Völlerei und der Wollust und später die des Zorns, bis zu seinen jüngsten Abenteuern in den Polizeikasernen in einem Alter, in dem andere Leutchen sich in einem Schaukelstuhl wiegen und die Sterne zählen. Er hatte ein Bild Juanas, mit einer Blumengirlande umkränzt, neben die unvermeidlichen roten Fahnen gehängt.

Die Feier begann mit einer Messe, die durch vier Gitarren belebt wurde, und alle Nachbarn nahmen daran teil. Lautsprecher waren aufgestellt, damit die Menge, die die Straße überflutete, der Zeremonie folgen konnte. Nach dem Segen traten ein paar Leute vor, um von einem neuen Fall von Behördenmißbrauch zu berichten, aber Filomena nahte mit großen Schritten und verkündete, jetzt sei es einmal genug der Klagen und an der Zeit, sich zu vergnügen. Alle gingen in den Patio, jemand winkte den Musikern, und augenblicklich begannen Tanz und Schmauserei. Die Damen aus dem feinen Viertel trugen die Speisen auf, während El Cuchillo Feuerwerkskörper entzündete und der Priester, umgeben von all seinen Pfarrkindern und Freunden, einen Charleston tanzte, um zu beweisen, daß er nicht nur sehen konnte wie ein Adler, sondern daß es auch niemanden gab, der es ihm bei einer Lustbarkeit gleichtun konnte.

»Diese Volksfeste haben so gar nichts Poetisches«, stellte Gilberto nach dem dritten Glas falscher Mandelmilch fest, aber sein englischer-Lord-Überdruß konnte nicht vertuschen, daß er sich ausgezeichnet amüsierte.

»Los, Priesterchen, erzähl uns von dem Wunder!« rief einer, und die übrigen Gäste schlossen sich der Bitte an.

Don Miguel hieß die Musik schweigen, brachte seine Kleider in Ordnung, fuhr sich mit der Hand glättend über die wenigen Haarbüschel, die sein Haupt krönten, und mit einer vor Dankbarkeit rauhen Stimme berichtete er von seinem Erlebnis mit Juana von den Lilien, ohne deren Eingreifen alle Kunstfertigkeiten der Wissenschaft und der Technik fruchtlos geblieben wären.

»Wenn sie wenigstens eine proletarische Selige wäre, das würde es leichter machen, ihr zu trauen«, sagte einer dreist, und allgemeines Gelächter stimmte ihm zu.

»Macht mir ja keinen Mist mit dem Wunder, sonst wird die Heilige am Ende noch böse auf mich, und ich bin wieder blind wie ein Katzenjunges«, schimpfte Pater Miguel entrüstet. »Und jetzt stellt euch alle in einer Reihe auf, denn ihr sollt mir einen Brief an den Papst unterschreiben.«

Und so, unter Gelächter und vielen Schlucken Wein, unterzeichneten alle Einwohner die Bittschrift zur Seligsprechung der Juana von den Lilien.

Alfred Döblin

Das Märchen von der Technik

Dies ist eine wahre Geschichte, und sie zeigt, daß sogar in den hellsten Zeiten Wunder möglich sind.

Da war in der Ukraine ein kleines jüdisches Städtchen, da saß ein Vater mit seiner Familie, es war noch vor dem Krieg, der Zar regierte in Petersburg, in der Ukraine aber saß die ›Schwarze Hand‹ und regierte auch. Und einmal brauchten einige Leute wieder Geld, und die Juden waren doch da und hatten gute Geschäfte gemacht, da ließ man was herumerzählen von Ostern, von einem schlechten Wort über die Popen, und ein Jude hat gelacht, wie einer was gesagt hat von der heiligen Mutter Gottes zu Czenstochau, und so und noch anderes wurde vorbereitet, die Schwarze Hand aber hat alles nachbereitet, auch daß die Polizei grade ein Fest hatte, und der Herr Oberst saß beim Festmahl, grade an dem Tag. Und was wird geschehen, sie werden sich zusammenrotten, es war schon etwas durchgesickert, aber es hilft nichts. Pogrom ist Pogrom, Blut fließt, die jüdischen Leute sind aber auch keine Kinder, und endlich fließt auch Blut drüben, man wird sich nicht von bösen Tieren zerreißen lassen. Und da ist ein Vater, der sein Haus gut beschützt hat, und ein Beil hat er auch bei dem Pogrom gehabt, und es werden wohl einige das Beil gesehen haben, – und da hat der Vater gedacht, es ist besser, wir warten nicht erst auf die Untersuchung und den Prozeß, und ist mit der Familie auf und davon, und weil es heimlich ging, hat er die beiden großen Söhne getrennt und gesagt: »Lemberg!« und hat ihnen Geld gegeben. Aber nur einen hat er dann wiedergesehen. Der andere, der so schön singen konnte, der kam nicht wieder. Keine Silbe hat man je von ihm gehört. Verschlungen vom Erdboden war der geliebte Sohn. Vater und Mutter zogen in eine kleine Stadt, die Verwandten taten für sie, was sie konnten, man kam wieder hoch, man kam auch durch den Krieg. Aber weder Vater noch Mutter wurden mehr froh. Der liebe Sohn war weg.

Tausendmal besprachen sie alles. Du hast ihm ein Beispiel gegeben, jammerte die Mutter, er wird auch ein Beil oder ein Messer genommen haben, ein Jud soll sich verstecken, – hätt ich mich erschlagen lassen sollen und euch alle damit, – ach, es leben noch so viele daheim.

Und die Zeit verging, die Mutter starb, dem Vater ging es schlimm, der Sohn unterstützte, und die Verwandten halfen. Der Vater aber saß noch immer, wo gesungen wurde, und dachte, wie hat mein Iizchak gesungen, eine schöne, schöne Stimme, wo gibt es heute noch solche Stimmen. Aber daß er soviel hörte und in Konzerte ging, das war die Fügung Gottes. Die Mutter war weggestorben, aber der Vater sollte wissen, daß Gott lebte und ihn nicht vergaß.

Da schenkte ihm der Vorsteher der Gemeinde, wie er siebzig alt war, ein Grammophon, und das ließ er sich vorspielen, und sein Ältester brachte ihm noch das Neuste, einen Radioapparat, damit konnte man hören weit weit, wo gesungen wurde auf der ganzen Welt, von wem auch immer. Aber Isaak singt nicht mit.

Und er hörte Tag für Tag alle Stimmen ab, so viele, so schmetternde, und die Schlager, die sie jetzt machen, wonach sie tanzen.

Und eines Mittags gegen zwölf spielte wieder sein Apparat, und die Schwiegertochter kochte in der Küche, da ging die Tür auf, und der alte Vater, das Käppchen schief auf dem Kahlkopf, kommt schreiend heraus, hat große große Augen und schreit: »Rosalie, hör doch, hör doch!« Gotteswillen, was ist mit dem Mann, ich lauf rüber zu Jankel. »Hör doch, Rosalie, er singt, es ist Iizchak! Rosalie, mein Kind, hör doch. Iizchak ist es!« Und sie muß ihn festhalten und zu einem Küchenstuhl führen, den alten Mann, die Musik hat geendet, es war ein Tempelgesang, jetzt kam ein Gassenhauer, sie wollte abstellten, stell nicht ab, vielleicht kommt es nochmal.

Was ist weiter zu erzählen. Sie haben auf den Alten gehört, der Sohn ist mit ihm nach Warschau gefahren, sie haben die Platte gefunden, und auf der Platte stand sein Name, ein englischer, er war ein amerikanischer Kantor, ein berühmter Mann, sie fanden noch eine andere Platte von ihm in Warschau.

Und dann gingen die Telegramme hin und her, und wirklich, es war Iizchak, der mit einem Schub nach Amerika gegangen war, er hatte nach den Eltern geforscht in Rußland, aber dann kam der Krieg, und wie sollte er dann suchen.

Und das hat das Radio gemacht, und das ist die Technik, und sie hat einen Sohn wieder zu seinem Vater geführt, und beide wissen, Gott lebt, und wer an ihn glaubt, kann auf ihn bauen.

Mario Vargas Llosa

Heilige unter Sündern

Die Frau, der dieses kleine Etablissement in einem zwielichtigen Viertel von Medellín gehört, hatte gewiß keine Gotteslästerung im Sinn. Alle Welt kennt diese Stadt wegen der Drogenkartelle, die hier ihre Fäden ziehen, und wegen der Gewalt, die oft ihre Straßen mit Blut erfüllt. Aber Medellín ist auch eine wunderschöne Stadt, die sich durch ein fruchtbares Tal zieht und von den umliegenden Gipfeln aus wie eine gewaltige Luftspiegelung erscheint. Die Stadt ist auch für den religiösen Eifer ihrer Bewohner bekannt und eine Hochburg des Katholizismus. Die Wirtin dieser Rotlichtbar, in der diabolische Rhythmen pulsieren, hat das Marienbild aus wahrhaftiger Gläubigkeit heraus an die Wand gehängt. Und natürlich auch, damit die Muttergottes, in ihrer unendlichen Güte, Prügeleien, Messerstechereien und Schießereien von hier fernhalte und ihre Mädchen vor ansteckenden Krankheiten, Erschöpfung und ganz besonders der Verzweiflung bewahre, die manchmal, ohne jede Vorwarnung, einige der schillernden Nachtfalter in den Selbstmord treibt.

Das Betreiben einer Bar, einer Diskothek oder eines Bordells, wie immer Sie es nennen mögen, ist nirgendwo einfach. Aber in Medellín ist es noch viel schwieriger als in jeder anderen Stadt auf der Welt, weil es hier so viele Messer und Feuerwaffen gibt und weil verbale Debatten zwischen den *paisas* (so werden die Bewohner dieses Tales genannt) so rasch wie nirgendwo sonst in Raufereien oder Verbrechen ausarten. Doch diese Bordellwirtin hat bisher Glück gehabt. Obwohl die Gäste trinken und auf die Pauke hauen, tanzen und sich betrinken und die Mädchen mit hinauf nehmen in die kleinen Zimmer im Obergeschoß, benehmen sie sich doch im Großen und Ganzen ordentlich und verursachen keinen Aufruhr. Natürlich hat schon mal jemand eins auf die Nase oder eine Flasche über den Schädel bekommen, und blaue Augen sind häufig, wie überall. Aber bisher – und das Etablissement existiert jetzt schon volle fünf Jahre – hat noch niemand auf dem Sägemehlboden seine Seele ausgehaucht. Und wer, wenn nicht die heilige Muttergottes an dieser Gipswand, könnte für ein derartiges Wunder verantwortlich sein?

Giorgio Manganelli

Ein berühmter Glockenfabrikant

Ein berühmter Glockenfabrikant – mit langem Bart und durch und durch atheistisch – erhielt eines Tages den Besuch zweier Kunden. Sie waren in Schwarz gekleidet und sehr ernst und hatten Wülste an den Schultern, weshalb der Atheist dachte, daß dort auch Flügel sein könnten, wie sie nach dem Hörensagen bei Engeln üblich sind; aber er maß dem weiter keine Bedeutung bei, da es sich nicht mit seinen Überzeugungen vertrug. Die beiden Herren bestellten bei ihm eine Glocke von riesigen Ausmaßen – noch nie hatte der Meister etwas ähnliches gemacht – und aus einer Legierung, die er noch nie verwendet hatte; die beiden Herren erklärten ihm, daß die Glocke einen besonderen Klang erzeugen würde – absolut anders als bei jeder anderen Glocke. Als sie sich verabschiedeten, erklärten die beiden Herren – nicht ohne eine Spur von Verlegenheit –, daß die Glocke für das Jüngste Gericht bestimmt sei, welches jetzt nahe bevorstünde. Der Glockenmeister lachte freundschaftlich und sagte, daß es zwar nie ein Jüngstes Gericht geben würde, daß er die Glocke aber trotzdem in der angegebenen Weise und in der vereinbarten Zeit herstellen würde. Die beiden Herren kamen alle zwei bis drei Wochen vorbei, um zu sehen, wie die Arbeit fortschritt; es waren zwei melancholische Herren und es schien – obwohl sie die Arbeit des Meisters bewunderten – als wären sie insgeheim unzufrieden. Dann ließen sie sich eine Weile nicht mehr blicken. In der Zwischenzeit brachte der Meister die größte Glocke seines Lebens zur Vollendung und merkte, daß er stolz darauf war, und es kam ihm vor, als ob er in seinen geheimsten Träumen wünschte, eine so schöne und auf der ganzen Welt einzigartige Glocke möge beim Jüngsten Gericht Verwendung finden. Als die Glocke bereits fertiggestellt und auf ein Holzgerüst montiert war, tauchten die beiden Herren wieder auf. Sie betrachteten die Glocke voller Bewunderung und zugleich voll tiefer Melancholie. Sie seufzten. Schließlich wandte sich der anscheinend gewichtigere der beiden an den Meister und sagte mit verhaltener Stimme und fast schamhaft: »Sie hatten recht, lieber Meister; es wird kein Jüngstes Gericht geben – weder jetzt noch irgendwann. Es war ein schrecklicher Irrtum.« Der Meister sah die beiden Herren an – ebenfalls mit einer gewissen Melancholie, aber wohlwollend und glücklich. »Zu spät, meine Herren«, sagte er leise und bestimmt und ergriff das Seil, und die große Glocke begann zu schwingen und klang ganz laut und hell, und es kam wie es kommen mußte: die Himmel taten sich auf.

Peter Handke

Lebensbeschreibung

Gott erblickte das Licht der Welt in der Nacht vom vierundzwanzigsten zum fünfundzwanzigsten Dezember. Die Mutter Gottes wickelte Gott in Windeln. Auf einem Esel flüchtete er sodann nach Ägypten. Als seine Taten verjährt waren, kehrte er in sein Geburtsland zurück, weil er fand, daß dort der Ort sei, an welchem ein jeder am besten gedeihen könnte. Er wuchs auf im stillen und nahm zu an Alter und Wohlgefallen. Es litt ihn in der Welt. Er wurde die Freude seiner Eltern, die alles daransetzten, aus ihm einen ordentlichen Menschen zu machen.
So erlernte er nach einer kurzen Schulzeit das Zimmermannshandwerk. Dann, als seine Zeit gekommen war, legte er, sehr zum Verdruß seines Vaters, die Hände in den Schoß.
Er trat aus der Verborgenheit. Es hielt ihn nicht mehr in Nazareth. Er brach auf und verkündete, daß das Reich Gottes nahe sei.
Er wirkte auch Wunder. Er sorgte für Unterhaltung bei Hochzeiten. Er trieb Teufel aus. Einen Schweinezüchter brachte er auf solche Art um sein Eigentum.
In Jerusalem verhinderte er eines Tages im Tempel den geregelten Geldverkehr. Ohne das Versammlungsverbot zu beachten, sprach er oft unter freiem Himmel. Aus der Langeweile der Massen gewann er einigen Zulauf. Indes predigte er meist tauben Ohren.
Wie später die Anklage sagte, versuchte er das Volk gegen die Obrigkeit aufzuwiegeln, indem er ihm vorspiegelte, er sei der ersehnte Erlöser. Anderseits war Gott kein Unmensch. Er tat keiner Fliege etwas zuleide. Niemandem vermochte er auch nur ein Haar zu krümmen.

Er war nicht menschenscheu. Unbeschadet seines ein wenig großsprecherischen Wesens war er im Grunde harmlos. Immerhin hielten einige Gott für besser als gar nichts. Die meisten jedoch erachteten ihn für so gut wie nichts. Deshalb wurde ihm ein kurzer Prozeß gemacht. Er hatte zu seiner Verteidigung wenig vorzubringen. Wenn er sprach, sprach er nie zur Sache. Im übrigen blieb er bei seiner Aussage, daß er der sei, der er sei. Meist aber schwieg er.
Am Karfreitag des Jahres dreißig oder neununddreißig nach der Zeitwende wurde er, in einem nicht ganz einwandfreien Verfahren ans Kreuz gehenkt.
Er sagte noch sieben Worte. Um drei Uhr Nachmittag, bei sonnigem Wetter, gab er den Geist auf.
Zur gleichen Zeit wurde in Jerusalem ein Erdbeben von mittlerer Stärke verzeichnet. Es ereigneten sich geringe Sachschäden.

Das Wunder zu Weihnachten

Truman Capote

Eine Flasche voll Silber

Nach der Schule arbeitete ich früher im Drugstore Valhalla. Er gehörte meinem Onkel, Mr. Ed Marshall. Ich nenne ihn Mr. Marshall, weil jeder, einschließlich seiner Frau, ihn Mr. Marshall nannte. Trotzdem war er ein netter Mensch.

Der Drugstore war vielleicht altmodisch, aber dafür groß und dunkel und kühl: In den Sommermonaten gab es keinen angenehmeren Ort im Städtchen. Zur Linken, wenn man eintrat, war der Tabak- und Zeitschriftenstand, hinter dem, in der Regel, Mr. Marshall saß: ein untersetzter Mann mit eckigem Gesicht, rosiger Haut und einem gezwirbelten, mannhaften weißen Schnurrbart. Nach diesem Stand kam der Ausschank mit der wunderschönen Theke. Sie war antik und aus edlem, vergilbtem Marmor, glatt anzufühlen, aber ohne eine Spur von billigem Glanz. Mr. Marshall hatte sie 1910 auf einer Auktion in New Orleans gekauft und war sichtlich stolz darauf. Wenn man auf den hohen, zierlichen Barhockern saß und über die Theke blickte, konnte man sich weich, wie bei Kerzenschein, in einer Reihe alter Spiegel mit Mahagonirahmen reflektiert sehen. Alle Artikel des täglichen Bedarfs waren in vitrinenartigen Schränken mit Glastüren ausgestellt, die mit Messingschlüsseln zugesperrt waren. Und immer hing in der Luft der Geruch von Sirup und Muskat und anderen Köstlichkeiten.

Das Valhalla war der Treffpunkt von Wachata County, bis ein gewisser Rufus McPherson in die Stadt kam und direkt gegenüber, auf der anderen Seite des Platzes vor dem Gerichtsgebäude, einen zweiten Drugstore eröffnete. Dieser Rufus McPherson war ein Schurke; das heißt, er nahm meinem Onkel Kundschaft weg. Er installierte neumodische Einrichtungen, wie elektrische Ventilatoren und bunte Lämpchen; er bot Bedienung im Auto und machte gegrillte Käsesandwiches auf Bestellung. Wenngleich auch manche Kunden Mr. Marshall treu blieben, so konnten doch die meisten Rufus McPherson nicht widerstehen.

Eine Zeitlang zog Mr. Marshall es vor, ihn zu ignorieren: Wenn McPhersons Name erwähnt wurde, stieß er eine Art Schnauben aus, fingerte an seinem Schnurrbart herum und blickte in die andere Richtung. Aber man merkte genau, daß er wütend war. Und immer wütender wurde. Als ich dann eines Tages Mitte Oktober ins Valhalla spazierte, sah ich ihn an der Theke sitzen, wo er mit Hamurabi Domino spielte und Wein trank.

Hamurabi war ein Ägypter und so etwas wie ein Dentist, obgleich er nicht viel zu tun hatte, da die Menschen hier bei uns ungewöhnlich gute Zähne haben, was auf ein Element im Wasser zurückzuführen ist. Er verbrachte einen Großteil seiner Zeit damit, im Valhalla herumzulungern, und war der beste Kumpel meines Onkels. Er war eine stattliche Erscheinung, dieser Hamurabi, dunkelhäutig und über zwei Meter groß; die Matronen der Stadt hielten ihre Töchter hinter Schloß und Riegel und machten ihm selbst schöne Augen. Er hatte überhaupt keinen ausländischen Akzent, und ich war immer der Meinung, daß er genauso wenig Ägypter war wie der Mann im Mond.

Jedenfalls saßen sie da und becherten italienischen Rotwein aus einer dickbauchigen Vierliterflasche. Es war ein beunruhigender Anblick, denn Mr. Marshall war als Abstinenzler bekannt. Also dachte ich natürlich: Auweia, Rufus McPherson hat ihm endgültig den Rest gegeben. Aber das war nicht der Fall.

»Komm her, Junge«, sagte Mr. Marshall, »nimm dir ein Glas Wein.«

»Klar«, sagte Hamurabi, »wir müssen die Flasche doch austrinken. Schließlich haben wir sie gekauft, da dürfen wir nichts verkommen lassen.«

Viel später, als die Flasche leer war, hob Mr. Marshall sie hoch und sagte: »Dann wollen wir mal sehen!« Und damit verschwand er hinaus in den Nachmittag.

»Wo will er denn hin?« fragte ich.

»Ah«, war alles, was Hamurabi dazu sagte. Es machte ihm Spaß, mich auf die Folter zu spannen.

Eine halbe Stunde verstrich, ehe mein Onkel zurückkam. Er ging gebeugt und ächzte unter der Last, die er trug. Er stellte die Flasche auf der Theke ab, trat lächelnd einen Schritt zurück und rieb sich die Hände. »Na, was sagt ihr dazu?«

»Ah«, schnurrte Hamurabi.

»Mann ...«, sagte ich.

Es war dieselbe Weinflasche, bei Gott, aber mit einem wundervollen Unterschied; denn nun war sie bis zum Rand mit silbernen Fünfcent- und Zehncentstücken gefüllt, die matt durch das dicke Glas schimmerten.

»Nicht übel, was?« sagte mein Onkel. »Hab ich drüben in der First National Bank machen lassen. Was Größeres als Fünfer haben sie nicht reingekriegt. Trotzdem ist da 'ne Menge Geld drin, das könnt ihr mir glauben.«

»Aber wozu das Ganze, Mr. Marshall?« sagte ich. »Ich meine, was ist der Sinn der Sache?«

Mr. Marshalls Lächeln verstärkte sich zu einem Grinsen. »Das hier ist eine Flasche voll Silber, könnte man sagen ...«

»Der Pokal am Ende des Regenbogens«, warf Hamurabi ein.

»... und der Sinn der Sache, wie du es nennst, ist, daß die Leute raten sollen, wie viel Geld da drin ist. Zum Beispiel, sagen wir, du kaufst etwas im Wert von einem Vierteldollar – nun, dann darfst du einen Tip abgeben. Je mehr du kaufst, desto mehr Chancen hast du. Und ich halte jeden Tip in meinem Haupt-

buch fest, bis dann an Weihnachten der, der dem richtigen Betrag am nächsten kommt, den ganzen Plunder kriegt.«
Hamurabi nickte feierlich. »Er spielt den Weihnachtsmann – einen mächtig schlauen Weihnachtsmann«, sagte er. »Ich gehe jetzt heim und schreibe ein Buch: *Der raffinierte Mord an Rufus McPherson.*« Um die Wahrheit zu sagen, manchmal schrieb er tatsächlich Kurzgeschichten und schickte sie an Zeitschriften. Sie kamen immer zurück.

Es war erstaunlich, eigentlich das reinste Wunder, wie Wachata County auf die Flasche reagierte. Ehrlich, so gute Geschäfte hatte das Valhalla nicht mehr gemacht, seit Bahnhofsvorsteher Tully, der arme Tropf, damals völlig den Verstand verlor und behauptete, hinter dem Depot auf Erdöl gestoßen zu sein, woraufhin das Städtchen von wild bohrenden Ölsuchern überschwemmt wurde. Sogar die Tagediebe aus dem Billardsalon, die nie einen Cent für etwas ausgaben, das nichts mit Schnaps oder Weibern zu tun hatte, begannen ihr übriges Kleingeld in Milchshakes zu investieren. Einige ältere Damen mißbilligten Mr. Marshalls Initiative öffentlich als eine Form von Glücksspiel, machten aber keinen weiteren Ärger, und einige sahen sich sogar veranlaßt, uns aufzusuchen und einen Tip zu wagen. Die Schulkinder waren ganz verrückt nach der Sache, und ich war sehr beliebt, weil sie dachten, ich wüßte die Antwort.
»Ich will dir verraten, warum das so ist«, sagte Hamurabi und zündete sich eine der ägyptischen Zigaretten an, die er sich per Post von einer Firma in New York City schicken ließ. »Dahinter steckt nicht das, was du dir vielleicht vorstellst; in anderen Worten, nicht Gier. Nein. Das Geheimnisvolle ist es, was lockt. Wenn du all die Fünfer und Zehner siehst, was denkst du da? ›Oh, so viel!‹ Nein, nein. Du denkst: ›Oh, *wie* viel?‹ Und das ist

nun wirklich eine tiefgründige Frage. Weil das nämlich für jeden etwas anderes bedeuten kann. Kapiert?«
Was war Rufus McPherson fuchtig! Als Kaufmann rechnet man fest damit, daß das Weihnachtsgeschäft einen Großteil des jährlichen Gewinns einbringt, und er hatte seine liebe Not, überhaupt Kundschaft zu finden. Also versuchte er, die Flasche zu kopieren; aber da er furchtbar geizig war, füllte er seine mit kupfernen Centstücken. Außerdem schrieb er einen Leserbrief an das *Banner*, unsere Wochenzeitung, in dem es hieß, man sollte Mr. Marshall »teeren und federn und aufknüpfen, weil er aus unschuldigen kleinen Kindern notorische Glücksspieler macht und sie geradewegs der Verdammnis anheimgibt!«. Man kann sich ja denken, wie sehr er sich damit zum Gespött der Leute machte. Jeder hatte nichts als Hohn für McPherson übrig. Und so stand er ab Mitte November nur noch vor seinem Laden auf dem Bürgersteig und starrte verbittert auf das fröhliche Treiben auf der anderen Seite des Platzes.

Etwa um diese Zeit traten Appleseed und Schwester zum ersten Mal in Erscheinung.
Er war fremd in der Stadt. Zumindest konnte sich niemand erinnern, ihn je zuvor gesehen zu haben. Er sagte, er lebe auf einer Farm eine Meile hinter Indian Branches; erzählte uns, seine Mutter wiege nur dreiunddreißig Kilo und daß er einen älteren Bruder habe, der für fünfzig Cent auf jeder Hochzeit Fiedel spielen würde. Er behauptete, Appleseed sei der einzige Name, den er habe, und daß er zwölf Jahre alt sei. Aber seine Schwester Middy sagte, er sei acht. Sein Haar war glatt und dunkelblond. Er hatte ein spitzes, wettergegerbtes Gesichtchen mit unruhigen grünen Augen, die sehr klug und wissend dreinblickten. Er war klein und schmächtig und überspannt; und er trug immer dieselbe Kleidung: einen roten Pullover, blaue Drillichho-

sen und ein Paar Männerstiefel, die bei jedem Schritt klapp-klapp machten.
Es regnete, als er das erste Mal ins Valhalla kam; die Haare klebten an seinem Kopf wie eine Kappe, und seine Stiefel waren schmutzverkrustet vom roten Schlamm der Landstraßen. Middy zottelte hinter ihm her, als er breitbeinig wie ein Cowboy an die Theke stolziert kam, wo ich gerade Gläser abtrocknete.
»Ich hab gehört, hier gibt's 'ne Flasche voll Geld, wo ihr herschenken wollt«, sagte er und blickte mir fest in die Augen. »Und wo's ihr sowieso herschenken wollt, wärn wir euch verbunden, wenn ihr's uns geben tätet. Der Name is' Appleseed, und das da ist meine Schwester Middy.«
Middy war ein deprimierendes, deprimiert wirkendes Kind. Sie war ein ganzes Stück größer und offenbar älter als ihr Bruder: eine richtige Bohnenstange. Sie hatte kurze hellblonde Haare, die wie abgesäbelt waren, und ein blasses mitleiderregendes Gesicht. Sie trug ein verschossenes Baumwollkleid, das weit oberhalb ihrer knochigen Knie aufhörte. Irgendetwas stimmte nicht mit ihren Zähnen, was sie zu verbergen versuchte, indem sie geziert die Lippen schürzte wie eine alte Dame.
»Tut mir leid«, sagte ich, »aber da mußt du mit Mr. Marshall sprechen.«
Und genau das tat er. Ich konnte hören, wie mein Onkel ihm erklärte, was er tun mußte, um die Flasche zu gewinnen. Appleseed hörte aufmerksam zu, wobei er hin und wieder nickte. Danach kam er wieder her und stellte sich vor die Flasche, berührte sie leicht mit der Hand und sagte: »Ist das nich' was Schönes, Middy?«
Middy sagte: »Tun sie's uns geben?«
»Nee. Die wollen, daß man raten tut, wie viel Geld drin ist. Und vorher mußt du erst was für 'n Vierteldollar kaufen, damit du überhaupt raten darfst.«

»Aber wir ham doch gar kein Vierteldollar nich'. Wo solln wir denn 'n Vierteldollar herkriegen?«

Appleseed runzelte die Stirn und rieb sich das Kinn. »Das is' nich' weiter schwer, das schaff ich schon. Mir macht was andres Kopfzerbrechen: Ich kann kein Risiko eingehen und einfach drauflosraten … ich muß es *wissen.*«

Nun, ein paar Tage später tauchten sie wieder auf. Appleseed setzte sich an der Theke auf einen Hocker und verlangte dreist zwei Gläser Wasser, eins für sich und eins für Middy. Und bei dieser Gelegenheit gab er Auskunft über seine Familie: »… dann is' da Papa Daddy, das ist der Papa von meiner Mama, der, wo von Franzosen abstammt und wo deshalb nich' gut Englisch kann. Mein Bruder, der, wo Fiedel spielt, der war schon dreimal im Gefängnis … Wegen dem ham wir auch weg müssen aus Louisiana. Der hat 'n Typ bös mit 'm Rasiermesser zugerichtet bei 'nem Streit um 'ne Frau, wo zehn Jahr' älter war als er. Die hat blonde Haare gehabt.«

Middy, die sich im Hintergrund hielt, sagte nervös: »Du sollst doch nich' so persönliche Privatsachen von unsrer Familie rumerzählen, Appleseed.«

»Sei still, Middy«, sagte er, und sie war still. »Sie ist 'n braves Mädchen«, fügte er hinzu, während er sich umdrehte und ihren Kopf tätschelte, »aber man darf ihr nich' arg viel durchgehen lassen. Geh und schau dir die Illustrierten an, Herzchen, und hör auf, an deinen Zähnen rumzumachen. Appleseed muß was austüfteln.«

Austüfteln bedeutete in diesem Fall, unverwandt auf die Flasche zu starren, als wollte er sie mit den Augen verschlingen. Das Kinn in die Hand gestützt, studierte er sie lange Zeit, ohne ein einziges Mal zu blinzeln. »Eine Lady in Louisiana hat mir gesagt, daß ich Sachen sehen kann, wo andre Leute nich' sehen können, weil ich mit einer Glückshaube aufm Kopf geboren bin.«

»Gib's auf, du kannst nicht sehen, wie viel drin ist«, sagte ich zu ihm. »Warum nimmst du nicht einfach die erstbeste Zahl, die dir in den Kopf kommt, vielleicht ist es ja die richtige.«

»Nix da«, sagte er, »viel zu unsicher. So 'n Risiko kann ich nich' eingehen. Aber wenn ich's richtig ausgetüftelt hab, gibt's nur *eine* todsichere Methode – man muß jeden einzelnen Fünfer und Zehner zählen.«

»Zählen?«

»Was zählen?« fragte Hamurabi, der gerade hereingeschlendert kam und sich nun an der Theke niederließ.

»Der Kleine sagt, er will zählen, wieviel in der Flasche ist«, erläuterte ich ihm.

Hamurabi sah Appleseed interessiert an. »Und wie willst du das anstellen, Junge?«

»Durch Zählen eben«, sagte Appleseed ganz sachlich.

Hamurabi lachte. »Dazu müßtest du Röntgenaugen haben, Junge, kann ich da nur sagen.«

»O nein. Man muß bloß mit 'ner Glückshaube aufm Kopf geboren sein. Eine Lady in Louisiana hat's mir gesagt. Sie war 'ne Zauberin; sie hat mich lieb gehabt, und als mich meine Ma ihr nich' hat geben wollen, da hat sie sie verhext, und jetzt wiegt meine Ma bloß noch dreiunddreißig Kilo.«

»Hoch-in-ter-es-sant«, lautete Hamurabis Kommentar, während er Appleseed mit einem sonderbaren Blick bedachte.

Middy kam angeschlurft, in der Hand eine Filmzeitschrift. Sie hielt Appleseed ein Foto hin und sagte: »Ist die nich' einfach bildhübsch? Siehst du's, Appleseed, siehst du, was die für schöne Zähne hat? Nich' einer davon schief.«

»Nu mach dir mal keine Sorgen«, sagte er.

Als sie gegangen waren, bestellte Hamurabi eine Flasche NEHI-Orangeade und trank sie langsam aus, während er eine Zigarette rauchte. »Glaubst du, daß das Bürschchen noch alle Tassen im Schrank hat?«, fragte er etwas später in verdutztem Ton.

Am schönsten ist Weihnachten in kleinen Orten, wie ich finde. Sie fangen die Festtagsstimmung schneller ein und verwandeln sich und leben auf unter ihrem Zauber. Bereits in der ersten Dezemberwoche waren die Haustüren mit Kränzen dekoriert, und in den Schaufenstern prunkten rote Papierglocken und Schneeflocken aus glitzernder Hausenblase. Die Kinder zogen hinaus in den Wald und kamen mit würzig riechenden immergrünen Bäumen im Schlepptau zurück. Schon jetzt waren die Frauen damit beschäftigt, Kuchen zu backen, Gläser mit Konfitüre zu öffnen und Flaschen mit Brombeer- und Muskatellerwein zu entkorken. Auf dem Platz vor dem Gerichtsgebäude wurde ein riesiger Baum mit Lametta und bunten Glühbirnen geschmückt, die bei Sonnenuntergang eingeschaltet wurden. Am späten Nachmittag konnte man den Chor in der presbyterianischen Kirche Weihnachtslieder für den alljährlichen Rundgang proben hören. Und in der ganzen Stadt standen die Kamelien in voller Blüte.

Der einzige Mensch, den diese herzerwärmende Atmosphäre nicht im Geringsten zu berühren schien, war Appleseed. Er widmete sich seiner selbstgesetzten Aufgabe, mit großer Gewissenhaftigkeit das Geld in der Flasche zu zählen. Inzwischen kam er jeden Tag ins Valhalla und konzentrierte sich auf die Flasche, wobei er düster dreinschaute und vor sich hin murmelte. Zuerst waren wir alle fasziniert, doch nach einer Weile wurde es langweilig, und keiner nahm mehr Notiz von ihm. Er kaufte nie etwas, da er die fünfundzwanzig Cent anscheinend nie auftreiben konnte. Manchmal unterhielt er sich mit Hamurabi, der sich für ihn zu interessieren begonnen hatte und gelegentlich einen Plombenzieher oder eine Lakritzstange springen ließ.

»Glauben Sie immer noch, daß er spinnt?«, fragte ich.
»Da bin ich mir nicht mehr so sicher«, sagte Hamurabi. »Aber eins weiß ich genau. Er ißt nicht genug. Ich werde ihn mal ins Rainbow Café mitnehmen und ihm einen Grillteller spendieren.«
»Ihm wäre es lieber, Sie würden ihm einen Vierteldollar geben.«
»Nein. Ein Grillteller ist das, was er braucht. Außerdem wäre es besser, wenn er nie einen Tipp abgeben würde. Bei einem überspannten Kerlchen wie ihm, einem so ungewöhnlichen, möchte ich nicht dafür verantwortlich sein, wenn er verliert. Denn das wäre erbärmlich.«
Ich muß gestehen, daß ich Appleseed damals schlicht für sonderbar hielt. Mr. Marshall hatte Mitleid mit ihm, und die Kinder versuchten ihn zu hänseln, mußten es aber aufgeben, da er einfach nicht darauf einging. Und so konnte man ihn klar und deutlich an der Theke sitzen sehen, die Stirn gerunzelt und den Blick starr auf die Flasche geheftet. Dabei war er so abwesend, daß man manchmal das unheimliche Gefühl hatte, daß er, na ja, vielleicht gar nicht existierte. Und wenn man sich dessen ziemlich sicher war, wachte er plötzlich auf und sagte etwas in der Art wie: »Hoffentlich ist da ein Büffel-Fünfer von 1913 drin. Ein Typ hat mir erzählt, daß er mal gesehen hat, wie ein Büffel-Fünfer von 1913 fünfzig Dollar wert war.« Oder: »Die Middy wird mal 'ne ganz große Dame beim Film. Die kriegen jede Menge Geld, die Damen, wo beim Film sind, und dann essen wir nie kein Kohl mehr, solange wir leben. Aber die Middy sagt, sie kann nich' zum Film, bevor nich' ihre Zähne schön sind.«
Middy trabte nicht immer hinter ihrem Bruder her. Wenn sie nicht mitkam, war Appleseed anders als sonst; er wirkte dann schüchtern und blieb nicht lange.
Hamurabi hielt sein Versprechen und spendierte ihm im Rain-

bow Café einen Grillteller. »Der Mr. Hamurabi ist ja ganz nett«, sagte Appleseed später, »aber der hat schon komische Ideen: Der glaubt, daß wenn er in dem Ägypten da wohnen tät, dann wär er ein König oder so was Ähnliches.«

Und Hamurabi sagte: »Der Junge hat ein geradezu rührendes Gottvertrauen. Das ist etwas Wunderbares. Aber allmählich wird mir die ganze Sache zuwider.« Er deutete auf die Flasche. »Menschen derart Hoffnungen zu machen, ist grausam, und es tut mir verdammt leid, daß ich jemals etwas damit zu tun hatte.«

Der beliebteste Zeitvertreib im Valhalla war, zu entscheiden, was man sich kaufen würde, falls man die Flasche gewann. Unter denen, die sich daran beteiligten, waren: Solomon Katz, Phoebe Jones, Carl Kuhnhardt, Puly Simmons, Addie Foxcroft, Marvin Finkle, Trudy Edwards und ein Farbiger namens Erskine Washington. Und dies waren einige der Antworten: ein Ausflug nach und eine Dauerwelle in Birmingham, ein gebrauchtes Klavier, ein Shetland-Pony, ein goldenes Armband, eine mehrbändige Ausgabe der *Rover Boys*-Bücher und eine Lebensversicherungspolice.

Einmal fragte Mr. Marshall Appleseed, was er sich kaufen würde. »Das ist ein Geheimnis«, war die Antwort, und kein noch so hartnäckiges Nachbohren konnte es ihm entlocken. Für uns stand fest, was immer es auch war, er wollte es unbedingt haben.

Richtig Winter wird es in unserer Gegend normalerweise erst Ende Januar, und dann ist er mild und dauert nicht lange. Doch in dem Jahr, von dem ich berichte, wurden wir in der Woche vor Weihnachten von einem einmaligen Kälteeinbruch heimgesucht. Manche sprechen noch heute davon, denn es war wirklich schlimm: Wasserrohre froren ein; viele Leute mußten die Tage in ihre Steppdecken gekuschelt im Bett verbringen, da sie es versäumt hatten, ausreichend Brennholz für das Kaminfeuer einzulagern; der Himmel nahm diesen merkwürdigen stumpfen Grauton an wie kurz vor einem Gewitter, und die Sonne war so fahl wie der abnehmende Mond. Es wehte ein scharfer Wind: Die alten dürren Blätter des vergangenen Herbstes fielen auf den vereisten Boden, und der Baum auf dem Platz vor dem Gerichtsgebäude wurde zweimal seines Weihnachtsschmucks beraubt. Wenn man ausatmete, bildete der Atem rauchartige Wolken. Drunten bei der Seidenspinnerei, wo die ganz Armen wohnten, drückten sich die Familien nachts im Dunkeln eng aneinander und erzählten sich Geschichten, um sich von der Kälte abzulenken. Draußen auf dem Land deckten die Farmer ihre zarten Pflanzen mit Jutesäcken ab und beteten; manche nutzten das Wetter, um ihre Schweine zu schlachten und die frischen Würste in die Stadt zu bringen. Mr. R. C. Judkins, unser stadtbekannter Säufer, staffierte sich mit einem Anzug aus roter Gaze aus und spielte im Billigkaufhaus den Weihnachtsmann. Mr. R. C. Judkins war Vater einer großen Familie, und so war jedermann froh, daß er immerhin nüchtern genug war, sich einen Dollar zu verdienen. Es fanden mehrere kirchliche Geselligkeiten statt, bei deren einer Mr. Marshall sich von Angesicht zu Angesicht Rufus McPherson gegenübersah: Heftige Worte wurden gewechselt, aber es kam nicht zu Handgreiflichkeiten.

Wie bereits erwähnt, lebte Appleseed auf einer Farm eine Meile hinter Indian Branches, das heißt ungefähr drei Meilen außerhalb der Stadt; ein mächtig langer und einsamer Weg. Aber trotz der Kälte kam er jeden Tag ins Valhalla und blieb bis Ladenschluss, der wegen der kurz gewordenen Tage nach Einbruch der Dunkelheit war. Hin und wieder wurde er auf dem Heimweg ein Stück vom Vorarbeiter der Seidenspinnerei im Auto mitgenommen, aber nicht oft. Er sah müde aus, und er

hatte Sorgenfalten um den Mund. Er fror ständig und zitterte viel. Ich glaube, daß er nicht einmal warme Unterhosen unter seinem roten Pullover und den blauen Hosen anhatte.
Es war drei Tage vor Weihnachten, als er aus heiterem Himmel verkündete: »So, ich bin fertig. Ich meine, ich weiß jetzt, wieviel in der Flasche drin ist.« Er behauptete dies mit so fester, feierlicher Überzeugung, daß es schwerfiel, ihm nicht zu glauben.
»Nun mal halblang, Junge, nicht so schnell«, sagte Hamurabi, der anwesend war. »Das kannst du doch überhaupt nicht wissen. So was darfst du nicht mal denken, sonst steht dir eine furchtbare Enttäuschung bevor.«
»Sie brauchen mir keine Predigt zu halten, Mr. Hamurabi. Ich weiß, was ich mache. Eine Lady in Louisiana hat gesagt ...«
»Ja, ja, ja – aber du mußt das vergessen. Wenn ich du wäre, würde ich heimgehen und dort bleiben und die ganze verdammte Flasche vergessen.«
»Mein Bruder spielt heut Abend drüben in Cherokee City bei 'ner Hochzeit Fiedel, und der gibt mir den Vierteldollar«, sagte Appleseed dickköpfig. »Morgen riskier ich's.«

Und so war ich am nächsten Tag ziemlich aufgeregt, als Appleseed und Middy hereinkamen. Und tatsächlich, er hatte seinen Vierteldollar: Er war sicherheitshalber in den Zipfel eines roten Halstuchs geknotet.
Die beiden spazierten Hand in Hand zwischen den Vitrinen herum und berieten im Flüsterton, was sie kaufen sollten. Sie entschieden sich schließlich für ein fingerhutgroßes Fläschchen Gardenienparfüm, das Middy umgehend aufmachte und sich teilweise auf die Haare kippte. »Das riecht wie ... Heilige Maria, ich hab noch nie so was Feines gerochen. Komm, Appleseed, Herzchen, laß dir was davon aufs Haar tun.« Aber er ließ sie nicht.

Mr. Marshall holte das Hauptbuch hervor, in dem er alle geschäftlichen Vorgänge festhielt, während Appleseed zur Theke schlenderte, beide Hände an die Flasche legte und sie sanft streichelte. Seine Augen leuchteten, und seine Wangen waren vor Aufregung gerötet. Mehrere Personen, die in dem Moment im Drugstore waren, drängten näher heran. Middy hielt sich im Hintergrund, kratzte sich unbeteiligt am Bein und schnupperte an ihrem Duftwasser. Hamurabi war nicht da.

Mr. Marshall beleckte die Spitze seines Bleistifts und lächelte. »Okay, Junge, was meinst du?«

Appleseed holte tief Luft. »Siebenundsiebzig Dollar und fünfunddreißig Cent«, stieß er hervor.

Mit der Wahl eines so krummen Betrags bewies er Originalität, denn der Durchschnittstipp war eine gerade runde Summe. Mr. Marshall wiederholte feierlich die Zahl, während er sie aufschrieb.

»Wann erfahr ich, ob ich gewonnen hab?«

»Heiligabend«, sagte jemand.

»Das ist morgen, stimmt's?«

»So ist es«, sagte Mr. Marshall, keineswegs überrascht. »Komm um vier Uhr her.«

Während der Nacht fiel das Thermometer noch tiefer, und gegen Morgengrauen gab es ein kurzes Gewitter wie im Sommer, so daß am Tag darauf alles klar und gefroren war. Das Städtchen sah aus wie eine Ansichtskarte aus dem hohen Norden, da Eiszapfen weißglitzernd an den Bäumen hingen und Eisblumen alle Fensterscheiben überzogen. Mr. R. C. Judkins stand früh auf und marschierte, ohne ersichtlichen Grund eine Tischglocke schwingend, durch die Straßen, wo er ab und zu stehen blieb, um sich einen kräftigen Schluck Whiskey aus der Halbliterflasche zu genehmigen, die er in der Gesäßtasche stecken hatte. Da der Tag windstill war, stieg der Rauch aus den Kaminen träge kerzengerade hinauf in den ruhigen, frostklaren Himmel. Am späten Vormittag zog der presbyterianische Chor bereits Weihnachtslieder singend von Haus zu Haus; und die Kinder (die Geistermasken trugen wie an Halloween) rannten im Kreis um den Platz herum und machten einen Riesenlärm.

Hamurabi kam gegen Mittag vorbei, um uns zu helfen, das Valhalla herzurichten. Er brachte einen großen Beutel Satsumas mit, und gemeinsam aßen wir sie bis zur letzten auf, warfen die Schalen in den gerade erst installierten Kanonenofen, der mitten im Raum stand und den sich Mr. Marshall selbst geschenkt hatte. Dann nahm mein Onkel die Flasche von der Theke, polierte sie und platzierte sie auf einem eigens aufgestellten Tisch. Danach war er überhaupt keine Hilfe mehr, denn er hockte sich auf einen Stuhl und verbrachte die ganze Zeit damit, eine geschmacklose grüne Schleife immer wieder neu um die Flasche zu binden. So mußten Hamurabi und ich den Rest alleine machen: Wir fegten den Boden und putzten die Spiegel und staubten die Vitrinen ab und hängten Girlanden aus rotem und grünem Krepppapier von Wand zu Wand. Als wir fertig waren, sah alles sehr schön und elegant aus.

Doch Hamurabi blickte bekümmert auf unser Werk und sagte: »Tja, ich glaube, ich sollte jetzt lieber gehen.«

»Willst du denn nicht hierbleiben?« fragte Mr. Marshall entsetzt.

»Nein, o nein«, sagte Hamurabi und schüttelte bedächtig den Kopf. »Ich möchte nicht das Gesicht von dem Jungen sehen. Heute ist Weihnachten, und da will ich mich so richtig amüsieren. Und das könnte ich nicht, nicht mit so etwas auf dem Gewissen. Herrgott, es würde mir den Schlaf rauben.«

»Wie du meinst«, sagte Mr. Marshall. Er zuckte die Achseln, aber man merkte genau, daß er tief gekränkt war. »So ist das Leben – und außerdem, wer weiß, vielleicht gewinnt er ja.«
Hamurabi seufzte düster. »Was hat er getippt?«
»Siebenundsiebzig Dollar und fünfunddreißig Cent«, sagte ich.
»Ich frage euch, ist das nicht völlig absurd?« sagte Hamurabi. Er ließ sich neben Mr. Marshall auf einen Stuhl fallen und schlug die Beine übereinander und zündete sich eine Zigarette an. »Falls du Baby-Ruth-Schokoriegel führst, dann hätte ich jetzt gern einen; ich habe einen schlechten Geschmack im Mund.«

Während sich der Nachmittag dahinschleppte, saßen wir drei um den Tisch und waren furchtbar melancholisch. Kaum einer sagte mal ein Wort, und da die Kinder den Platz verlassen hatten, kam das einzige Geräusch von der Uhr, die auf dem Turm des Gerichtsgebäudes die Stunden schlug. Das Valhalla hatte noch geschlossen, aber ständig gingen Leute vorbei und spähten durchs Fenster herein. Um drei Uhr wies mich Mr. Marshall an, die Tür aufzuschließen.
Binnen zwanzig Minuten war der Raum gerammelt voll; jeder trug seinen Sonntagsstaat, und die Luft roch süßlich, da sich die meisten Mädchen aus der Seidenspinnerei mit Vanille-Essenz parfümiert hatten. Die Leute drückten sich an die Wände, hockten auf der Theke, quetschten sich wohin sie nur konnten; schon bald hatte sich die Menge auf den Bürgersteig ausgebreitet und auf die Straße erstreckt. Der Platz war von Pferdefuhrwerken und Model-T-Fords gesäumt, die Farmer und ihre Familien in die Stadt gekarrt hatten. Es gab viel Gelächter und Geschrei und Gehänsel – mehrere empörte Damen beschwerten sich über das Fluchen und die derben Rempeleien der jün-

geren Männer, doch niemand ging. Am Seiteneingang hatte sich ein Grüppchen Farbiger versammelt und amüsierte sich königlich. Jeder genoß das Spektakel nach besten Kräften. Gewöhnlich ist es bei uns sehr ruhig: Eigentlich ist hier nie etwas los. Man kann mit Fug und Recht sagen, daß fast ganz Wachata County anwesend war, abgesehen von Gebrechlichen und Rufus McPherson. Ich hielt Ausschau nach Appleseed, sah ihn aber nirgends.

Mr. Marshall hüstelte und klatschte Aufmerksamkeit heischend in die Hände. Als sich alles beruhigt hatte und die Atmosphäre gebührend gespannt war, erhob er die Stimme wie ein Auktionator und rief: »Mal herhören alle, in diesem Umschlag, den ihr hier in meiner Hand seht« – er hielt einen braunen Briefumschlag in die Höhe – »also in dem ist die *Antwort* – die bis jetzt niemand kennt außer dem lieben Gott und der First National Bank, ha, ha. Und in diesem Buch« – er hielt mit der anderen Hand das Hauptbuch hoch – »habe ich aufgeschrieben, was jeder von euch geschätzt hat. Gibt's noch Fragen?« Alles schwieg. »Gut. Dann brauchen wir jetzt einen Freiwilligen …«

Keine Menschenseele rührte sich: Es war, als hätte eine ehrfürchtige Scheu die Menge ergriffen, und selbst die, die normalerweise geborene Angeber waren, scharrten verschämt mit den Füßen. Dann brüllte eine Stimme, die von Appleseed: »Laßt mich durch … Aus dem Weg, bitte, Ma'am.« In seinem Schlepptau folgten, während er sich nach vorn durchdrängte, Middy und ein schlaksiger, verschlafener Bursche, der offensichtlich der fiedelnde Bruder war. Appleseed war angezogen wie immer, doch sein Gesicht war rosig sauber geschrubbt, seine Stiefel waren gewienert, und sein Haar war mit Brillantine nach hinten an den Schädel geklebt. »Kommen wir zu spät?« keuchte er.

Aber Mr. Marshall sagte: »Dann willst du also unser Freiwilliger sein?«
Appleseed blickte verdutzt drein und nickte dann heftig.
»Hat jemand Einwände gegen den jungen Mann?«
Noch immer herrschte Totenstille. Mr. Marshall reichte Appleseed den Umschlag, der ihn gelassen entgegennahm. Er kaute auf der Unterlippe herum und studierte ihn kurz, bevor er die Klappe aufriß.
In der ganzen versammelten Menge gab es keinen Laut bis auf ein gelegentliches Husten und das leise Klingeln von Mr. R. C. Judkins Tischglocke. Hamurabi lehnte an der Theke und starrte hinauf an die Decke; Middy blickte ihrem Bruder ausdruckslos über die Schulter, und als er den Umschlag aufzureißen begann, stieß sie einen kurzen gequälten Seufzer aus.
Appleseed zog ein rosarotes Blatt Papier heraus, das er hielt, als wäre es etwas Zerbrechliches, und murmelte vor sich hin, was darauf stand. Plötzlich wurde sein Gesicht blaß, und Tränen schimmerten in seinen Augen.
»He, laß hören, Junge«, brüllte jemand.
Hamurabi trat vor und riß den Zettel geradezu an sich. Er räusperte sich und begann zu lesen, als sich plötzlich seine Miene grotesk verzog. »Heilige Mutter Gottes ...«, sagte er.
»Lauter! Lauter!« forderte ein aufgebrachter Chor.
»Alles Gauner!« brüllte Mr. R. C. Judkins, der inzwischen einen in der Krone hatte. »Da ist doch was faul, das stinkt doch zum Himmel!« Woraufhin ein wahrer Sturm von Buhrufen und Pfiffen die Luft zerriß.
Appleseeds Bruder fuhr herum und drohte mit der Faust. »Maul halten, Maul halten, sag ich, sonst kriegt ihr was auf eure gottverdammten Schädel, daß ihr Beulen habt so groß wie Warzenmelonen, kapiert?«
»Mitbürger«, rief Bürgermeister Mawes, »Mitbürger ... ich meine, es ist Weihnachten ... ich meine ...«

Und Mr. Marshall sprang auf einen Stuhl und klatschte und trampelte, bis ein Minimum an Ordnung wiederhergestellt war. Es sollte an dieser Stelle vielleicht angemerkt werden, daß wir später herausfanden, daß Mr. R.C. Judkins von Rufus McPherson bezahlt worden war, damit er diesen Tumult auslöste. Jedenfalls war, als der Krawall erstickt war, kein anderer im Besitz besagten Zettels als ich ... fragen Sie mich nicht, wieso.

Ohne zu überlegen brüllte ich: »Siebenundsiebzig Dollar und fünfunddreißg Cent.« Natürlich entging mir in der Aufregung zunächst die Bedeutung; es war bloß eine Zahl. Dann stieß Appleseeds Bruder einen Freudenschrei aus, und da begriff ich. Der Name des Siegers verbreitete sich schnell, und das ehrfürchtige, raunende Gewisper klang wie heftiger Regen.

Doch Appleseed selbst bot einen traurigen Anblick. Er heulte, als wäre er tödlich verletzt, aber als Hamurabi ihn sich auf die Schultern setzte, damit die Menge ihn deutlich sehen konnte, wischte er sich die Augen mit dem Pulloverärmel ab und begann zu grinsen. Mr. R.C. Judkins grölte: »Zigeuner! Dreckiger Zigeuner!«, wurde aber von einer ohrenbetäubenden Beifallssalve übertönt.

Middy packte meinen Arm. »Meine Zähne!« kreischte sie. »Jetzt krieg ich meine Zähne!«

»Zähne?« sagte ich verständnislos.

»Ein Gebiß«, sagt sie da. »Das wer'n wir uns von dem Geld kaufen – ein wunderschönes strahlend weißes Gebiß!«

Aber in dem Moment interessierte mich lediglich, wie Appleseed die richtige Zahl wissen konnte. »He, hör mal«, sagte ich verzweifelt, »hör mal, woher in aller Welt hat er gewußt, daß es exakt siebenundsiebzig Dollar und fünfunddreißig Cent sind?«

Middy sah mich komisch an. »Ich hab gedacht, er hat's dir gesagt«, sagte sie ganz ernst. »Er hat's gezählt.«

»Ja, schon, aber wie – wie?«
»Mann, weißt du nich', wie man zählt?«
»Und mehr hat er nicht gemacht?«
»Na ja«, sagte sie nach einer nachdenklichen Pause, »er hat auch noch gebetet.« Sie flitzte los, drehte sich dann noch einmal um und rief: »Außerdem ist er mit 'ner Glückshaube aufm Kopf geboren.«
Und näher kam nie jemand an des Rätsels Lösung heran. Wenn man Appleseed fortan fragte: »Wie?«, dann lächelte er nur sonderbar und wechselte das Thema. Viele Jahre später zogen er und seine Familie an irgendeinen Ort in Florida, und man hörte nie wieder von ihnen.
Aber in unserem Städtchen ranken sich noch immer Legenden um ihn; und Mr. Marshall wurde, bis zu seinem Tod im April vor einem Jahr, an jedem Weihnachtstag aufgefordert, die Geschichte von Appleseed in der baptistischen Bibelstunde vorzutragen. Hamurabi tippte einmal mit der Maschine einen Bericht und schickte ihn an verschiedene Zeitschriften. Er wurde nie abgedruckt. Ein einziger Redakteur antwortete, und der schrieb: »Wenn das kleine Mädchen tatsächlich ein Filmstar geworden ist, dann könnte an Ihrer Geschichte etwas dran sein.« Aber das ist nicht der Fall, also warum lügen?

Bertolt Brecht

Das Paket des lieben Gottes

Eine Weihnachtsgeschichte

»Nehmt eure Stühle und eure Teegläser mit hier hinter den Ofen und vergeßt den Rum nicht. Es ist gut, es warm zu haben, wenn man von der Kälte erzählt.

Manche Leute, vor allem eine gewisse Sorte Männer, die etwas gegen Sentimentalität hat, haben eine starke Aversion gegen Weihnachten. Aber zumindest ein Weihnachten in meinem Leben ist bei mir wirklich in bester Erinnerung. Das war der Weihnachtsabend 1908 in Chicago.

Ich war anfangs November nach Chicago gekommen, und man sagte mir sofort, als ich mich nach der allgemeinen Lage erkundigte, es würde der härteste Winter werden, den diese ohnehin genügend unangenehme Stadt zustande bringen könnte. Als ich fragte, wie es mit den Chancen für einen Kesselschmied stünde, sagte man mir, Kesselschmiede hätten keine Chancen, und als ich eine halbwegs mögliche Schlafstelle suchte, war alles zu teuer für mich. Und das erfuhren in diesem Winter 1908 viele in Chicago, aus allen Berufen.

Und der Wind wehte scheußlich vom Michigan-See herüber durch den ganzen Dezember, und gegen Ende des Monats schlossen auch noch eine Reihe großer Fleischpackereien ihren Betrieb und warfen eine ganze Flut von Arbeitslosen auf die kalten Straßen.

Wir trabten die ganzen Tage durch sämtliche Stadtviertel und suchten verzweifelt nach etwas Arbeit und waren froh, wenn wir am Abend in einem winzigen, mit erschöpften Leuten angefüllten Lokale im Schlachthofviertel unterkommen konnten. Dort hatten wir es wenigstens warm und konnten ruhig sitzen. Und wir saßen, so lange es irgend ging, mit einem Glas Whisky, und wir sparten alles den Tag über auf für dieses eine Glas Whisky, in das noch Wärme, Lärm und Kameraden mit einbegriffen waren, all das, was es an Hoffnung für uns noch gab.

Dort saßen wir auch am Weihnachtsabend dieses Jahres und das Lokal war noch überfüllter als gewöhnlich und der Whisky noch wässeriger und das Publikum noch verzweifelter. Es ist einleuchtend, daß weder das Publikum noch der Wirt in Feststimmung geraten, wenn das ganze Problem der Gäste darin besteht, mit einem Glas eine ganze Nacht auszureichen, und das ganze Problem des Wirtes, diejenigen hinauszubringen, die leere Gläser vor sich stehen hatten.

Aber gegen zehn Uhr kamen zwei, drei Burschen herein, die, der Teufel mochte wissen woher, ein paar Dollar in der Tasche hatten, und die luden, weil es doch eben Weihnachten war und Sentimentalität in der Luft lag, das ganze Publikum ein, ein paar Extragläser zu leeren. Fünf Minuten darauf war das ganze Lokal nicht wiederzuerkennen.

Alle holten sich frischen Whisky (und paßten nun ungeheuer genau darauf auf, daß ganz korrekt eingeschenkt wurde), die Tische wurden zusammengerückt, und ein verfroren aussehendes Mädchen wurde gebeten, einen Cakewalk zu tanzen, wobei sämtliche Festteilnehmer mit den Händen den Takt klatschten. Aber, was soll ich sagen, der Teufel mochte seine schwarze Hand im Spiele haben, es kam keine rechte Stimmung auf.

Ja, geradezu von Anfang an nahm die Veranstaltung einen direkt bösartigen Charakter an. Ich denke, es war der Zwang, sich beschenken lassen zu müssen, der alle so aufreizte. Die Spender dieser Weihnachtsstimmung wurden nicht mit freundlichen Augen betrachtet. Schon nach den ersten Gläsern des gestifteten Whiskys wurde der Plan gefaßt, eine regelrechte Weihnachtsbe-

scherung, sozusagen ein Unternehmen größeren Stiles, vorzunehmen.
Da ein Überfluß an Geschenkartikeln nicht vorhanden war, wollte man sich weniger an direkt wertvolle und mehr an solche Geschenke halten, die für die zu Beschenkenden passend waren und vielleicht sogar einen tieferen Sinn hatten.
So schenkten wir dem Wirt einen Kübel mit schmutzigem Schneewasser von draußen, wo es davon gerade genug gab, ›damit er mit seinem alten Whisky noch ins neue Jahr hinein ausreichte‹. Dem Kellner schenkten wir eine alte erbrochene Konservenbüchse, ›damit er wenigstens ein anständiges Servicestück hätte‹, und einem zum Lokal gehörigen Mädchen ein schartiges Taschenmesser, ›damit sie wenigstens die Schicht Puder vom vergangenen Jahr abkratzen könnte‹.
Alle diese Geschenke wurden von den Anwesenden, vielleicht nur die Beschenkten ausgenommen, mit herausforderndem Beifall bedacht. Und dann kam der Hauptspaß.
Es war nämlich unter uns ein Mann, der mußte einen schwachen Punkt haben. Er saß jeden Abend da, und Leute, die sich auf dergleichen verstanden, glaubten mit Sicherheit behaupten zu können, daß er, so gleichgültig er sich auch geben mochte, eine gewisse unüberwindliche Scheu vor allem, was mit der Polizei zusammenhing, haben mußte. Aber jeder Mensch konnte sehen, daß er in keiner guten Haut steckte.
Für diesen Mann dachten wir uns etwas ganz Besonderes aus. Aus einem alten Adreßbuch rissen wir mit Erlaubnis des Wirtes drei Seiten aus, auf denen lauter Polizeiwachen standen, schlugen sie sorgfältig in eine Zeitung und überreichten das Paket unserm Mann.
Es trat eine große Stille ein, als wir es überreichten. Der Mann nahm das Paket zögernd in die Hand und sah uns mit einem etwas kalkigen Lächeln von unten herauf an. Ich merkte, wie

er mit den Fingern das Paket anfühlte, um schon vor dem Öffnen festzustellen, was darin sein könnte. Aber dann machte er es rasch auf.

Und nun geschah etwas sehr Merkwürdiges. Der Mann nestelte eben an der Schnur, mit der das ›Geschenk‹ verschnürt war, als sein Blick scheinbar abwesend auf das Zeitungsblatt fiel, in das die interessanten Adreßbuchblätter geschlagen waren. Aber da war sein Blick schon nicht mehr abwesend. Sein ganzer dünner Körper (er war sehr lang) krümmte sich sozusagen um das Zeitungsblatt zusammen, er bückte sein Gesicht tief darauf herunter und las. Niemals, weder vor- noch nachher, habe ich je einen Menschen so lesen sehen. Er verschlang das, was er las, einfach. Und dann schaute er auf. Und wieder habe ich niemals, weder vor- noch nachher, einen Mann so strahlend schauen sehen wie diesen Mann.

Da lese ich eben in der Zeitung, sagte er mit einer verrosteten, mühsam ruhigen Stimme, die in lächerlichem Gegensatz zu seinem strahlenden Gesicht stand, daß die ganze Sache einfach schon lang aufgeklärt ist. Jedermann in Ohio weiß, daß ich mit der Sache nicht das Geringste zu tun hatte. Und dann lachte er.

Und wir alle, die erstaunt dabei standen und etwas ganz anderes erwartet hatten und fast nur begriffen, daß der Mann unter irgendeiner Beschuldigung gestanden und inzwischen, wie er eben aus diesem Zeitungsblatt erfahren hatte, rehabilitiert worden war, fingen plötzlich an, aus vollem Halse und fast aus dem Herzen mitzulachen, und dadurch kam ein großer Schwung in unsere Veranstaltung, die gewisse Bitterkeit war überhaupt vergessen und es wurde ein ausgezeichnetes Weihnachten, das bis zum Morgen dauerte und alle befriedigte.

Und bei dieser allgemeinen Befriedigung spielte es natürlich gar keine Rolle mehr, daß dieses Zeitungsblatt nicht wir ausgesucht hatten, sondern Gott.«

Marie Luise Kaschnitz

Das Wunder

Die Schwierigkeit, die man im Verkehr mit Don Crescenzo hat, besteht darin, daß er stocktaub ist. Er hört nicht das geringste und ist zu stolz, den Leuten von den Lippen zu lesen. Trotzdem kann man ein Gespräch mit ihm nicht einfach damit anfangen, daß man etwas auf einen Zettel schreibt. Man muß so tun, als gehöre er noch zu einem, als sei er noch ein Teil unserer lauten, geschwätzigen Welt.

Als ich Don Crescenzo fragte, wie das an Weihnachten gewesen sei, saß er auf einem der Korbstühlchen am Eingang seines Hotels. Es war sechs Uhr, und der Strom der Mittagskarawanen hatte sich verlaufen. Es war ganz still, und ich setzte mich auf das andere Korbstühlchen, gerade unter das Barometer mit dem Werbebild der Schiffahrtslinie, einem weißen Schiff im blauen Meer. Ich wiederholte meine Frage, und Don Crescenzo hob die Hände gegen seine Ohren und schüttelte bedauernd den Kopf. Dann zog er ein Blöckchen und einen Bleistift aus der Tasche, und ich schrieb das Wort »Natale« und sah ihn erwartungsvoll an.

Ich werde jetzt gleich anfangen, meine Weihnachtsgeschichte zu erzählen, die eigentlich Don Crescenzos Geschichte ist. Aber vorher muß ich noch etwas über diesen Don Crescenzo sagen. Meine Leser müssen wissen, wie arm er einmal war und wie reich er jetzt ist, ein Herr über hundert Angestellte, ein Besitzer von großen Wein- und Zitronengärten und von sieben Häusern. Sie müssen sich sein Gesicht vorstellen, das mit jedem Jahr der Taubheit sanfter wirkt, so als würden Gesichter nur von der beständigen Rede und Gegenrede geformt und bestimmt. Sie müssen ihn vor sich sehen, wie er unter den

Gästen seines Hotels umhergeht, aufmerksam und traurig und schrecklich allein. Und dann müssen Sie auch erfahren, daß er sehr gern aus seinem Leben erzählt und daß er dabei nicht schreit, sondern mit leiser Stimme spricht.

Oft habe ich ihm zugehört, und natürlich war mir auch die Weihnachtsgeschichte schon bekannt. Ich wußte, daß sie mit der Nacht anfing, in der der Berg kam, ja, so hatten sie geschrien: der Berg kommt, und sie hatten das Kind aus dem Bett gerissen und den schmalen Felsenweg entlang. Er war damals sieben Jahre alt, und wenn Don Crescenzo davon berichtete, hob er die Hände an die Ohren, um zu verstehen zu geben, daß dieser Nacht gewiß die Schuld an seinem jetzigen Leiden zuzuschreiben sei.

Ich war sieben Jahre alt und hatte das Fieber, sagte Don Crescenzo und hob die Hände gegen die Ohren, auch dieses Mal. Wir waren alle im Nachthemd, und das war es auch, was uns geblieben war, nachdem der Berg unser Haus ins Meer gerissen hatte, das Hemd auf dem Leibe, sonst nichts. Wir wurden von Verwandten aufgenommen, und andere Verwandte haben uns später das Grundstück gegeben, dasselbe, auf dem jetzt das Albergo steht. Meine Eltern haben dort, noch bevor der Winter kam, ein Haus gebaut. Mein Vater hat die Maurerarbeiten gemacht, und meine Mutter hat ihm die Ziegel in Säcken den Abhang hinuntergeschleppt. Sie war klein und schwach, und wenn sie glaubte, daß niemand in der Nähe sei, setzte sie sich einen Augenblick auf die Treppe und seufzte, und die Tränen liefen ihr über das Gesicht. Gegen Ende des Jahres war das Haus fertig, und wir schliefen auf dem Fußboden, in Decken gewickelt, und froren sehr.

Und dann kam Weihnachten, sagte ich, und deutete auf das Wort »Natale«, das auf dem obersten Zettel stand.

Ja, sagte Don Crescenzo, dann kam Weihnachten, und an diesem Tage war mir so traurig zumute wie in meinem ganzen Leben nicht. Mein Vater war Arzt, aber einer von denen, die keine Rechnungen schreiben. Er ging hin und behandelte die Leute, und wenn sie fragten, was sie schuldig seien, sagte er, zuerst müßten sie die Arzneien kaufen und dann das Fleisch für die Suppe, und dann wollte er ihnen sagen, wieviel. Aber er sagte es nie. Er kannte die Leute hier sehr gut und wußte, daß sie kein Geld hatten. Er brachte es einfach nicht fertig, sie zu drängen, auch damals nicht, als wir alles verloren hatten und die letzten Ersparnisse durch den Hausbau aufgezehrt waren. Er versuchte es einmal, kurz vor Weihnachten, an dem Tage, an dem wir unser letztes Holz im Herd verbrannten. An diesem Abend brachte meine Mutter einen Stoß weißer Zettel nach Hause und legte sie vor meinen Vater hin, und dann nannte sie ihm eine Reihe von Namen, und mein Vater schrieb die Namen auf die Zettel und jedesmal ein paar Zahlen dazu. Aber als er damit fertig war, stand er auf und warf die Zettel in das Herdfeuer, das gerade am Ausgehen war. Das Feuer flackerte sehr schön, und ich freute mich darüber, aber meine Mutter fuhr zusammen und sah meinen Vater traurig und zornig an. So kam es, daß wir am vierundzwanzigsten Dezember kein Holz mehr hatten, kein Essen und keine Kleider, die anständig genug gewesen wären, damit in die Kirche zu gehen. Ich glaube nicht, daß meine Eltern sich darüber viel Gedanken machten. Erwachsene, denen so etwas geschieht, sind gewiß der Überzeugung, daß es ihnen schon einmal wieder besser gehen wird und daß sie dann essen und trinken und Gott loben können, wie sie es so oft getan haben im Laufe der Zeit. Aber für ein Kind ist das etwas ganz anderes. Ein Kind sitzt da und wartet auf das Wunder, und wenn das Wunder nicht kommt, ist alles aus und vorbei …

Bei diesen Worten beugte sich Don Crescenzo vor und sah auf

die Straße hinaus, so als ob dort etwas seine Aufmerksamkeit in Anspruch nähme. Aber in Wirklichkeit versuchte er nur, seine Tränen zu verbergen. Er versuchte, mich nicht merken zu lassen, wie das Gift der Enttäuschung noch heute alle Zellen seines Körpers durchdrang.

Unser Weihnachtsfest, fuhr er nach einer Weile fort, ist gewiß ganz anders als die Weihnachten bei Ihnen zu Hause. Es ist ein sehr lautes, sehr fröhliches Fest. Das Jesuskind wird im Glasschrein in der Prozession getragen, und die Blechmusik spielt. Viele Stunden lang werden Böllerschüsse abgefeuert, und der Hall dieser Schüsse wird von den Felsen zurückgeworfen, so daß es sich anhört wie eine gewaltige Schlacht. Raketen steigen in die Luft, entfalten sich zu gigantischen Palmenbäumen und sinken in einem Regen von Sternen zurück ins Tal. Die Kinder johlen und lärmen, und das Meer mit seinen schwarzen Winterwellen rauscht so laut, als ob es vor Freude schluchze und singe. Das ist unser Christfest, und der ganze Tag vergeht mit Vorbereitungen dazu. Die Knaben richten ihre kleinen Feuerwerkskörper, und die Mädchen binden Kränze und putzen die versilberten Fische, die sie der Madonna umhängen. In allen Häusern wird gebraten und gebacken und süßer Sirup gerührt.

So war es auch bei uns gewesen, solange ich denken konnte. Aber in der Christnacht, die auf den Bergsturz folgte, war es in unserem Hause furchtbar still. Es brannte kein Feuer, und darum blieb ich so lange wie möglich draußen, weil es dort immer noch ein wenig wärmer war als drinnen. Ich saß auf den Stufen und sah zur Straße hinauf, wo die Leute vorübergingen und wo die Wagen mit ihren schwachen Öllämpchen auftauchten und wieder verschwanden. Es waren eine Menge Leute unterwegs, Bauern, die mit ihren Familien in die Kirche fuhren, und andere, die noch etwas zu verkaufen hatten, Eier und lebendige Hühner und Wein. Als ich da saß, konnte ich das Gegacker der Hühner hören und das lustige Schwatzen der Kinder, die einander erzählten, was sie alles erleben würden heute nacht. Ich sah jedem Wagen nach, bis er in dem dunklen Loch des Tunnels verschwand, und dann wandte ich den Kopf wieder und schaute nach einem neuen Fuhrwerk aus; als es auf der Straße stiller wurde, dachte ich, das Fest müsse begonnen haben und ich würde nun etwas vernehmen von dem Knattern der Raketen und den Schreien der Begeisterung und des Glücks. Aber ich hörte nichts als die Geräusche des Meeres, das gegen die Felsen klatschte, und die Stimme meiner Mutter, die betete und mich aufforderte, einzustimmen in die Litanei. Ich tat es schließlich, aber ganz mechanisch und mit verstocktem Gemüt. Ich war sehr hungrig und wollte mein Essen haben, Fleisch und Süßes und Wein. Aber vorher wollte ich mein Fest haben, mein schönes Fest …

Und dann auf einmal veränderte sich alles auf eine unfaßbare Art. Die Schritte auf der Straße gingen nicht mehr vorüber, und die Fahrzeuge hielten an. Im Schein der Lampen sahen wir einen prallen Sack, der in unseren Garten geworfen, und hochgepackte Körbe, die an den Rand der Straße gestellt wurden. Eine Ladung Holz und Reisig rutschte die Stufen herunter, und als ich mich vorsichtig die Treppe hinauftastete, fand ich auf dem niederen Mäuerchen, auf Tellern und Schüsseln, Eier, Hühner und Fisch. Es dauerte eine ganze Weile, bis die geheimnisvollen Geräusche zum Schweigen kamen und wir nachsehen konnten, wie reich wir mit einem Male waren. Da ging meine Mutter in die Küche und machte Feuer an, und ich stand draußen und sog inbrünstig den Duft in mich ein, der bei der Verbindung von heißem Öl, Zwiebeln, gehacktem Hühnerfleisch und Rosmarin entsteht.

Ich wußte in diesem Augenblick nicht, was meine Eltern schon ahnen mochten, nämlich, daß die Patienten meines Vaters, diese alten Schuldner, sich abgesprochen hatten, ihm Freude zu machen auf diese Art. Für mich fiel alles vom Himmel, die Eier und das Fleisch, das Licht der Kerzen, das Herdfeuer und der schöne Kittel, den ich mir aus einem Packen Kleider hervorwühlte und so schnell wie möglich überzog. Lauf, sagte meine Mutter, und ich lief die Straße hinunter und durch den langen finsteren Tunnel, an dessen Ende es schon glühte und funkelte von buntem Licht. Als ich in die Stadt kam, sah ich schon von weitem den roten und goldenen Baldachin, unter dem der Bischof die steile Treppe hinaufgetragen wurde. Ich hörte die Trommeln und die Pauken und das Evvivageschrei und brüllte aus Leibeskräften mit. Und dann fingen die großen Glocken in ihrem offenen Turm an zu schwingen und zu dröhnen.

Don Crescenzo schwieg und lächelte freudig vor sich hin. Gewiß hörte er jetzt wieder, mit einem inneren Gehör, alle diese heftigen und wilden Geräusche, die für ihn so lange zum Schweigen gekommen waren und die ihm in seiner Einsamkeit noch viel mehr als jedem anderen Menschen bedeuteten: Menschenliebe, Gottesliebe, Wiedergeburt des Lebens aus dem Dunkel der Nacht.

Ich sah ihn an, und dann nahm ich das Blöckchen zur Hand. Sie sollten schreiben, Don Crescenzo. Ihre Erinnerungen. – Ja, sagte Don Crescenzo, das sollte ich. Einen Augenblick richtete er sich hoch auf, und man konnte ihm ansehen, daß er die Geschichte seines Lebens nicht geringer einschätzte als das, was im Alten Testament stand oder in der Odyssee. Aber dann schüttelte er den Kopf. Zuviel zu tun, sagte er.

Und auf einmal wußte ich, was er mit all seinen Umbauten und Neubauten, mit der Bar und den Garagen und dem Aufzug hinunter zum Badeplatz im Sinne hatte. Er wollte seine Kinder schützen vor dem Hunger, den traurigen Weihnachtsabenden und den Erinnerungen an eine Mutter, die Säcke voll Steine schleppt und sich hinsetzt und weint.

Gerald Zschorsch

Wegen etwas sterben ...

Wegen etwas sterben. Das hieße doch, mit etwas gehen. Durch die letzte Tür. Dazu hatte ich keine Lust. Am 24. Dezember 1974, als ich um 12 Uhr durch das Lagertor trat, wollte ich nicht sterben. Ich wollte und sollte leben. Gießen. Der letzte Transport mit Gefangenen in diesem Jahr war am 18. Dezember von Karl-Marx-Stadt aus im Sammellager Gießen/Hessen eingetroffen. Zuvor waren die 45 Häftlinge, Männer und Frauen, aus verschiedenen Strafanstalten der DDR gesammelt worden, um sie in der Staatssicherheitsstrafanstalt Kaßberg, Karl-Marx-Stadt, zu bündeln. Von da aus dann die Reise mit dem Bus in die andere Welt. Weihnachten stand vor der Tür, und das Notaufnahmeverfahren in Gießen, für solche Ladungen, dauerte in der Regel zwei bis drei Wochen. Um sie zu registrieren und sie dann in Städte ihrer Wahl zu entlassen. Diesmal war aber nur 7 Tage Zeit; bis zum Weihnachtsfest, und deshalb beschloß der Leiter des Lagers, das Notaufnahmeverfahren zu verkürzen. Weihnachten sollte das Lager leer und die ehemaligen Gefangenen der DDR bei ihren Familien oder Freunden in Westdeutschland sein. Von morgens 8 Uhr bis mittags 12 Uhr wurde an diesem 24. Dezember 1974 aus dem Lager heraus entlassen. Um 12 Uhr sollte das Lager leer sein und somit das Transportjahr 1974 um. Ich trat Punkt 12 Uhr mittags alleine und als letzter durch das Tor. Tat zwei Schritte auf der Straße nach vorn und war sofort tot. Das letzte, was ich dachte, war: »Wenn der Wille schwänzt.« Dann ein Stoß und Nacht. Ohne Schmerz, ohne Geräusch, ohne meine Beteiligung. Einfach tot.

Ich sah plötzlich vor mir die innerdeutsche Grenze; sah Cottbus und Gräfentonna. Das Gefängniskrankenhaus Meusdorf und den Otto-Grotewohl-Expreß. Den Leipziger Hauptbahnhof und Gotha in Thüringen. Auch sah ich die unterirdischen Zellen, die Wolfsschlucht und sah die Hunde an ihrem Laufseil. Ich sah vieles, und fast sah ich alles. Nämlich auch meine Zeit in Elsterberg und in Plauen. Hörte den sächsischen Dialekt, der mich schon damals anwiderte; auch bei mir selbst. Und ich sah die Sächsinnen; die schönsten Mädchen und Frauen Deutschlands, bei der Arbeit. Sah dieses östliche Mittelgebirge und spürte die Wärme und die Kälte der Jahreszeiten. So um die 30 Grad. Deutsch Sibirien, ging es mir durch den Kopf. Sah die Kinderstaudämme, die ich an der Weißen Elster baute, und die Gewehrmunition des letzten Krieges in meinen Händen, die der Fluß mitspulte. Ich sah die Auen und hörte den Wind; den vogtländischen Wind und seine Melodie: »Bis hierhin und nicht weiter.« Verstand diese Rasse aus Thüringern, Sachsen, Franken, Oberpfälzern und Slawen. Und Slawengemisch: Tschechen – Böhmen und Mähren. Hörte den Klang des erzgebirgischen Granits und schmeckte die radiumhaltigen Wasser aus Bad Elster, Bad Brambach, Alexanderbad auf der Zunge. Karlsbad und Marienbad. Mit den Schlitten über die Höhen und auf der anderen Seite, diese hintereinandergebunden, im Bob, wieder runter. Und spürte das Nägeln an den vor Kälte erstarrten Händen, wenn diese wieder warm wurden. All das war in mir und vielleicht noch anderes. Nur: ich war tot und lag auf einer westdeutschen Straße bei einem Güterbahnhof in Mittelhessen. Mittags kurz nach zwölf. Am 24. Dezember 1974. In meinen Hosentaschen waren zwei Zettel. Auf dem einen stand: Entlassen aus der Gefangenschaft der DDR; auf dem anderen: Das Notaufnahmeverfahren in der BRD ist abgeschlossen. Der Inhaber dieses Papiers ist Bürger der Bundesrepublik Deutschland. Nicht mehr. Zwei Zettel und ein 50-Mark-Schein. Ich wußte nicht, wohin ich gehen wollte und sollte, und auch nicht, wieviel 50 Mark sind. Und deshalb starb ich. Nein, deshalb starb ich nicht. Ein Auto, welches ich nicht gesehen hatte, fuhr mich um. Nahm mich auf die Motorhaube, aufs Dach. Ich rutschte weiter auf den Kofferraum, über die hintere Stoßstange und fiel auf die Straße; mit dem Gesicht nach oben. Nacht war und ich bewußtlos. Da hörte ich etwas; eine Stimme. Eine Mädchenstimme, die beständig immer nur einen Satz sagte: »Bitte, bitte, sei nicht tot.« Ich öffnete die Augen und sah über mir ein Mädchengesicht. Von kastanienbraunen Haaren eingerahmt und mit grünen Augen. Sehr weißen Zähnen und einem verblüfften Ausdruck. »Bitte, bitte, sei nicht tot«, sprach ein leichtrot geschminkter Mund, und Tränen traten vor die Augen. »Du lebst«, sagte die Stimme und reichte mir eine Hand. »Ich heiße Eva. Und wie heißt du? Wo bist du denn auf einmal hergekommen? Ich habe dich nicht gesehen. Wollte eine Abkürzung über den Güterbahnhof nehmen. Meine letzte Tour. Die letzte Auslieferung. Ich fahre nebenbei Bücher aus und studiere hier in Gießen Jura. Und komme aus Witten an der Ruhr. Deshalb war ich auch in Eile. Denn nach meiner letzten Buchhandlung fahre ich nach Hause, nach Witten, zu meinen Eltern. Morgen ist doch Weihnachten.« »Ja«, sagte ich. Die Hand nehmend, stand ich vom Boden auf. »Morgen ist Weihnachten, und ich habe Geburtstag. Ich werde 23 Jahre alt. Mein Name war: Nummer 75 181 124.«

Quellenverzeichnis

Isabel Allende (geb. 1942)
Ein diskretes Wunder. Aus: Isabel Allende, Geschichten der Eva Luna. Aus dem Spanischen von Lieselotte Kolanoske. © der deutschen Ausgabe Suhrkamp Verlag Frankfurt am Main 1990

Peter Bichsel (geb. 1935)
Als wir noch fliegen konnten. Aus: Peter Bichsel, Kolumnen, Kolumnen. © Suhrkamp Verlag Frankfurt am Main 2005
Nichts Besonderes. Aus: Peter Bichsel, Zur Stadt Paris. Geschichten. © Suhrkamp Verlag Frankfurt am Main 1993

Bertolt Brecht (1898-1956)
Giulio; Das Paket des lieben Gottes. Eine Weihnachtsgeschichte. Aus: Bertolt Brecht, Prosa. © Brecht-Erben und Suhrkamp Verlag Berlin 2013

Truman Capote (1924-1984)
Eine Flasche voll Silber. Aus: Truman Capote, Baum der Nacht. Alle Erzählungen. Aus dem Amerikanischen von Ursula-Maria Mössner. © der deutschen Ausgabe: Kein & Aber, Zürich 2007

Julio Cortázar (1914-1984)
Wahre Begebenheit. Aus: Julio Cortázar, Die Erzählungen. Aus dem Spanischen von Fritz Rudolf Fries, Wolfgang Promies, Rudolf Wittkopf. © der deutschen Ausgabe Suhrkamp Verlag Frankfurt am Main 1998

Eva Demski (geb. 1944)
Der Philosoph im Garten*. Aus: Eva Demski, Gartengeschichten. © Insel Verlag Frankfurt am Main 2009

Alfred Döblin (1878-1957)
Das Märchen von der Technik. Aus: Alfred Döblin, Erzählungen aus fünf Jahrzehnten. Herausgegeben von Edgar Pässler. © 1977 Walter-Verlag AG, Olten. Alle Rechte vorbehalten S. Fischer Verlag GmbH, Frankfurt am Main

Hans Magnus Enzensberger (geb. 1929)
Normale Wunder. Aus: Enzensbergers Panoptikum. Zwanzig Zehn-Minuten-Essays. © Suhrkamp Verlag Berlin 2012

Max Frisch (1911-1991)
Café Odeon; Der Hellseher*. Aus: Max Frisch, Tagebuch 1946-1949. © Suhrkamp Verlag Frankfurt am Main 1950
Eine Geschichte für Camilla*; Das Große Los*. Aus: Max Frisch, Mein Name sei Gantenbein. © Suhrkamp Verlag Frankfurt am Main 1964

Arno Geiger (geb. 1968)
Neuigkeit aus Hokkaido. Aus: Arno Geiger, Anna nicht vergessen. © Carl Hanser Verlag, München 2007

Peter Handke (geb. 1942)
Lebensbeschreibung. Aus: Peter Handke, Begrüßung des Aufsichtsrats. © Suhrkamp Verlag Frankfurt am Main 1981

Ödön von Horváth (1901-1938)
Das Bitterwasser-Plakat. Aus: Die Geschichtenerzähler. Neues und Unbekanntes von Allende bis Zafón. Suhrkamp Verlag Frankfurt am Main 2008

Marie Luise Kaschnitz (1901-1974)
Eines Mittags, Mitte Juni; Das Wunder. Aus: Marie Luise Kaschnitz, Gesammelte Werke in sieben Bänden. Herausgegeben von Christian Büttrich und Norbert Miller. Band 4: Die Erzählungen. © 1983 Insel Verlag, Frankfurt am Main [Erstveröffentlichung: Das dicke Kind und andere Erzählungen. Krefeld: Scherpe 1952, und: Lange Schatten. Erzählungen. Claassen, Hamburg 1960]

Erich Kästner (1899-1974)
Das Märchen vom Glück. Aus: Der tägliche Kram: Chansons und Prosa 1945-1948. © Atrium Verlag, Zürich 1948 und Thomas Kästner

Wolfgang Koeppen (1906-1996)
Der Apfel; Ein dankbarer Mensch. Aus: Wolfgang Koeppen, Auf dem Phantasieroß. Prosa aus dem Nachlaß. Herausgegeben von Alfred Estermann. © Suhrkamp Verlag Frankfurt am Main 2000

Alexander Kluge (geb. 1932)
Blechernes Glück; Die toten Seelen; Überlistung der Schwerkraft. Aus: Alexander Kluge, Die Lücke, die der Teufel läßt. Im Umfeld des neuen Jahrhunderts. © Suhrkamp Verlag Frankfurt am Main 2003
Das Prinzip Überraschung. Aus: Alexander Kluge, Das Bohren harter Bretter. 133 politische Geschichten. © Suhrkamp Verlag Berlin 2011
Glücklicher Zufall*. Aus Alexander Kluge/Gerhard Richter, Nachricht von ruhigen Momenten. 89 Geschichten/64 Bilder. © Suhrkamp Verlag Berlin 2013

Siegfried Lenz (geb. 1926)
Die Nacht im Hotel. Aus: Siegfried Lenz, Jäger des Spotts. Geschichten aus der Zeit. © 1958 by Hoffmann & Campe Verlag, Hamburg

Marco Lodoli (geb. 1956)
Ein ewiges Wunder*; »Mach uns staunen!«*; Manchmal passiert es einem*. Aus: Marco Lodoli, Inseln in Rom. Streifzüge durch die Ewige Stadt. Ausgewählt und aus dem Italienischen übertragen von Gundl Nagl. © der deutschen Ausgabe: Carl Hanser Verlag München Wien 2003

Luigi Malerba (1927-2008)
Das Loch in der Decke. Aus: Luigi Malerba, Taschenabenteuer. Dreiundfünfzig Geschichten. Aus dem Italienischen von Iris Schnebel-Kaschnitz. © der deutschen Ausgabe 1985 Verlag Klaus Wagenbach, S. 79

Giorgio Manganelli (1922-1990)
Ein berühmter Glockenfabrikant*; Um zehn Uhr dreißig vormittags*. Aus: Giorgio Manganelli, Irrläufe. Hundert Romane in Pillenform. Aus dem Italienischen von Iris Schnebel-Kaschnitz. © für die deutsche Übersetzung 1980, 1989 Verlag Klaus Wagenbach Berlin

Angeles Mastretta (geb. 1949)
Eines Nachmittags*. Aus: Angeles Mastretta, Frauen mit großen Augen. Aus dem Spanischen von Monika López. © Suhrkamp Verlag Frankfurt am Main 1992

Alberto Moravia (1907-1990)
Kirchendiebe. Aus: Alberto Moravia, Römische Erzählungen. Übersetzt von Michael von Killisch-Horn. Copyright © der deutschsprachigen Aus-

gabe 2004 by Luchterhand Verlag, ein Unternehmen der Verlagsgruppe Random House GmbH, München. Copyright © der Übersetzung 1991 by Michael von Killisch-Horn. Abdruck mit freundlicher Genehmigung des Übersetzers

Haruki Murakami (geb. 1949)
Wie ich eines schönen Morgens im April das 100 %ige Mädchen sah. Aus: Haruki Murakami, Wie ich eines schönen Morgens im April das 100 %ige Mädchen sah. Aus dem Japanischen von Nora Bierich. © DuMont Literatur und Kunst Verlag, Köln 2007

Marie NDiaye (geb. 1967)
Offenbarung. Aus: Marie NDiaye, Alle meine Freunde. Erzählungen. Aus dem Französischen von Claudia Kalscheuer. © der deutschen Übersetzung Suhrkamp Verlag Frankfurt am Main 2006

Paul Nizon (geb. 1929)
18. März 1997, Paris. Aus: Paul Nizon, Die Zettel des Kuriers. Journal 1990-1999. Herausgegeben von Wend Kässens. © Suhrkamp Verlag Frankfurt am Main 2008

Cees Nooteboom (geb. 1933)
Begegnung. Aus: Cees Nooteboom, Briefe an Poseidon. Aus dem Niederländischen von Helga van Beuningen. © der deutschen Übersetzung Suhrkamp Verlag Berlin 2012

István Örkény (1912-1979)
Information; Am Leben bleiben. Aus: István Örkény, Minutennovellen. Ausgewählt und aus dem Ungarischen übersetzt von Terézia Mora. Mit einem Nachwort von György Konrád. Copyright der deutschen Ausgabe © Suhrkamp Verlag Frankfurt am Main 2002

Marcel Proust (1871-1922)
Madeleine*. Aus: Marcel Proust, Unterwegs zu Swann. Auf der Suche nach der verlorenen Zeit. Band 1. Aus dem Französischen übersetzt von Eva Rechel-Mertens; revidiert von Lucius Keller. © für diese deutschsprachige Ausgabe Suhrkamp Verlag Frankfurt am Main 1994

Patrick Roth (geb. 1953)
Die Frau, die den Dieb erschoß; Der Stab Moses'. Aus: Patrick Roth, Die Nacht der Zeitlosen. © Suhrkamp Verlag Frankfurt am Main 2001

Ralf Rothmann (geb. 1953)
Erleuchtung durch Fußball. Aus: Ralf Rothmann, Ein Winter unter Hirschen: Erzählungen. © Suhrkamp Verlag Frankfurt am Main 2001

Monica Sabolo (geb. 1971)
Vom Wunder. Aus: Monica Sabolo, Das hat alles nichts mit mir zu tun. Eine Liebesinventur. Aus dem Französischen von Nina Hübner. © der deutschen Ausgabe: Suhrkamp Verlag Berlin 2014

Isaac Bashevis Singer (1902-1991)
Wunder. Aus: Isaac Bashevis Singer, Ein Tag des Glücks und andere Geschichten von der Liebe. Aus dem Amerikanischen von Ellen Otten. © 1990 der deutschsprachigen Ausgabe: Carl Hanser Verlag München. Wien

Clemens J. Setz (geb. 1982)
Eine sehr kurze Geschichte. Aus: Clemens J. Setz, Die Liebe zur Zeit des Mahlstädter Kindes. Erzählungen. © Suhrkamp Verlag Berlin 2011

Andrzej Stasiuk (geb. 1960)
Großmutter und die Geister. Aus: Andrzej Stasiuk, Kurzes Buch über das Sterben. Geschichten. Aus dem Polnischen von Renate Schmidgall. © der deutschen Ausgabe Suhrkamp Verlag Berlin 2013

John Jeremiah Sullivan (geb. 1974)
Füße im Rauch. Aus: John Jeremiah Sullivan, Pulphead. Vom Ende Amerikas. Aus dem amerikanischen Englisch von Thomas Pletzinger und Kirsten Riesselmann. © der deutschen Ausgabe Suhrkamp Verlag Berlin 2012

Rose Tremain (geb. 1943)
Ricky*. Aus dem Englischen von Christel Dormagen. Originaltitel: Moth. Aus: Rose Tremain, The Darkness of Wallis Simpson and Other Stories. Chatto & Windus London 2005. © Rose Tremain 2005. Permission arranged through Sheil Land Associates Ltd.

Mario Vargas Llosa (geb. 1936)
Heilige unter Sündern; Der Mann, der Menschen glücklich macht. Aus: Mario Vargas Llosa, Anden. Fotos von Pablo Corral Vega. Übersetzt von Eva Dempewolf. Text © 2001 Mario Vargas Llosa. Copyright © der deutschen Ausgabe National Geographic Society, Washington D. C. 2002

Gerald Zschorsch (geb. 1951)
Wegen etwas sterben … Aus: Gerald Zschorsch, Zur elften Stunde. Gedichte. © Suhrkamp Verlag Frankfurt am Main 2009

* Alle mit einem Stern gekennzeichneten Titel stammen von der Herausgeberin.

Die Motti stammen aus folgenden Büchern:

S. 12: Max Frisch, Mein Name sei Gantenbein
S. 36: Christa Wolf, Kindheitsmuster
S. 70: Susan Sontag, The Doors und Dostojewski. Das Rolling-Stone-Interview mit Jonathan Cott. Aus dem Englischen von Georg Deggerick. © der deutschsprachigen Ausgabe: Hoffmann und Campe Verlag, Hamburg 2014
S. 108: Thomas Bernhard, Frost
S. 124: Arno Schmidt, Zettels Traum
S. 140: Joseph Roth, Die Legende vom heiligen Trinker
S. 156: Anthony Marra, Die niedrigen Himmel
S. 186: George Bernard Shaw, Die Aussichten des Christentums
S. 198: Juri Andruchowytsch, Engel und Dämonen der Peripherie

Geschichten, die Glücksgefühle auslösen

Was macht uns glücklich? Glücklich macht, wenn wir der schlechten Laune ein Schnippchen schlagen, dem Trübsinn die lange Nase zeigen oder ein Unglück abwenden konnten. Wenn wir plötzlich der Liebe begegnen – und die Liebe bleibt. Wenn Freunde Freunde sind, wenn man sie am nötigsten hat. Wenn Wildfremde einem lächelnd helfen. Wenn man für Augenblicke in seine Kindheit und Jugend zurückkehren kann. Wenn auf einmal so ein Tag ist, an dem man die ganze Welt umarmen könnte. Wenn das Wunder dann doch passiert ...

Genau hiervon – von den schönsten Momenten des Glücks – erzählen in diesen Geschichten: Isabel Allende, Elizabeth von Arnim, Jurek Becker, Peter Bichsel, Lily Brett, Eva Demski, Max Frisch, Robert Gernhardt, Hermann Hesse, Alexander Kluge, Cees Nooteboom, Amos Oz, Daniel Picouly und viele andere.

Geschichten, die glücklich machen. Ausgewählt von Clara Paul. insel taschenbuch 4296. 255 Seiten

NF 230/1/09.14

»Zupf dir ein Wölkchen aus dem Wolkenweiß …«

Es gibt Gedichte, die einen nicht mehr loslassen und über die Jahre begleiten oder plötzlich wieder aus der Erinnerung aufsteigen und einen mit Sehnsucht anstecken – viele von ihnen sind hier versammelt: die Gedichte, auf die man nicht mehr verzichten möchte, und die, auf die man nach dem ersten Lesen einfach nicht mehr verzichten kann:
Gedichte, deren Lebenslust und Fröhlichkeit sich unmittelbar auf einen übertragen; übermütige, verspielte Liebeserklärungen an das Leben und die Welt; zärtliche, traurig-schöne Gedichte, die versonnen der Erinnerung an den unwiederbringlichen Augenblick hingegeben sind; beglückend-tröstliche Gedichte, die man vor sich hinflüstert, wenn man der Ermutigung bedarf; Gedichte, denen ein Zauber innewohnt, »der uns beschützt und der uns hilft zu leben«.
Mit Gedichten von Ilse Aichinger, Rose Ausländer, Elisabeth Borchers, Bertolt Brecht, Mascha Kaléko, Rainer Maria Rilke, Joachim Ringelnatz, Peter Rühmkorf, Eva Strittmatter, Kurt Tucholsky und vielen anderen.

Gedichte, die glücklich machen. Ausgewählt von Clara Paul. insel taschenbuch 4297. 187 Seiten

NF 231/1/09.14

Kesse Gedichte für jede Lebenslage

Gegen Trübsinn, schlechte Laune oder Liebeskummer hilft manchmal einfach nur eines: Gedichte! Und wenn sie dann auch noch so munter, hellwach, beschwingt, federleicht, übermütig, kess, knallvergnügt, frisch-frech-fröhlich daherkommen, kann rein gar nichts mehr schiefgehen.
Hier ist alles versammelt, was uns fröhlich macht und uns zum Schmunzeln, Lachen, Glucksen bringt: Gedichte für jede Lebenslage mit Witz, Charme und Esprit von Bertolt Brecht, Robert Gernhardt, Johann Wolfgang Goethe, Heinrich Heine, Hermann Hesse, Ernst Jandl, Erich Kästner, Loriot, Christian Morgenstern, Joachim Ringelnatz, Eugen Roth, Kurt Tucholsky, Karl Valentin u.v.a.

»Ich bin so knallvergnügt erwacht«. Gedichte, die fröhlich machen. Ausgewählt von Clara Paul. insel taschenbuch 4356. 160 Seiten

NF 232/1/09.14